Altea

# CURLY está en PELIGRO

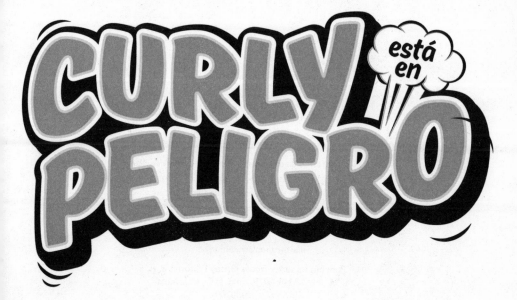

**Curly está en peligro**

Primera edición: julio, 2017
Primera impresión en Colombia: julio, 2017
D. R. © 2017, Fernanfloo

D. R. © 2017, derechos de edición mundiales en lengua castellana:
Penguin Random House Grupo Editorial, S. A. de C. V.
Blvd. Miguel de Cervantes Saavedra núm. 301, 1er piso,
colonia Granada, delegación Miguel Hidalgo, C. P. 11520,
Ciudad de México

www.megustaleer.com.mx

© 2017, Penguin Random House Grupo Editorial, S. A. S.
Cra. 5a. A N.º 34-A-09, Bogotá, D.C., Colombia
PBX (57-1) 7430700
www.megustaleer.com.co

Colaboración editorial: Miguel Bravo y Alan Mayoral
Arte: Alan Mayoral
Tintas: Alan Mayoral, Platypus Animation: Jessie Volkova,  Dusty, Noir

Impreso en Colombia-*Printed in Colombia*

ISBN: 978-958-5407-22-0

Impreso en Nomos Impresores, S. A.

Penguin
Random House
Grupo Editorial

FERNANFLOO

CURLY PELIGRO

está en

Altea

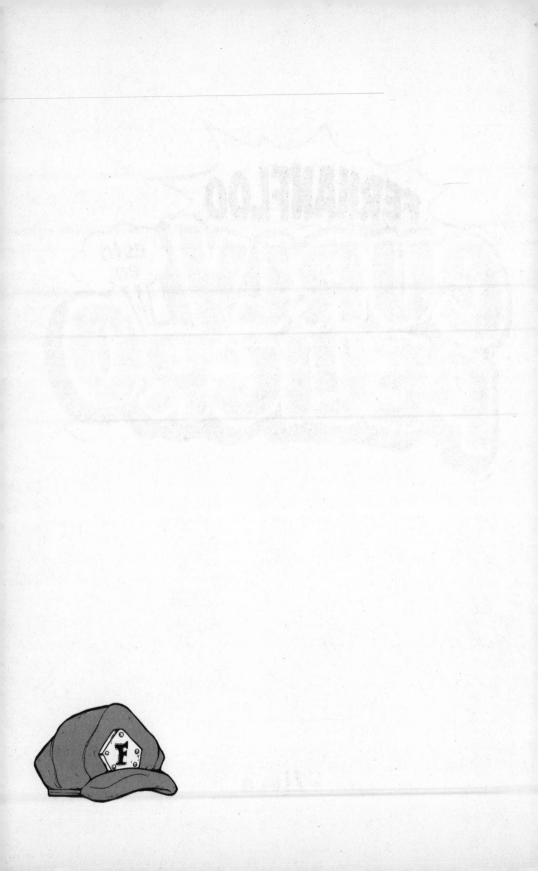

Mundo 0
# LA SEGURIDAD DEL HOGAR

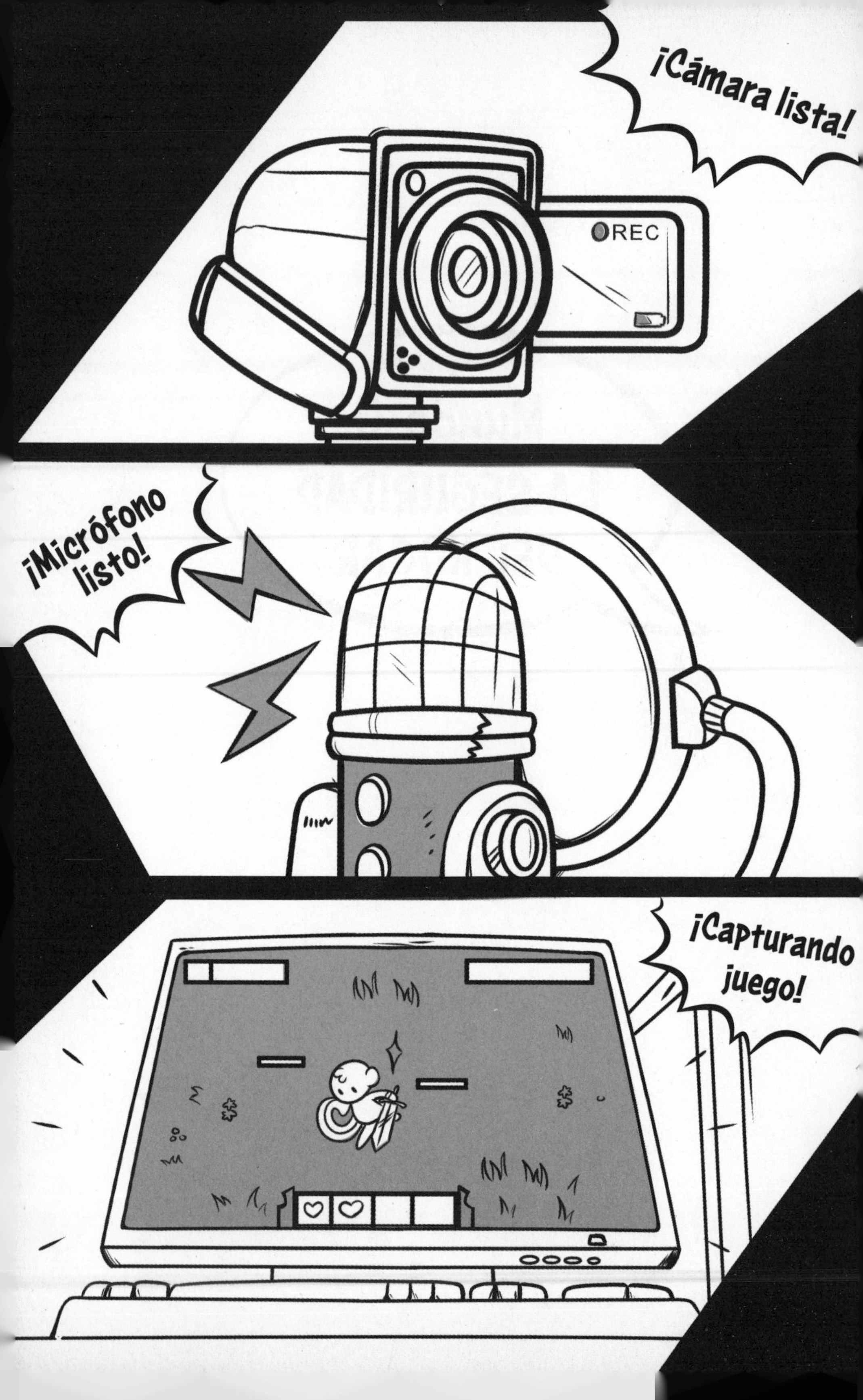
¡Cámara lista!
REC
¡Micrófono listo!
¡Capturando juego!

# Ya es hora...

## ¡Aquí vamos!

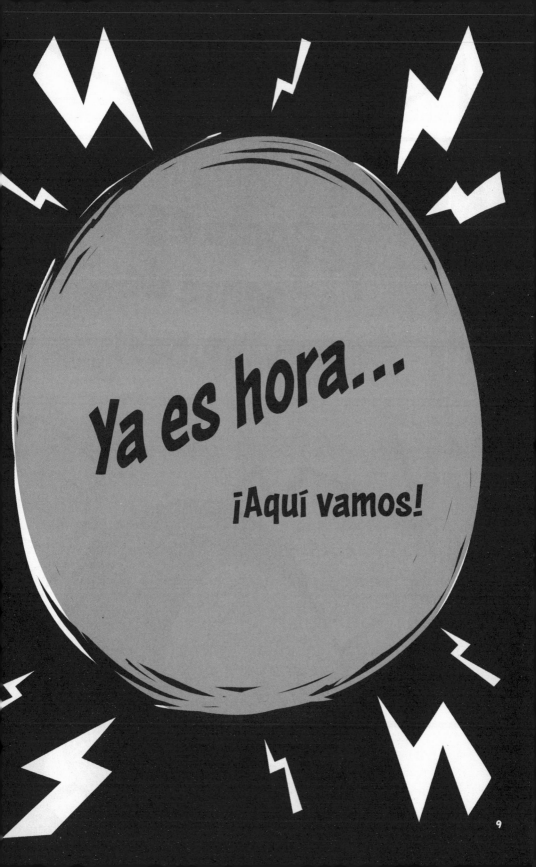

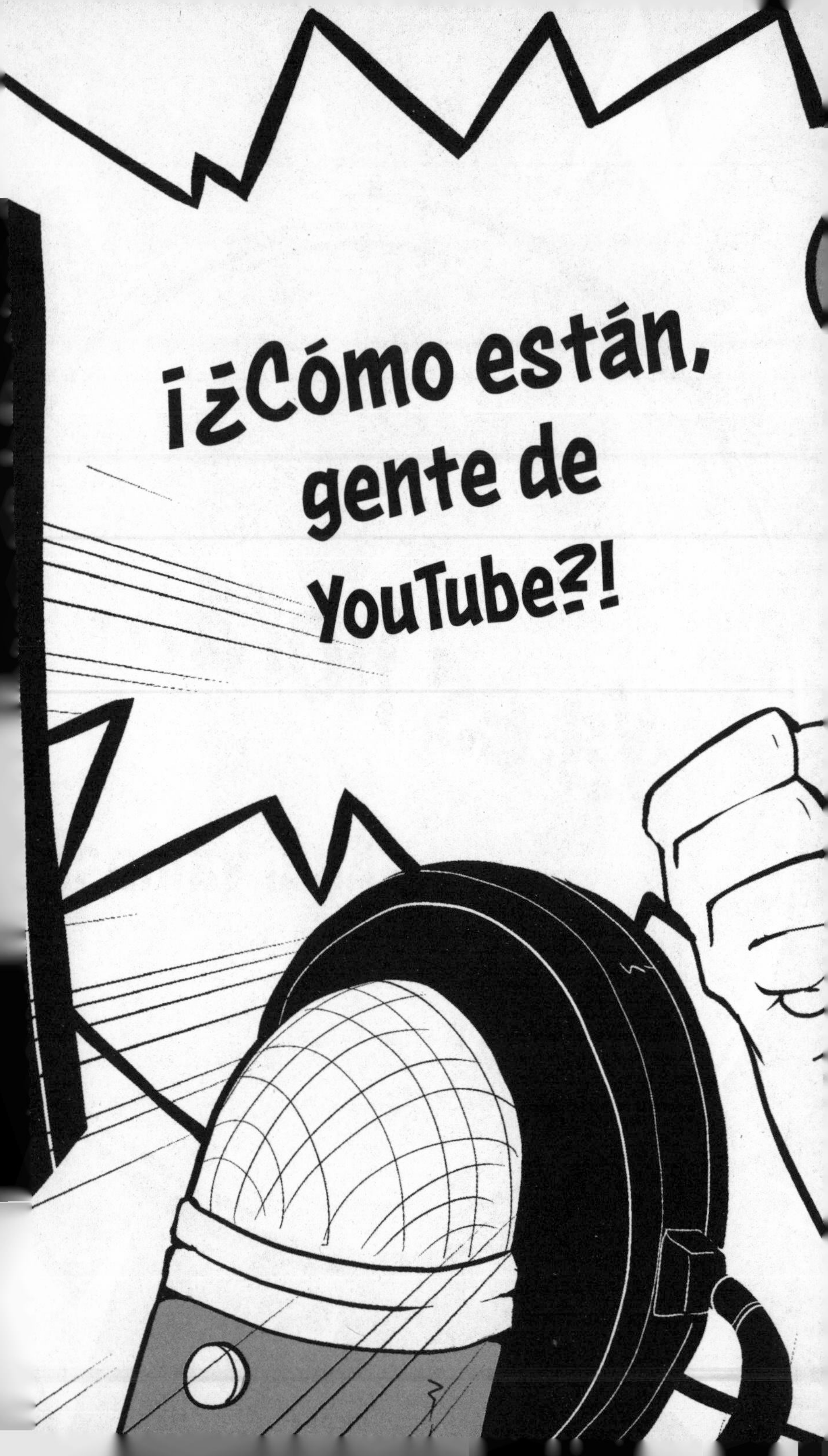
¡¿Cómo están, gente de YouTube?!

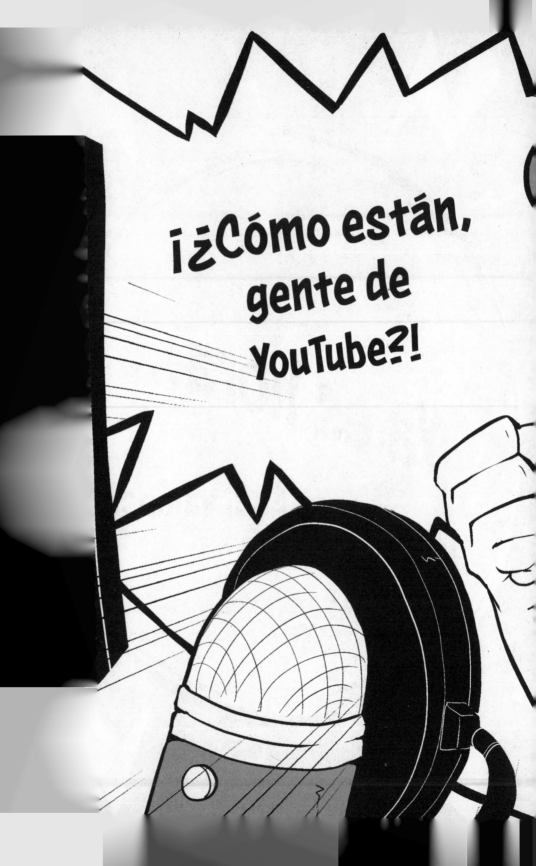

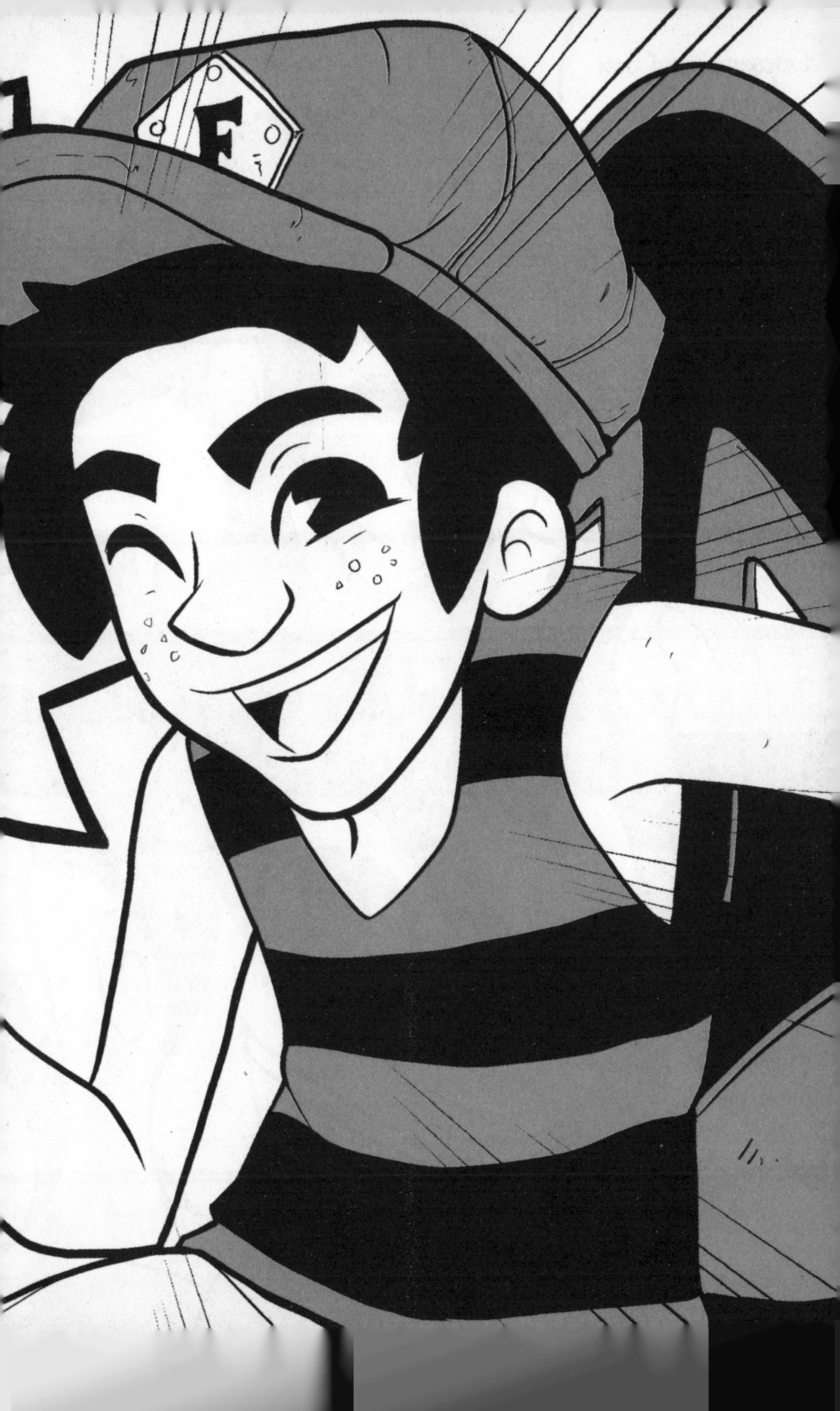

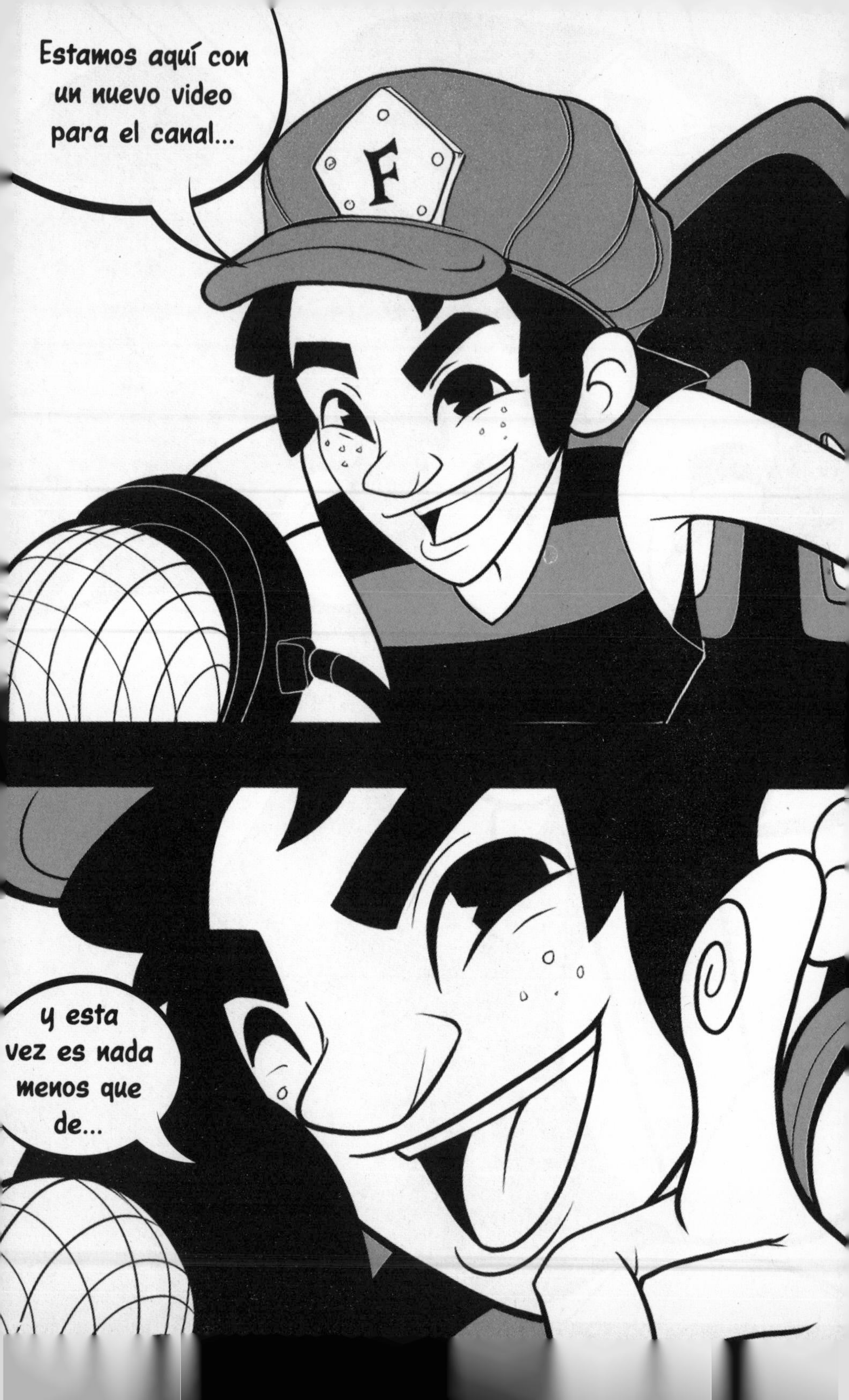
Estamos aquí con un nuevo video para el canal...
y esta vez es nada menos que de...

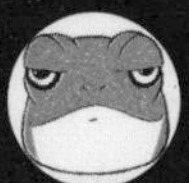

Él es Fernanfloo, el youtuber más crack del mundo mundial. Cada día hace reír a millones de personas con sus videos.

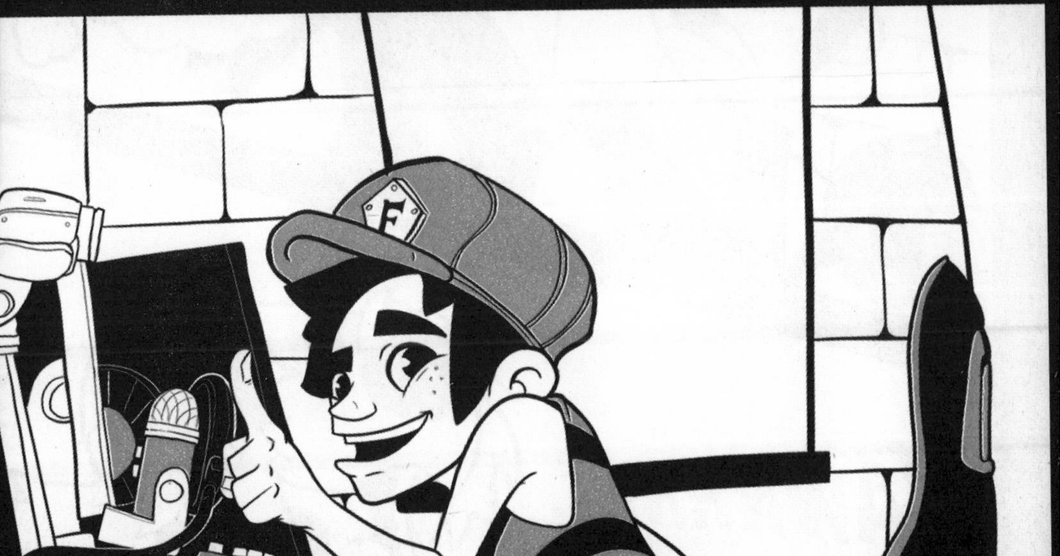
YAWNNNN...

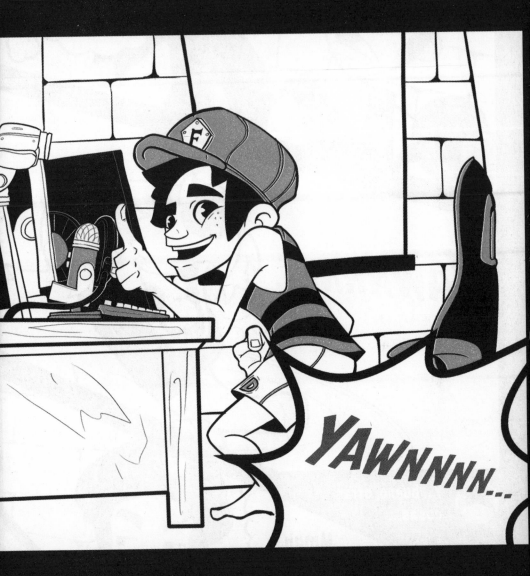

Pero no sabe que su aventura más grande está por comenzar, una historia llena de acción, amistad y...

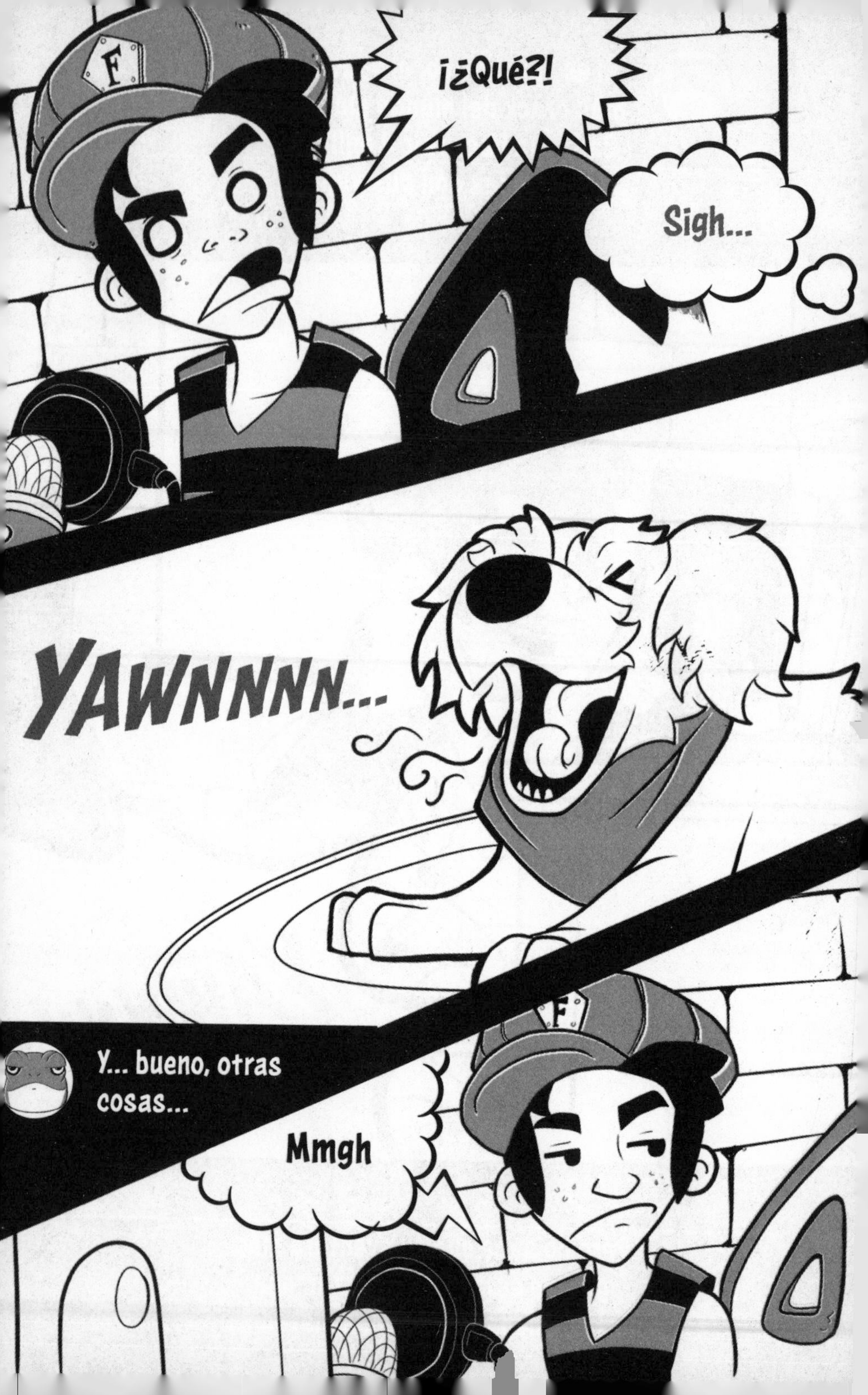
¡¿Qué?!
Sigh...
YAWNNNN...
Y... bueno, otras cosas...
Mmgh

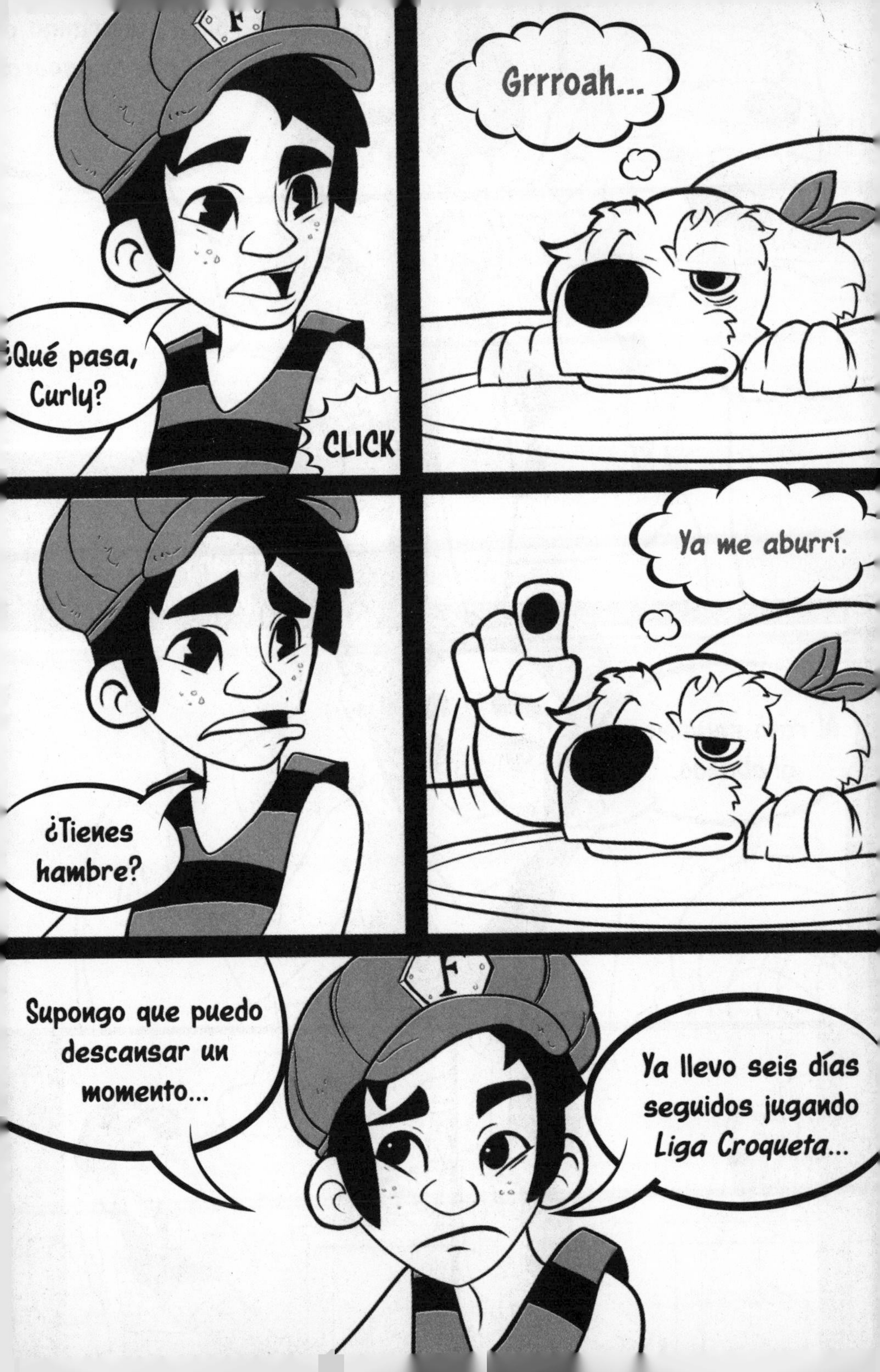
¿Qué pasa, Curly?
CLICK
Grrroah...
¿Tienes hambre?
Ya me aburrí.
Supongo que puedo descansar un momento...
Ya llevo seis días seguidos jugando Liga Croqueta...

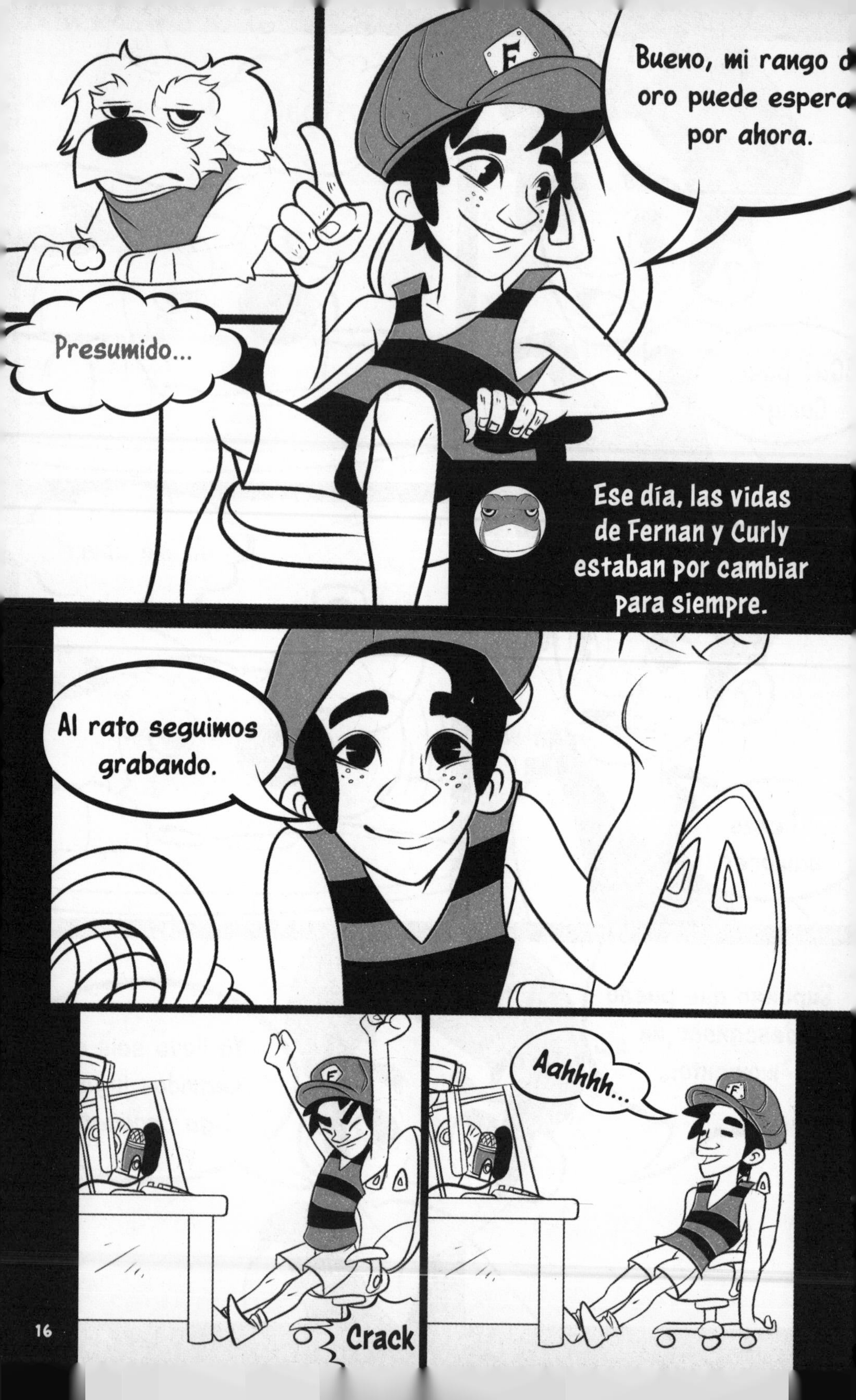
Bueno, mi rango d
oro puede espera
por ahora.
Presumido...
Ese día, las vidas de Fernan y Curly estaban por cambiar para siempre.
Al rato seguimos grabando.
Crack
Aahhhh...

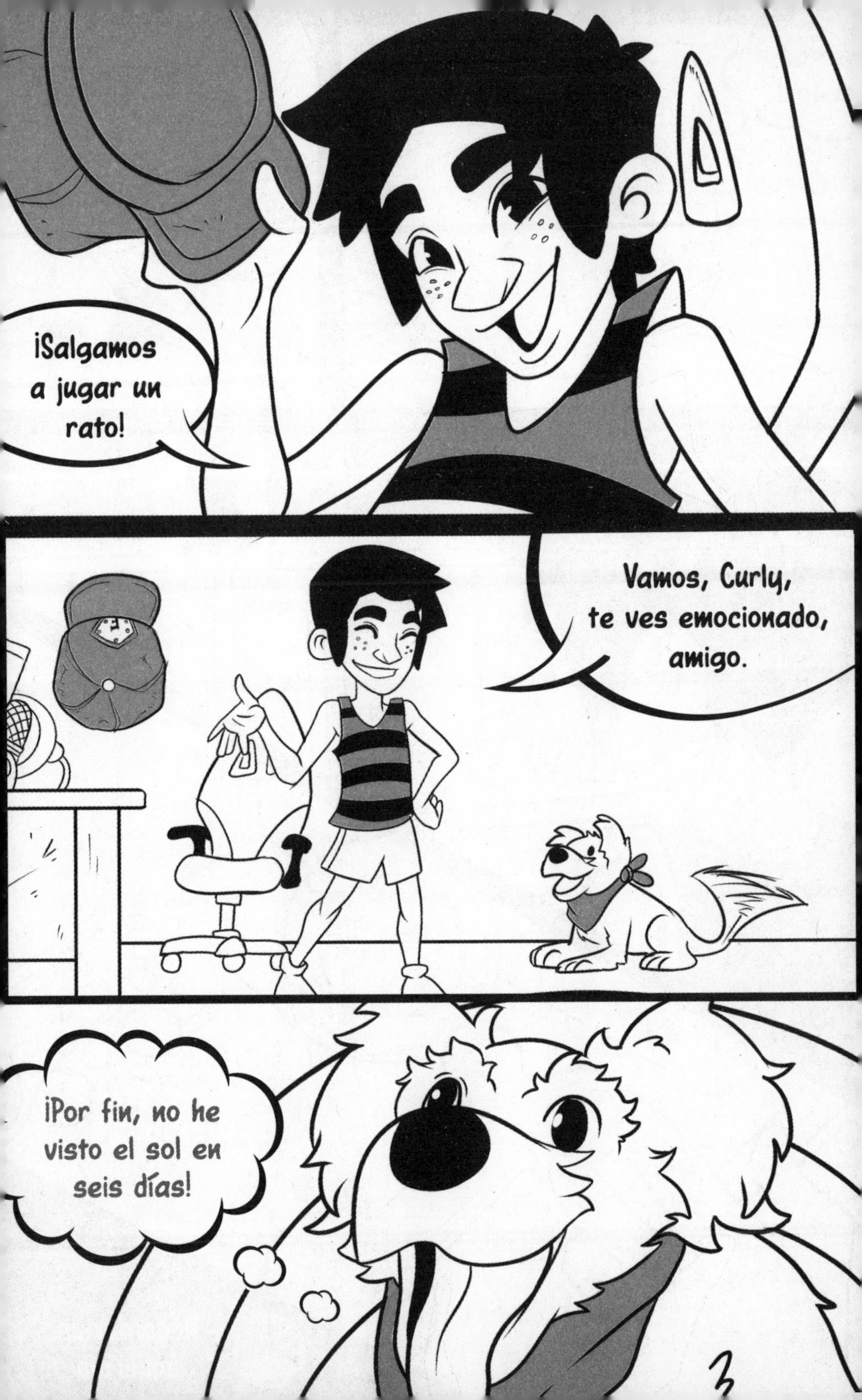
¡Salgamos a jugar un rato!
Vamos, Curly, te ves emocionado, amigo.
¡Por fin, no he visto el sol en seis días!

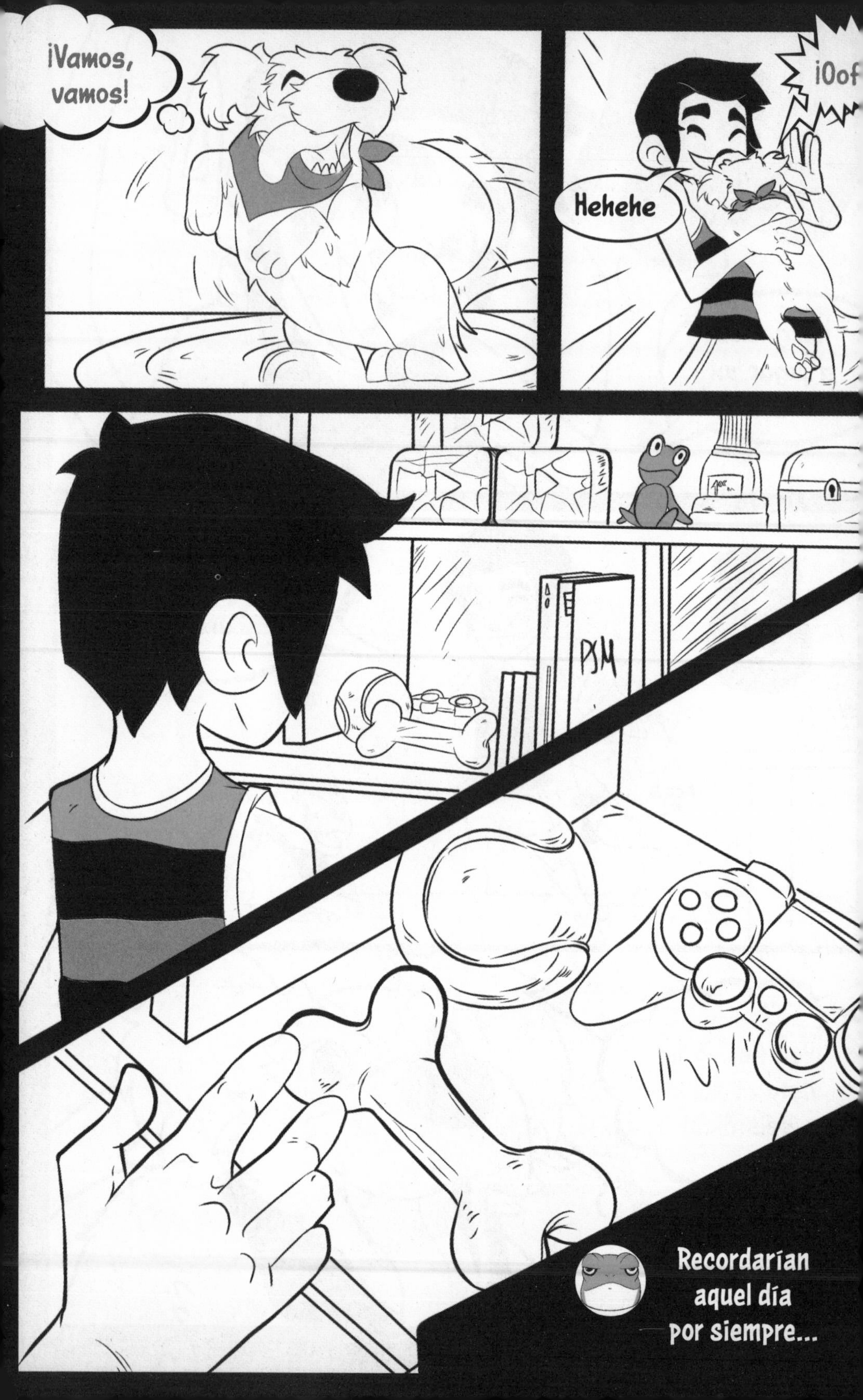
¡Vamos, vamos!
¡Oof
Hehehe
PJM
Recordarían aquel día por siempre...

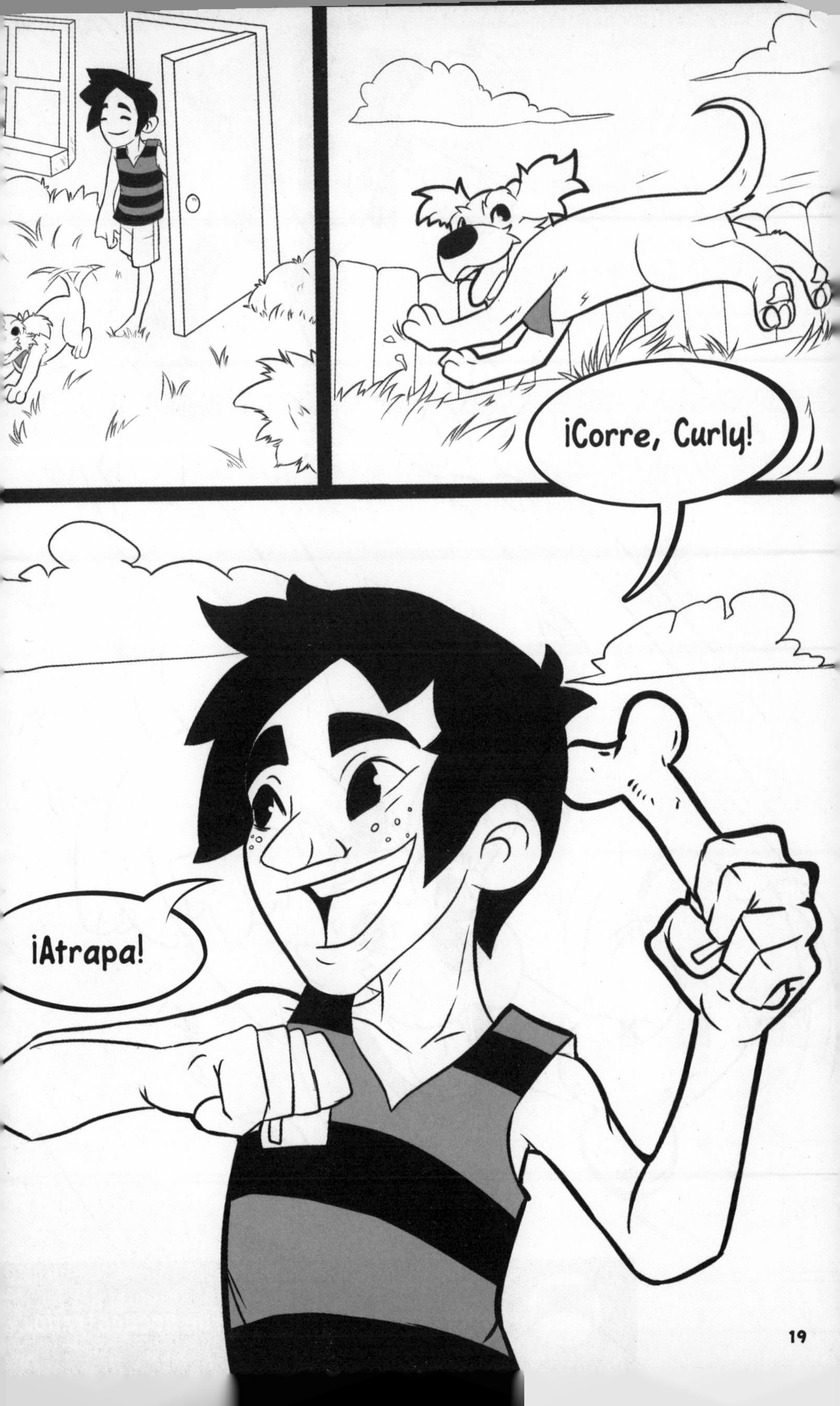
¡Corre, Curly!
¡Atrapa!

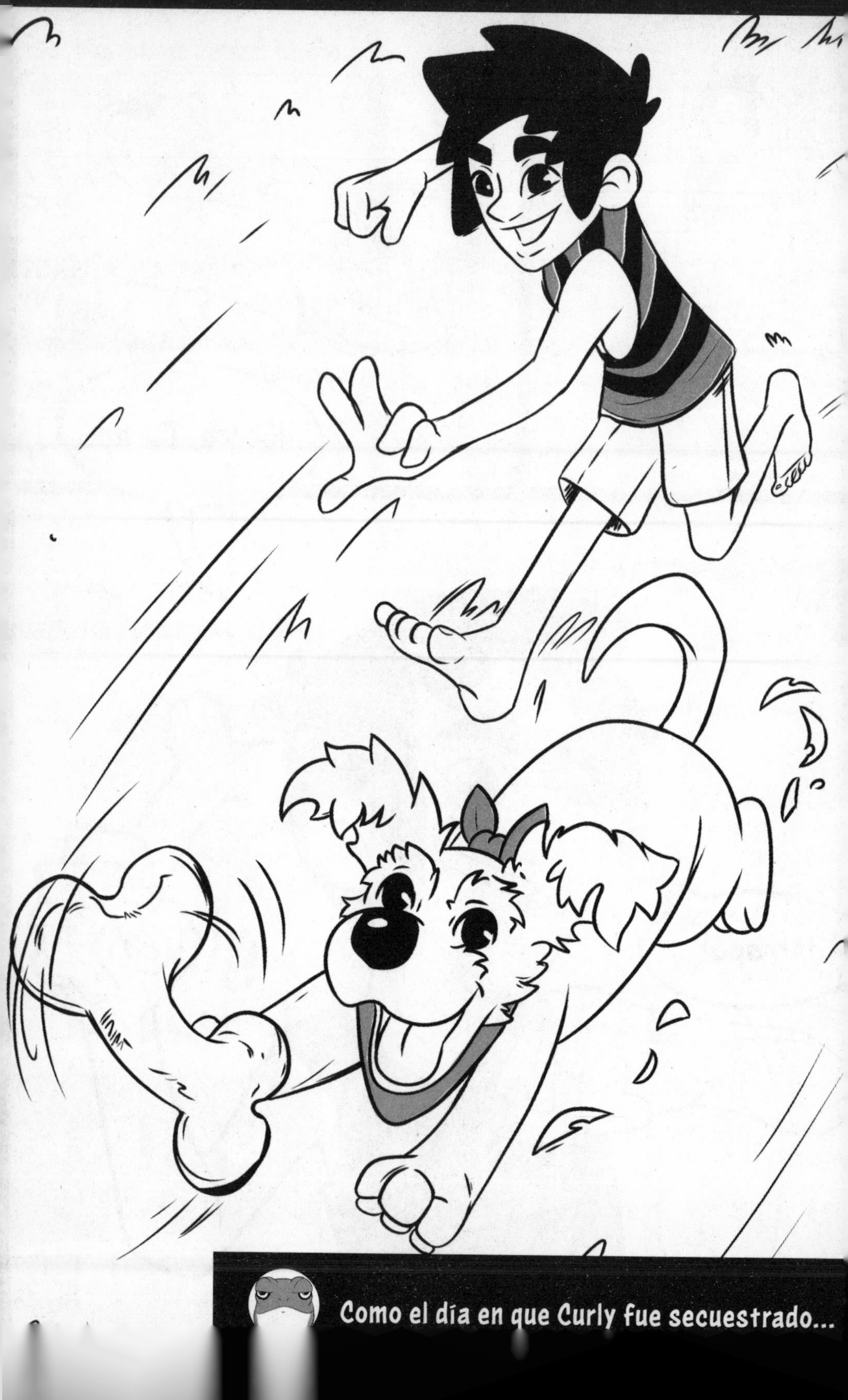
Como el día en que Curly fue secuestrado...

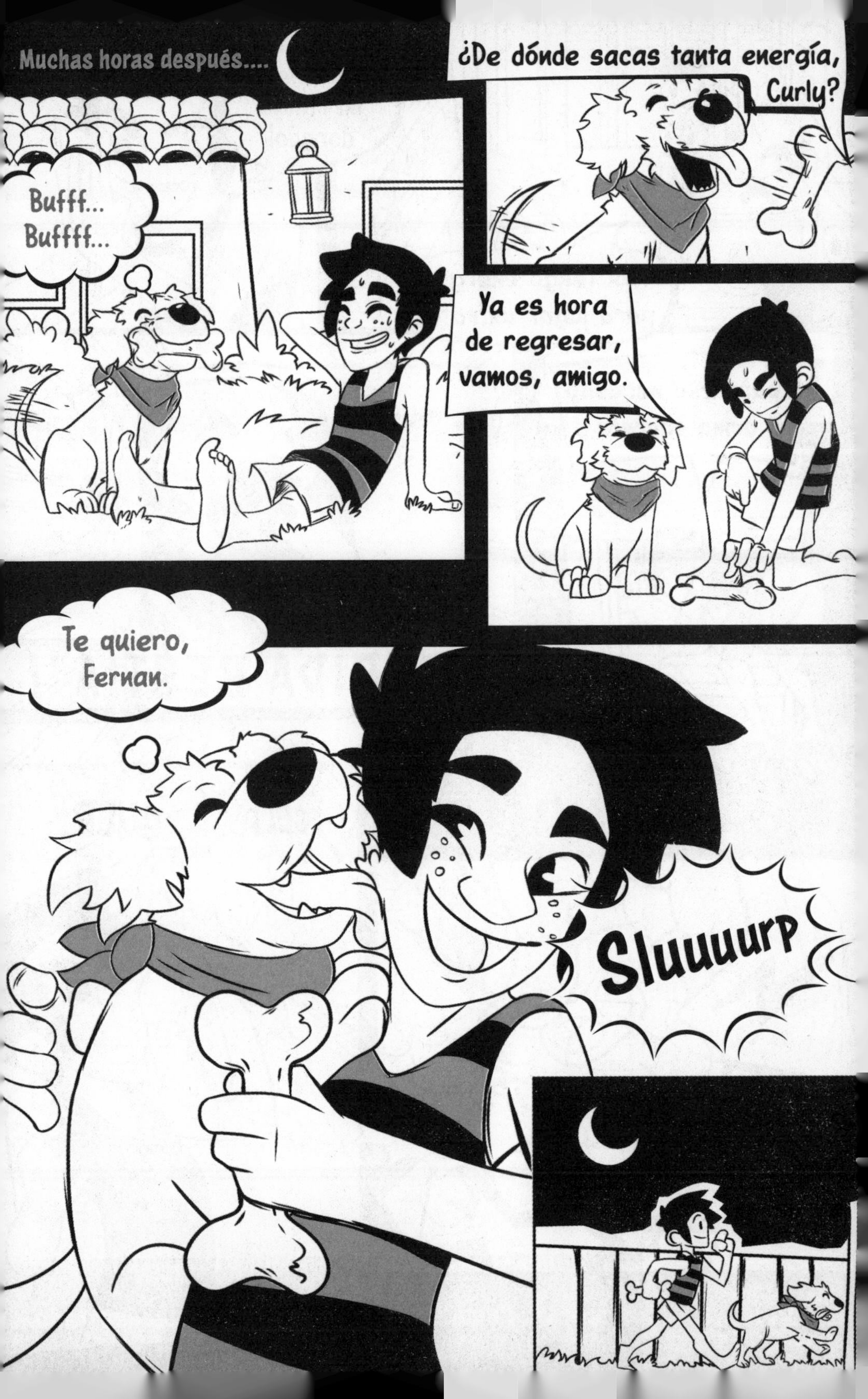
Muchas horas después....
Bufff... Buffff...
¿De dónde sacas tanta energía, Curly?
Ya es hora de regresar, vamos, amigo.
Te quiero, Fernan.
Sluuuurp

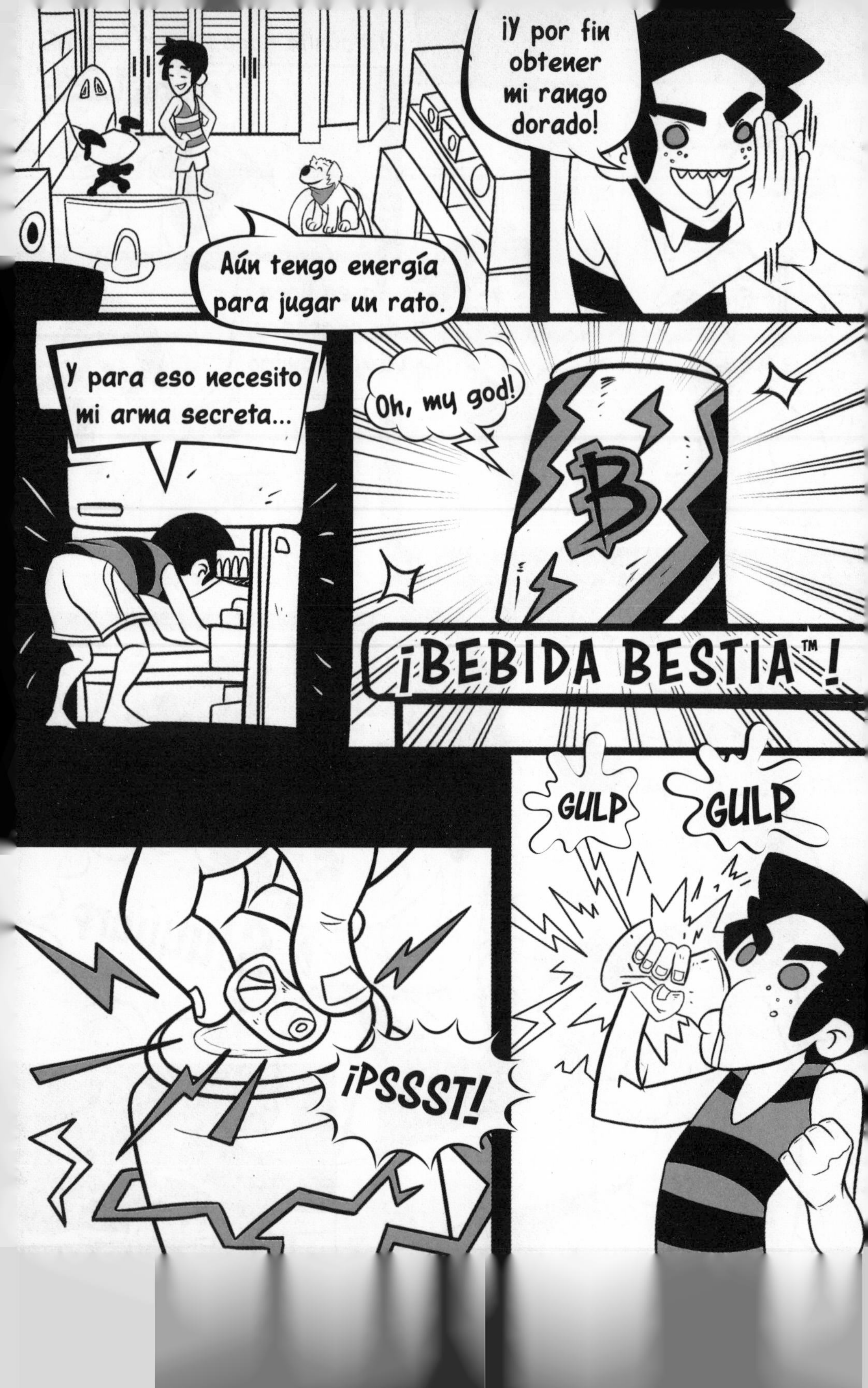
Aún tengo energía para jugar un rato.
¡Y por fin obtener mi rango dorado!
Y para eso necesito mi arma secreta...
Oh, my god!
¡BEBIDA BESTIA™!
¡PSSST!
GULP
GULP

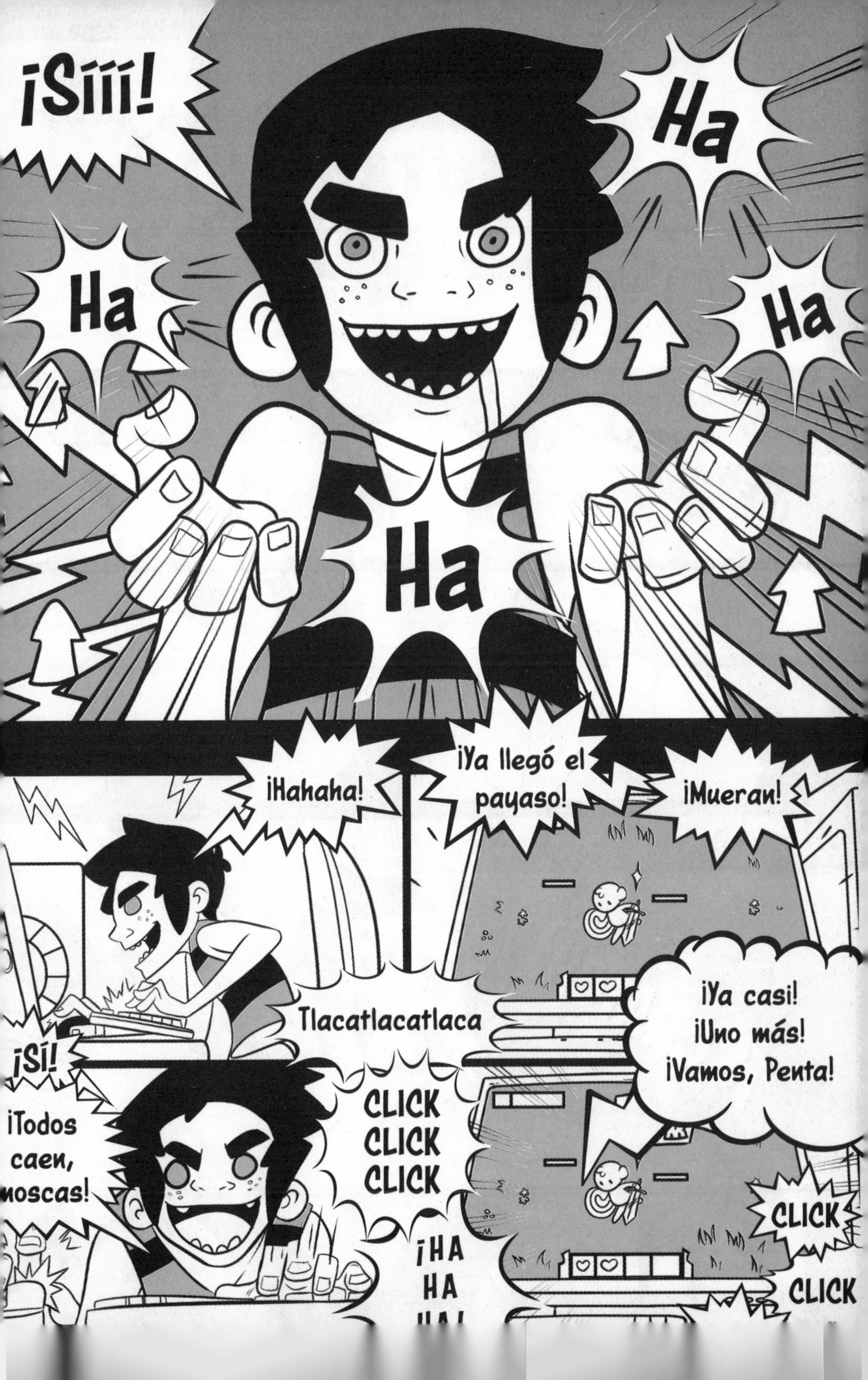
¡Sííí!
Ha
Ha
Ha
Ha
¡Hahaha!
¡Ya llegó el payaso!
¡Mueran!
Tlacatlacatlaca
¡Ya casi! ¡Uno más! ¡Vamos, Penta!
¡Sí!
¡Todos caen, moscas!
CLICK CLICK CLICK
¡HA HA
CLICK
CLICK

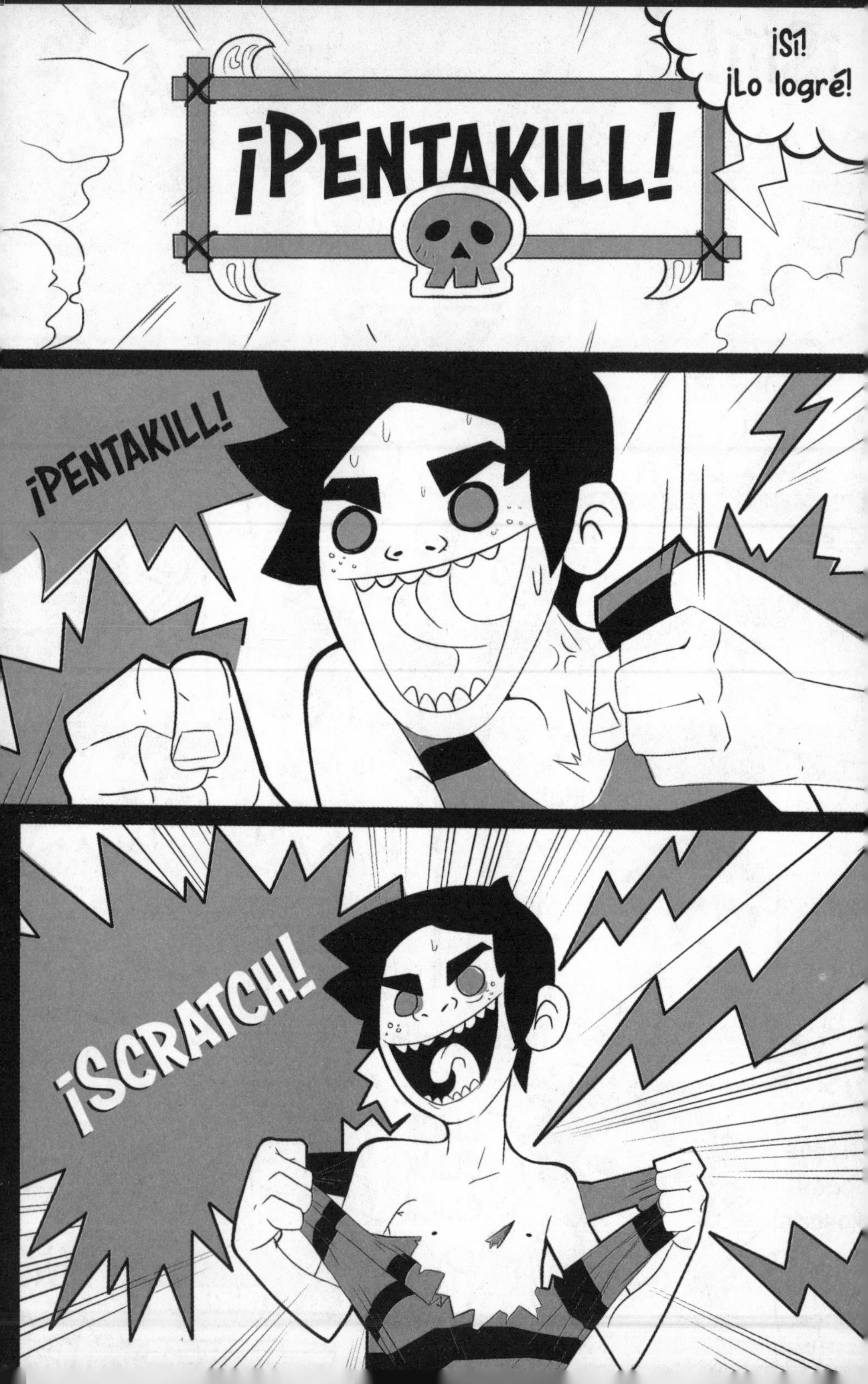

¡PENTAKILL!
¡SÍ!
¡Lo logré!
¡PENTAKILL!
¡SCRATCH!

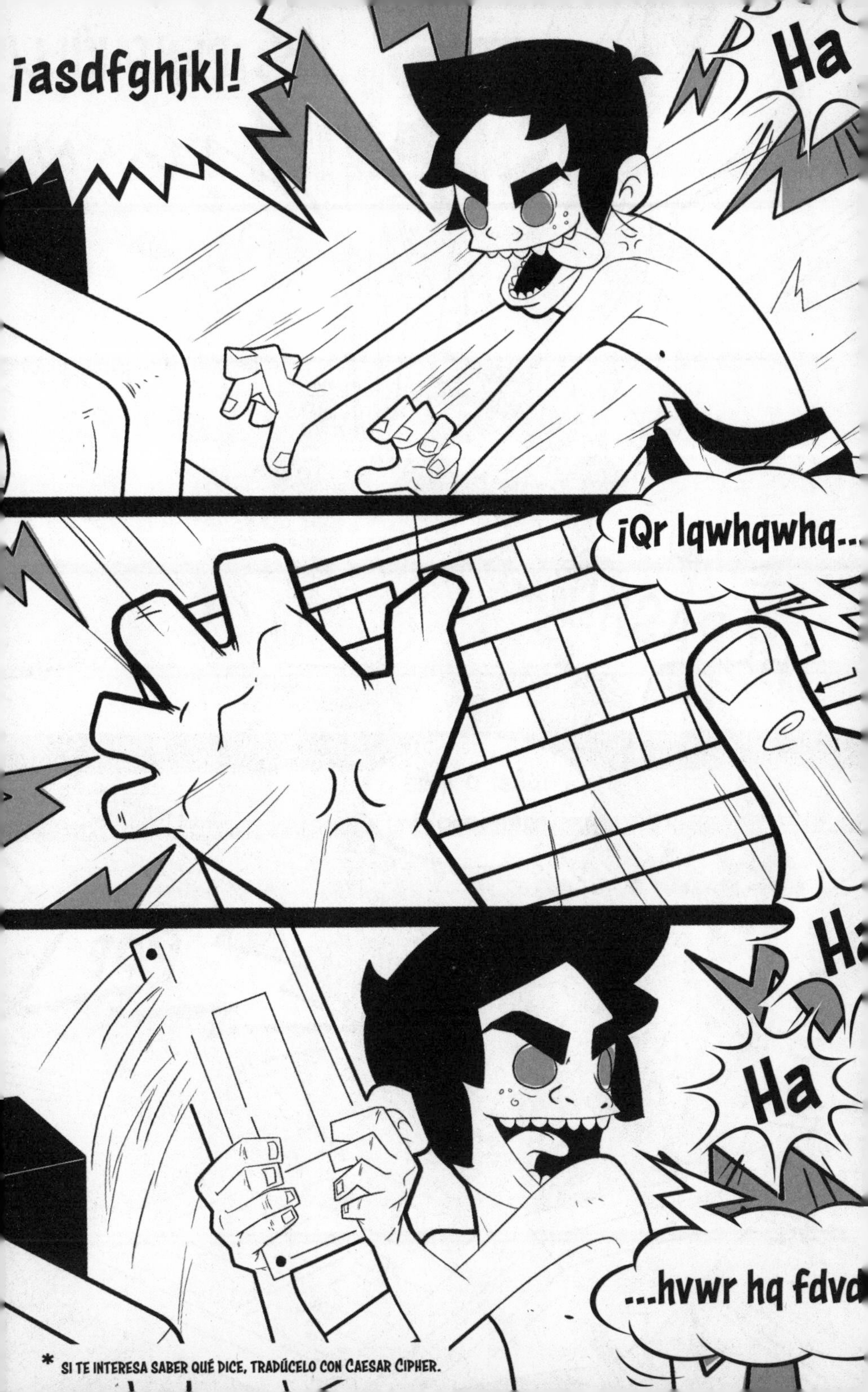
¡asdfghjkl!
Ha
¡Qr lqwhqwhq...
Ha
...hvwr hq fdvd

* SI TE INTERESA SABER QUÉ DICE, TRADÚCELO CON CAESAR CIPHER.

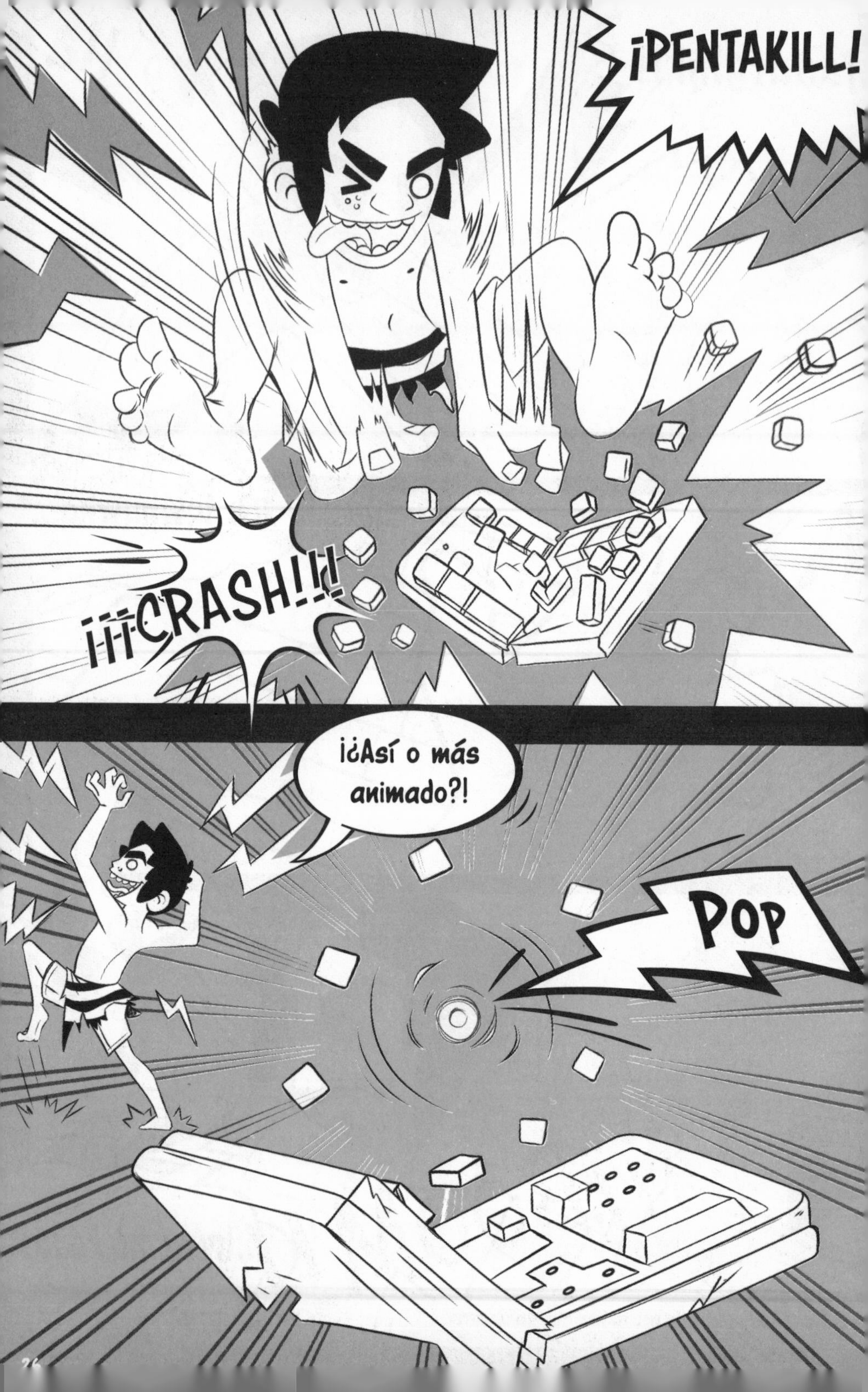
¡PENTAKILL!
¡¡¡CRASH!!!
¡¿Así o más animado?!
POP

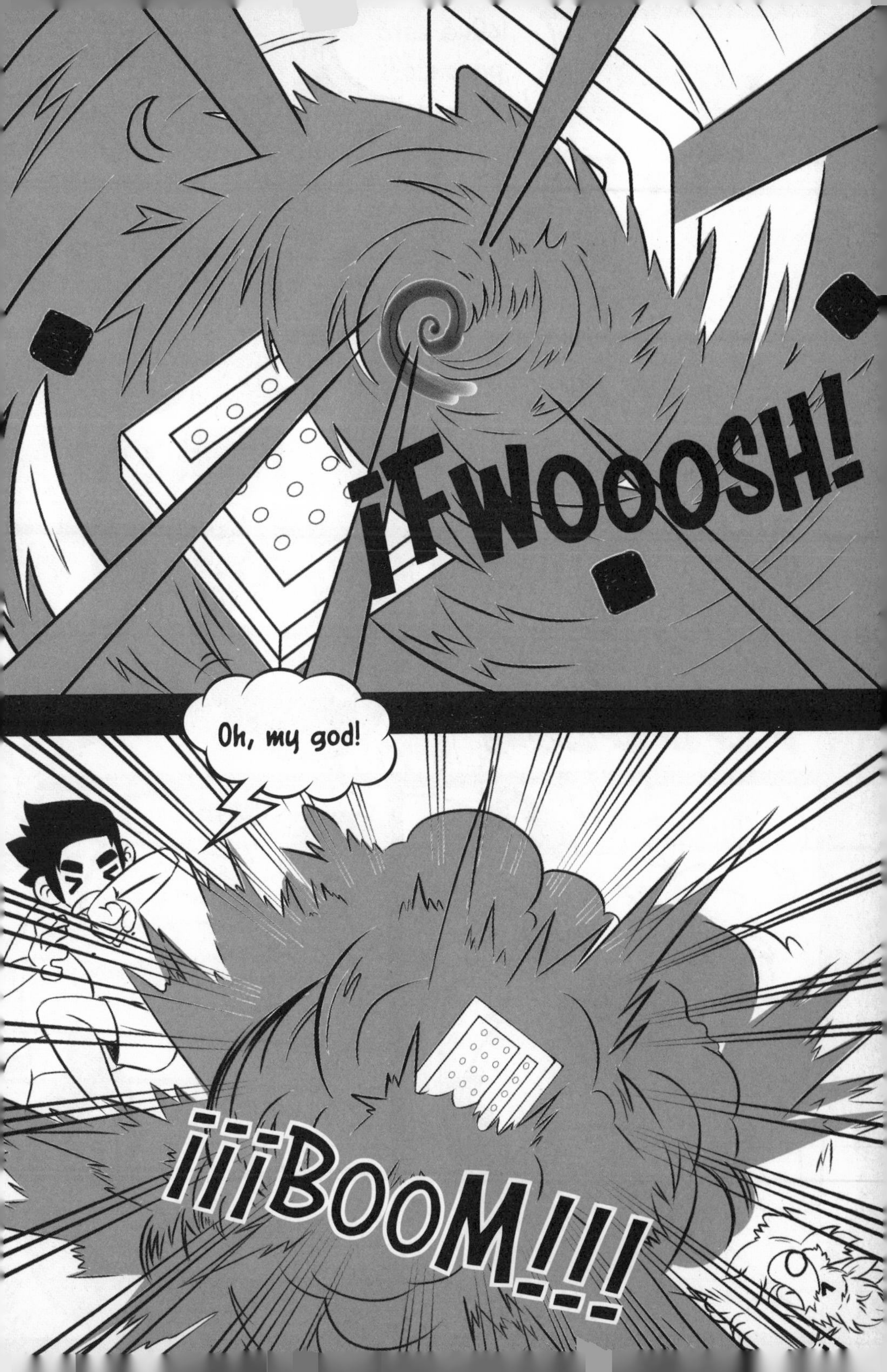
¡FWOOOSH!
Oh, my god!
¡¡¡BOOM!!!

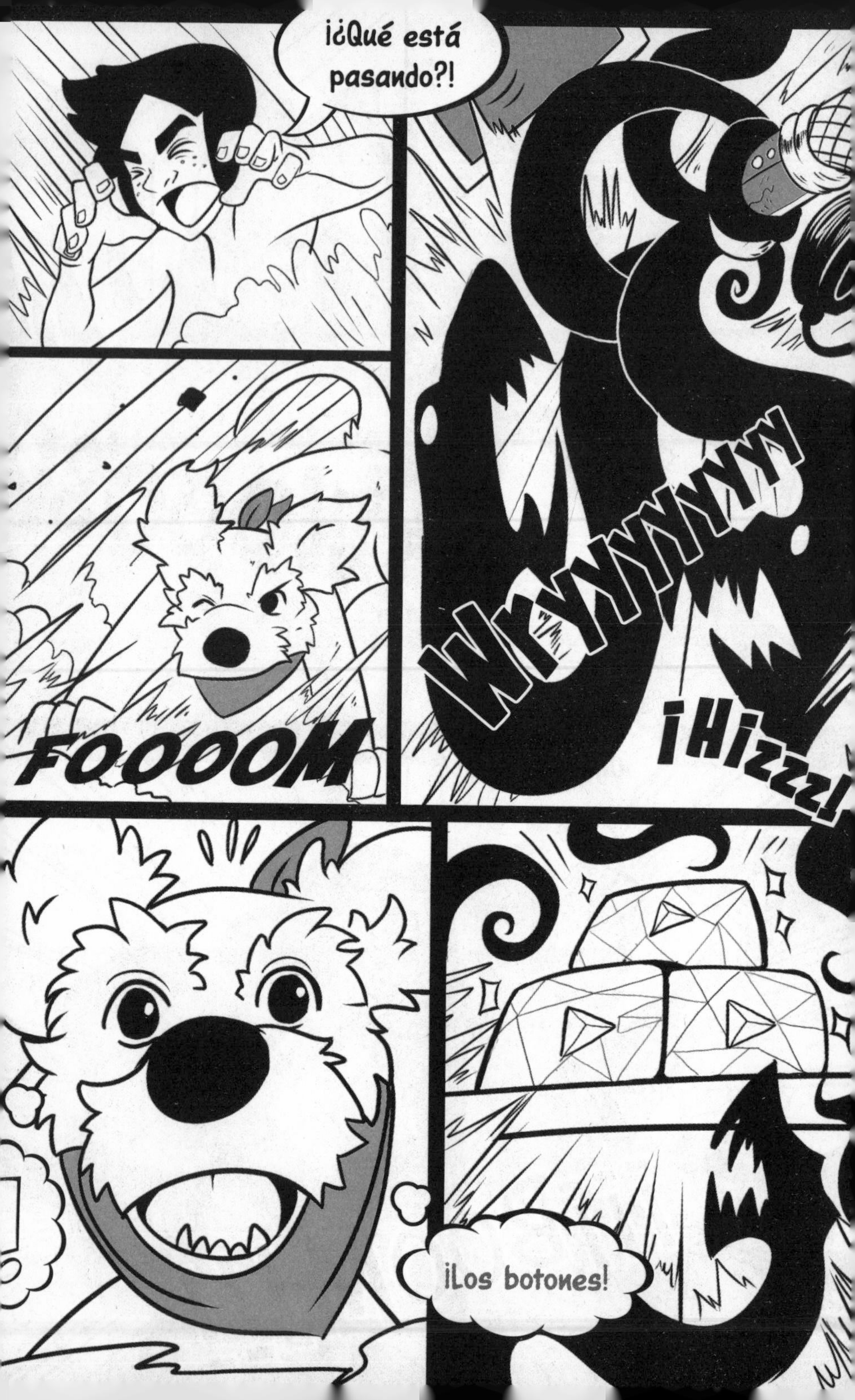
¡¿Qué está pasando?!
FOOOOM
WRYYYYYYYYY
¡Hizzzz!
¡Los botones!

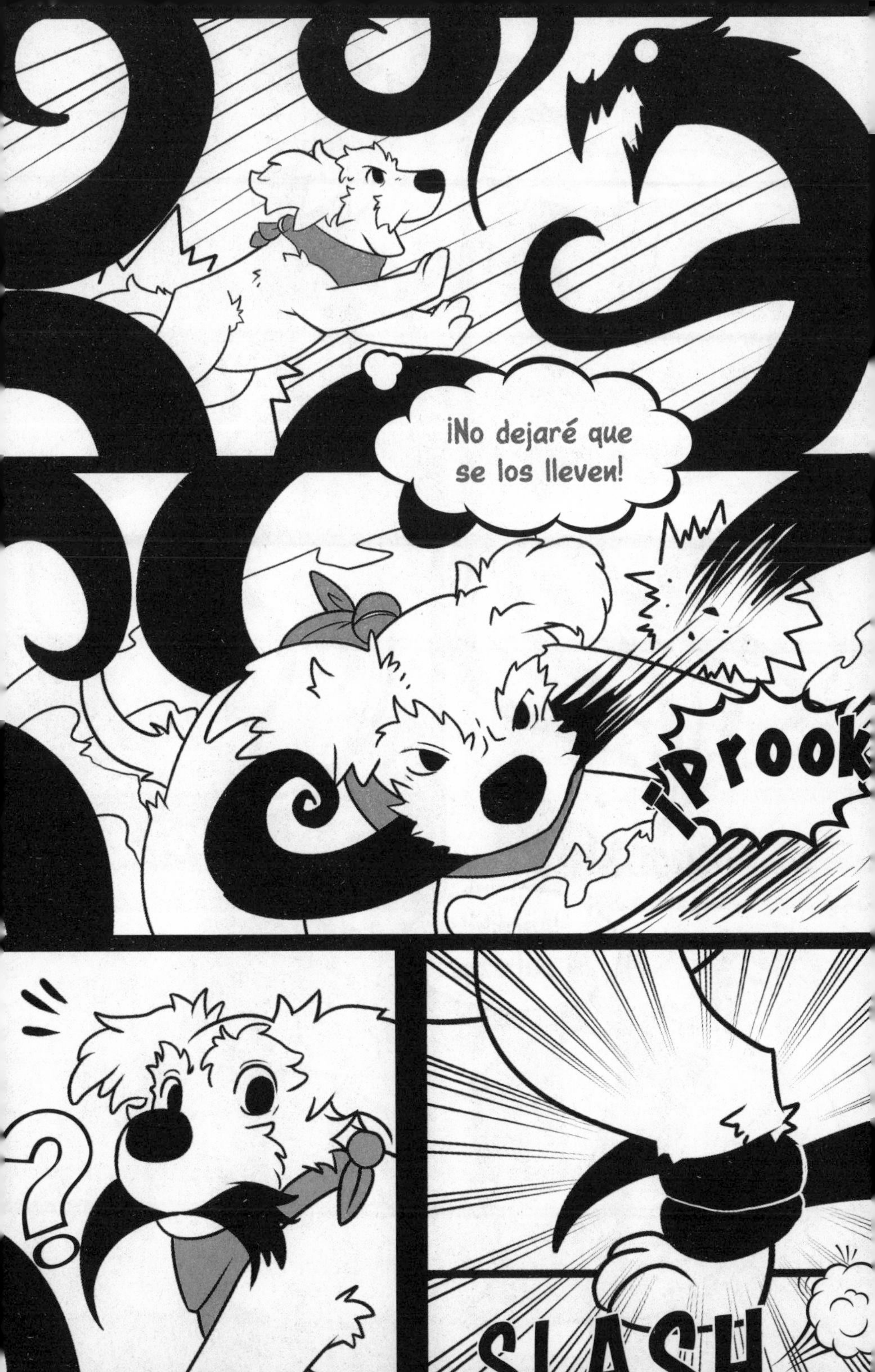
¡No dejaré que se los lleven!
¡Prook
SLASH

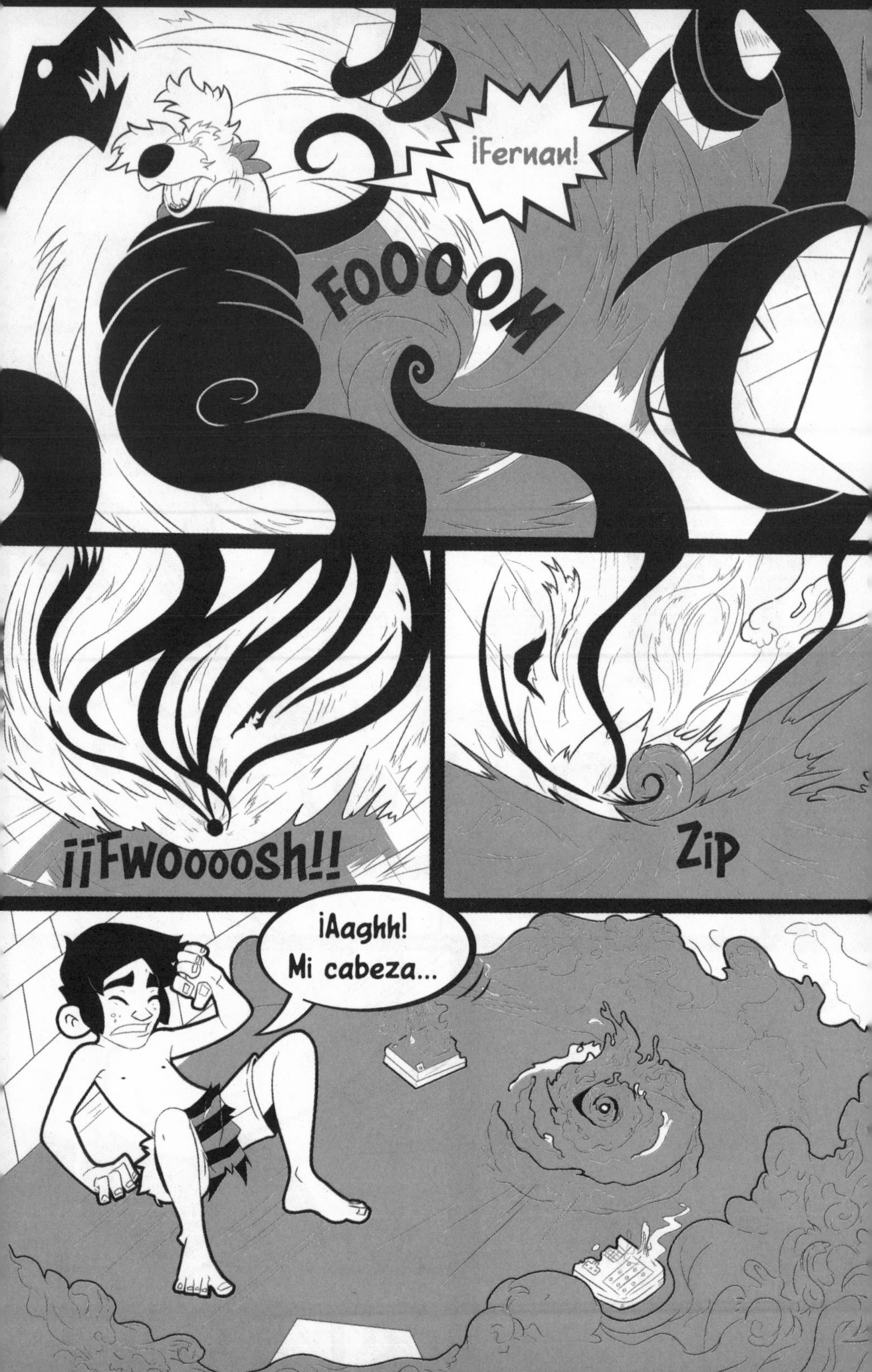
¡Fernan!
FOOOOM
¡¡Fwooooosh!!
Zip
¡Aaghh!
Mi cabeza...

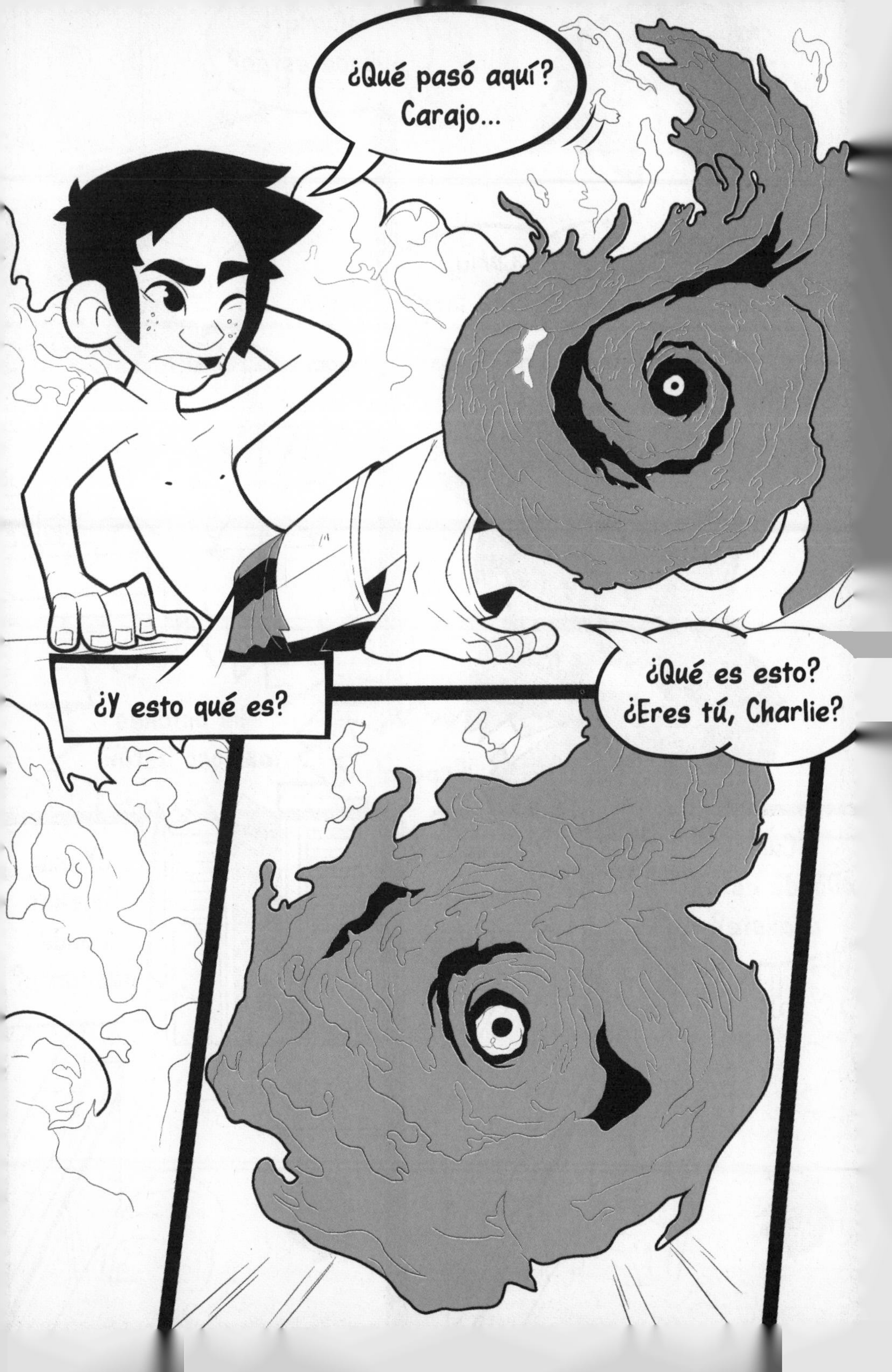
¿Qué pasó aquí? Carajo...
¿Y esto qué es?
¿Qué es esto? ¿Eres tú, Charlie?

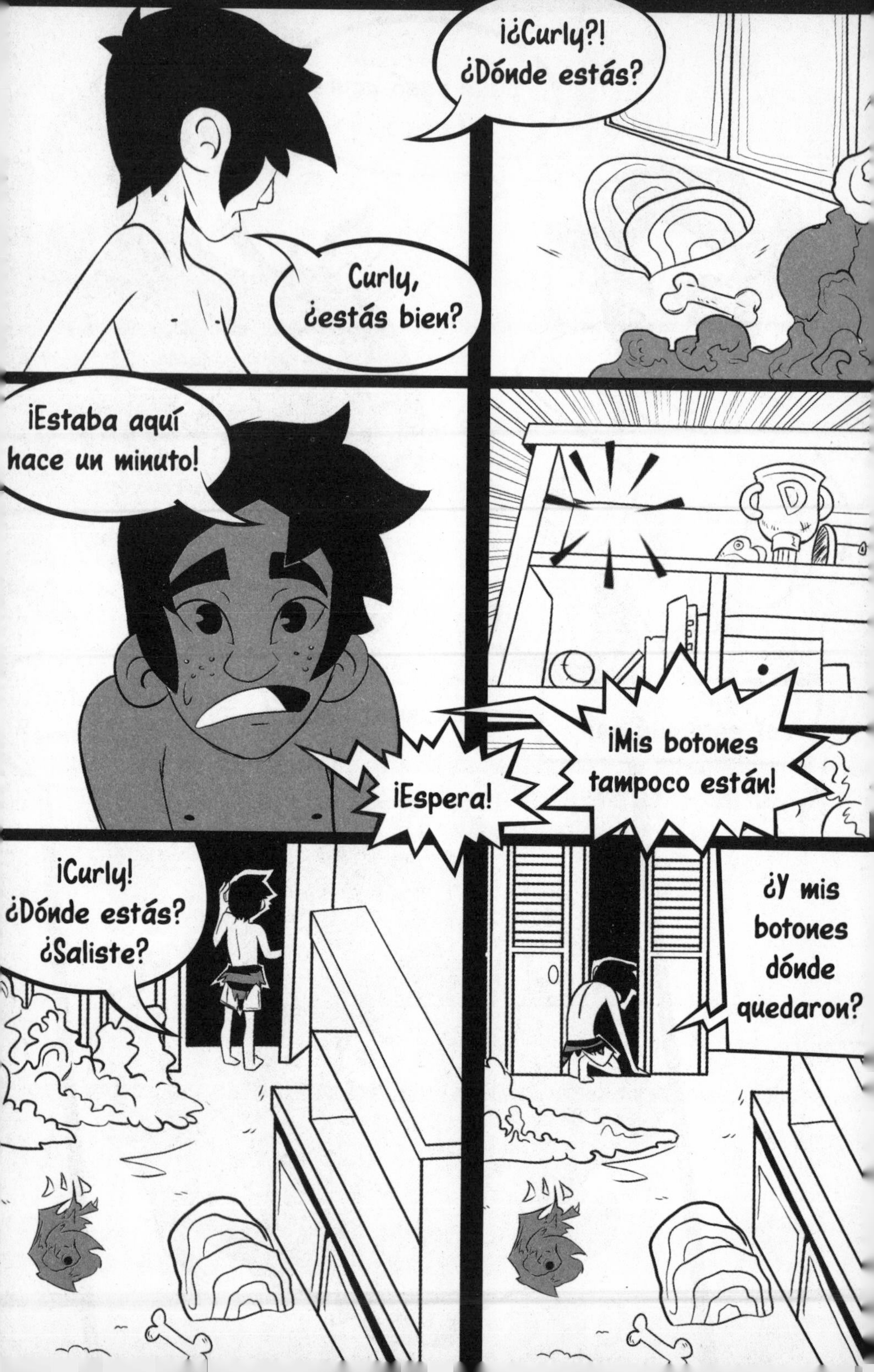
¡¿Curly?!
¿Dónde estás?
Curly,
¿estás bien?
¡Estaba aquí
hace un minuto!
¡Espera!
¡Mis botones
tampoco están!
¡Curly!
¿Dónde estás?
¿Saliste?
¿Y mis
botones
dónde
quedaron?

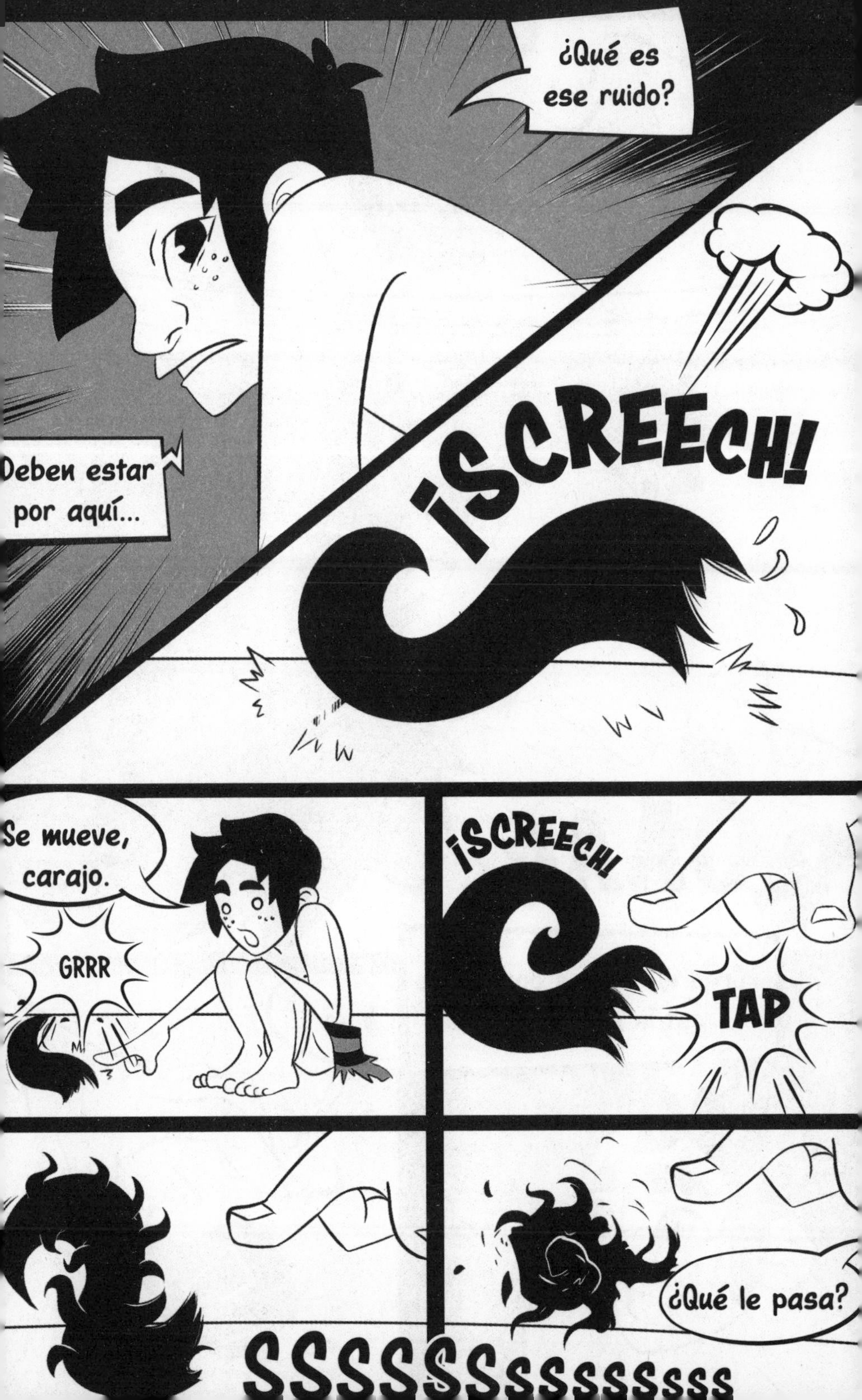
¿Qué es ese ruido?
Deben estar por aquí...
¡SCREECH!
Se mueve, carajo.
GRRR
¡SCREECH!
TAP
¿Qué le pasa?
SSSSSSsssssssss

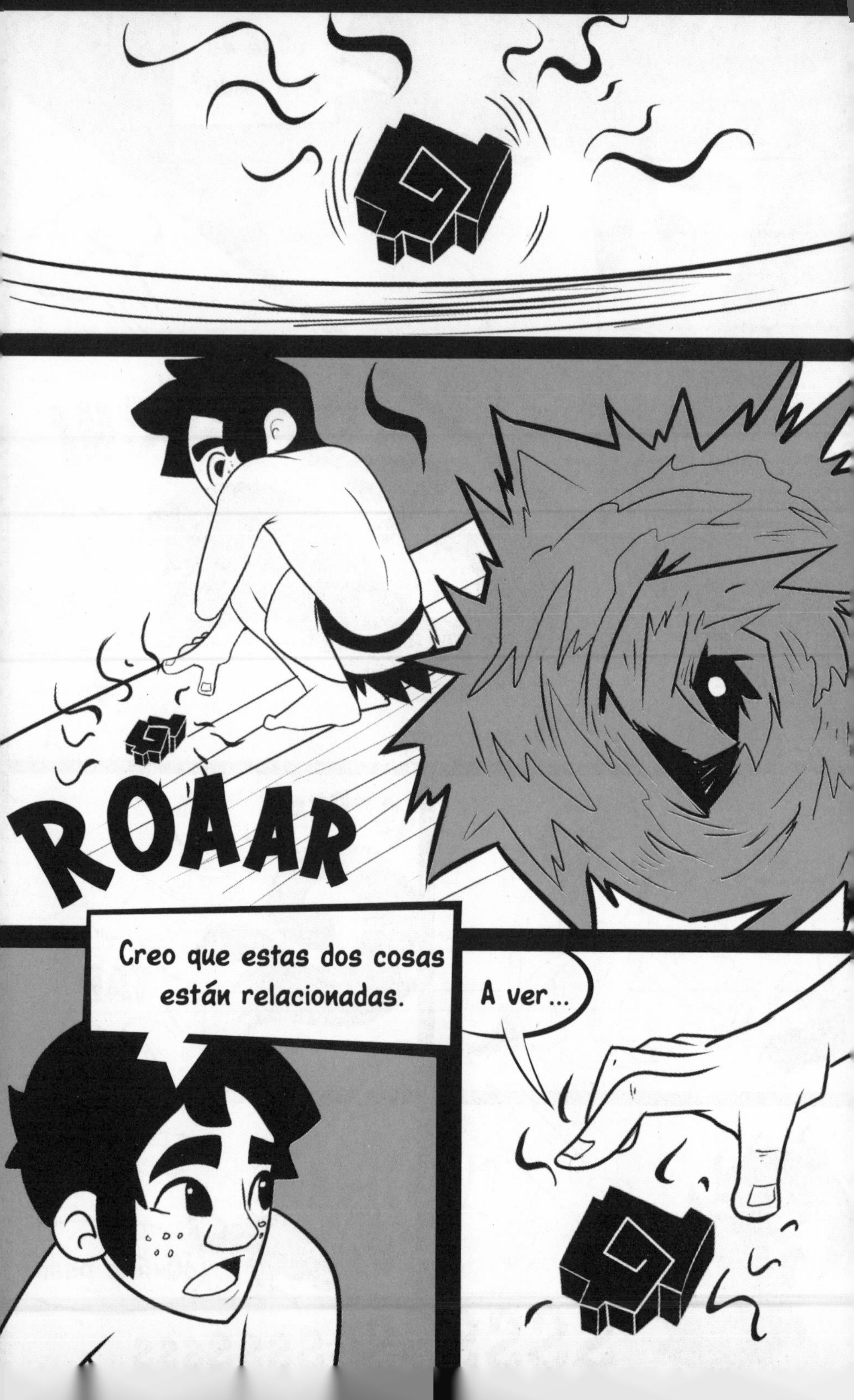
ROAAR
Creo que estas dos cosas están relacionadas.
A ver...

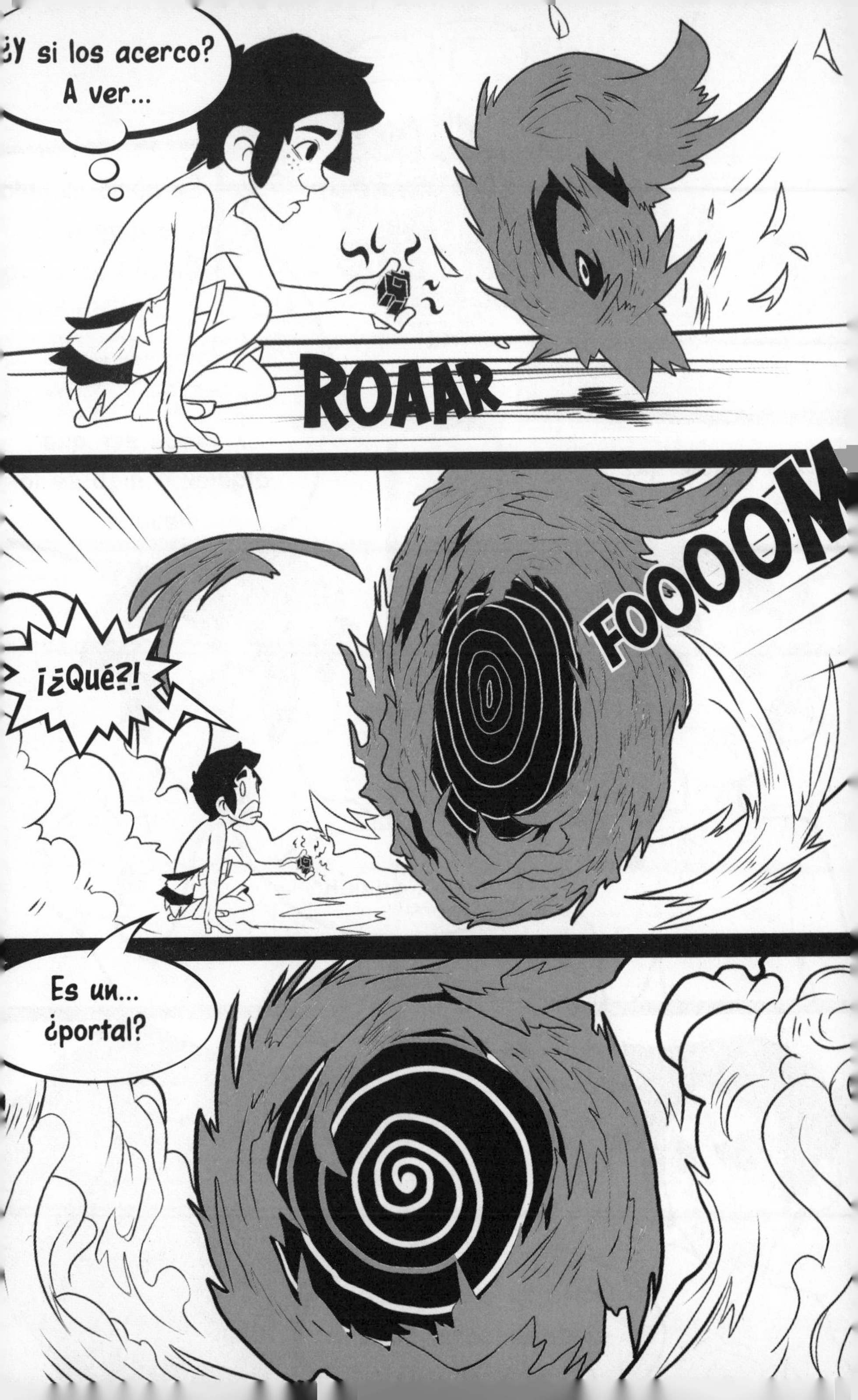
¿Y si los acerco?
A ver...
ROAAR
FOOOOM
¡¿Qué?!
Es un...
¿portal?

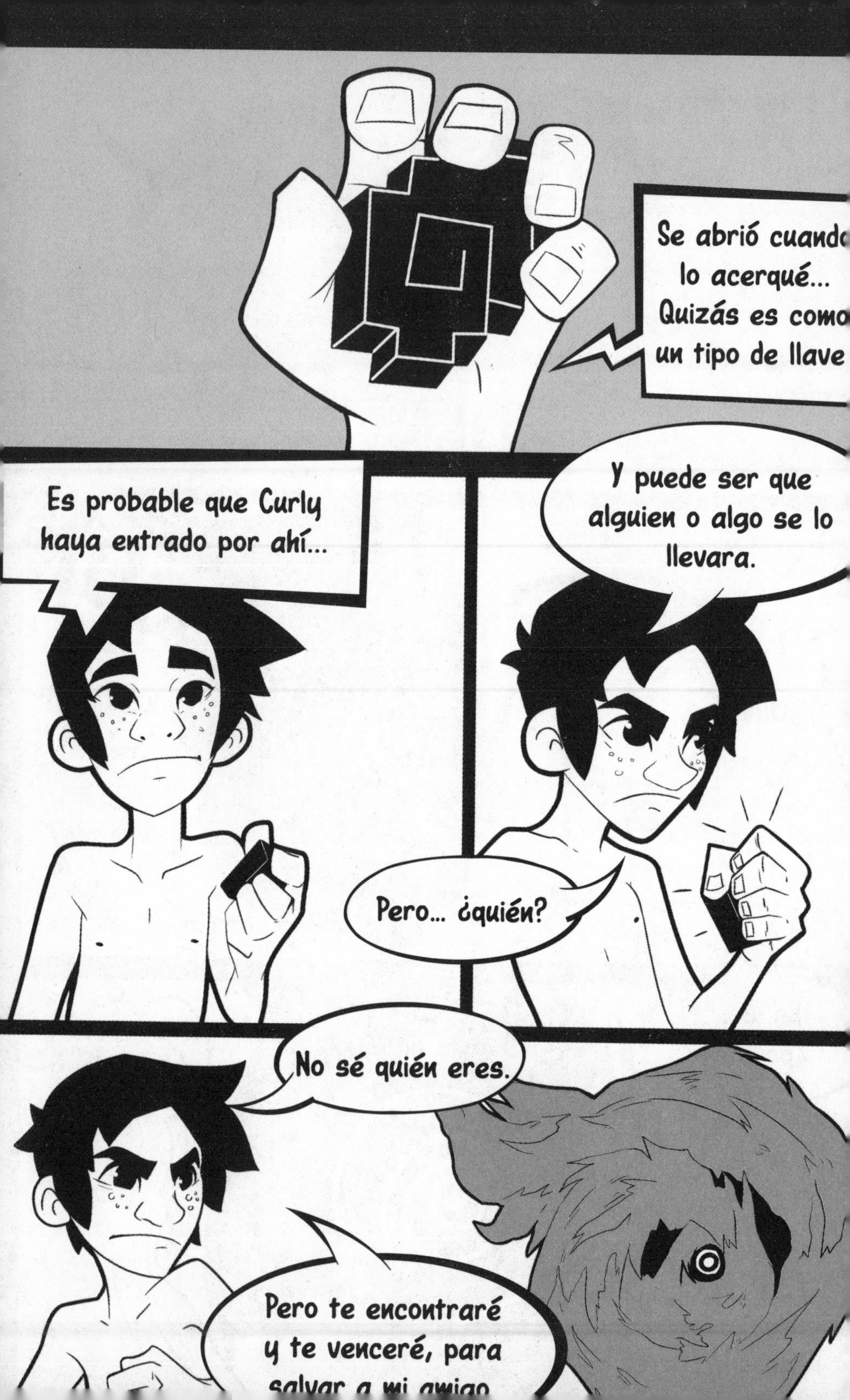
Se abrió cuand
lo acerqué...
Quizás es como
un tipo de llave
Es probable que Curly
haya entrado por ahí...
Y puede ser que
alguien o algo se lo
llevara.
Pero... ¿quién?
No sé quién eres.
Pero te encontraré
y te venceré, para

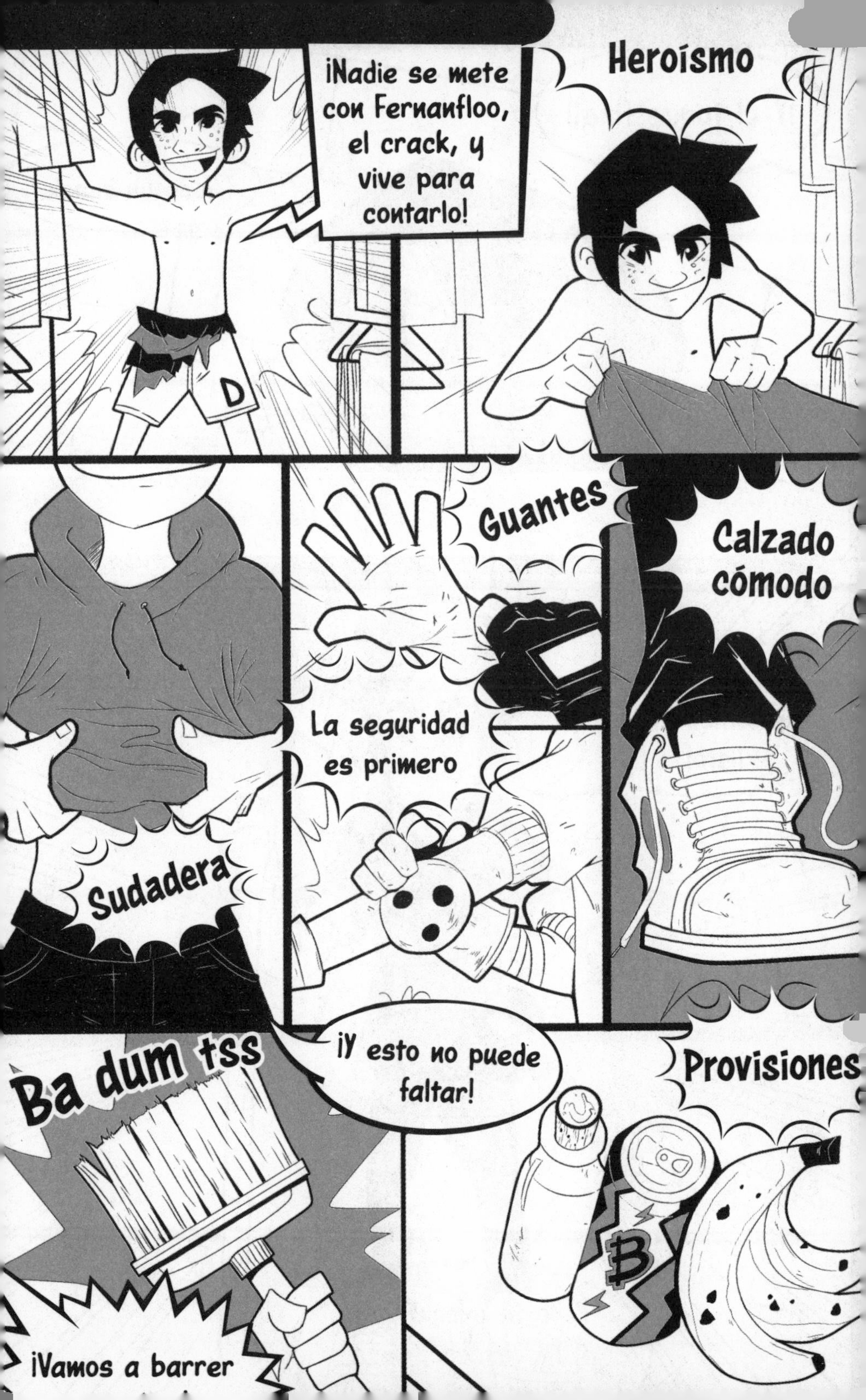
¡Nadie se mete con Fernanfloo, el crack, y vive para contarlo!
Heroísmo
Sudadera
Guantes
La seguridad es primero
Calzado cómodo
Ba dum tss
¡Y esto no puede faltar!
Provisiones
¡Vamos a barrer

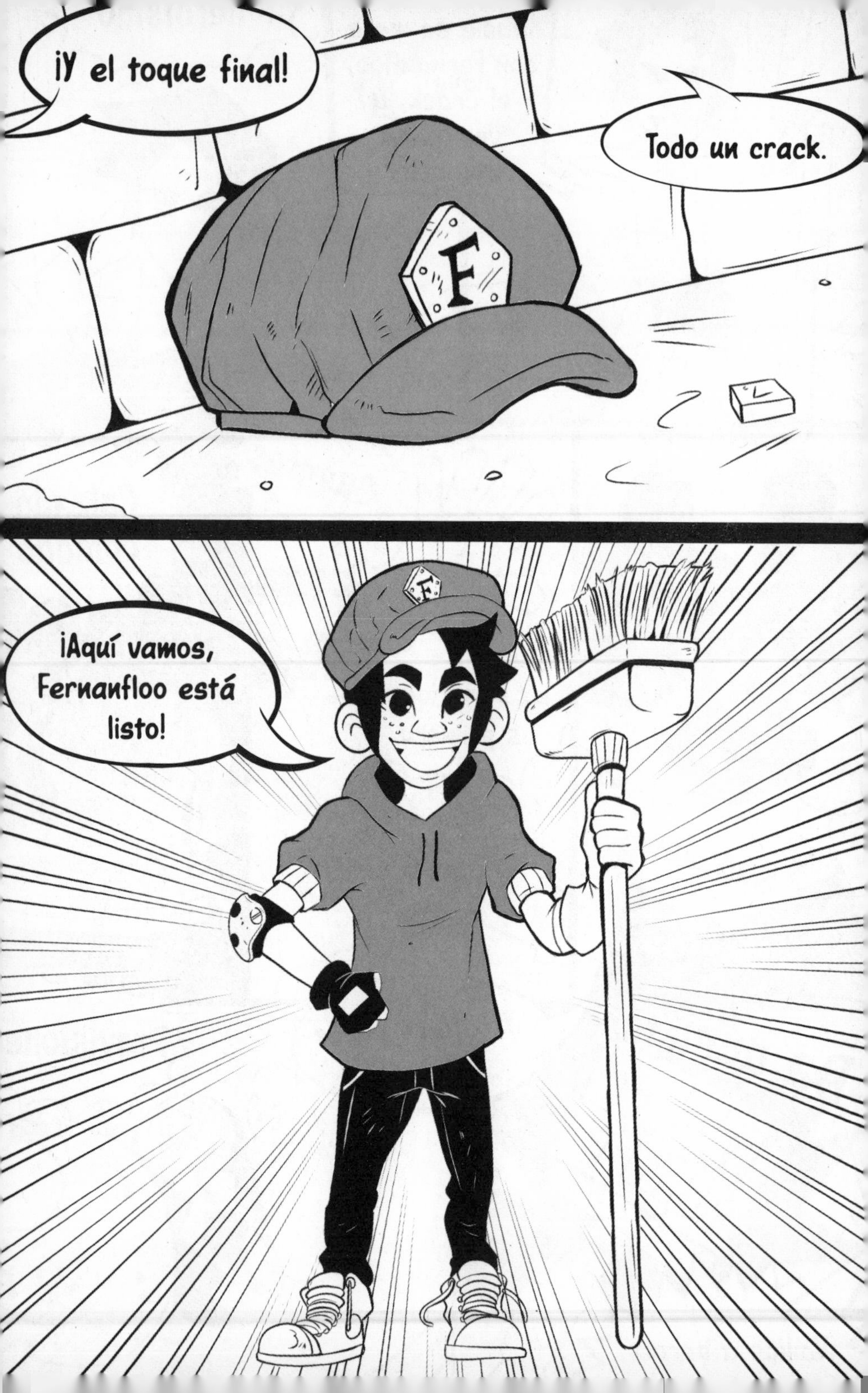
¡Y el toque final!
Todo un crack.
¡Aquí vamos, Fernanfloo está listo!

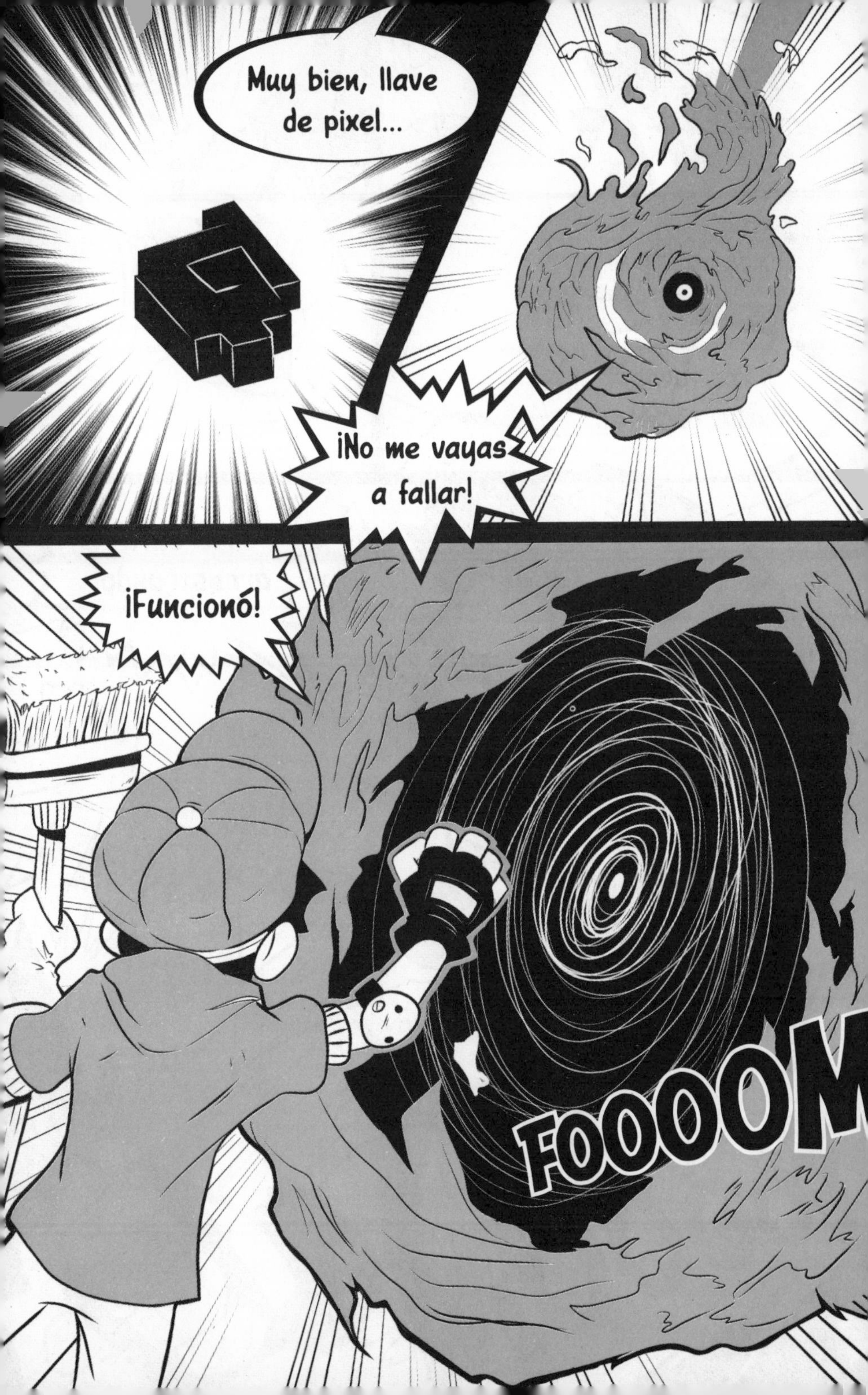
Muy bien, llave de pixel...
¡No me vayas a fallar!
¡Funcionó!
FOOOOM

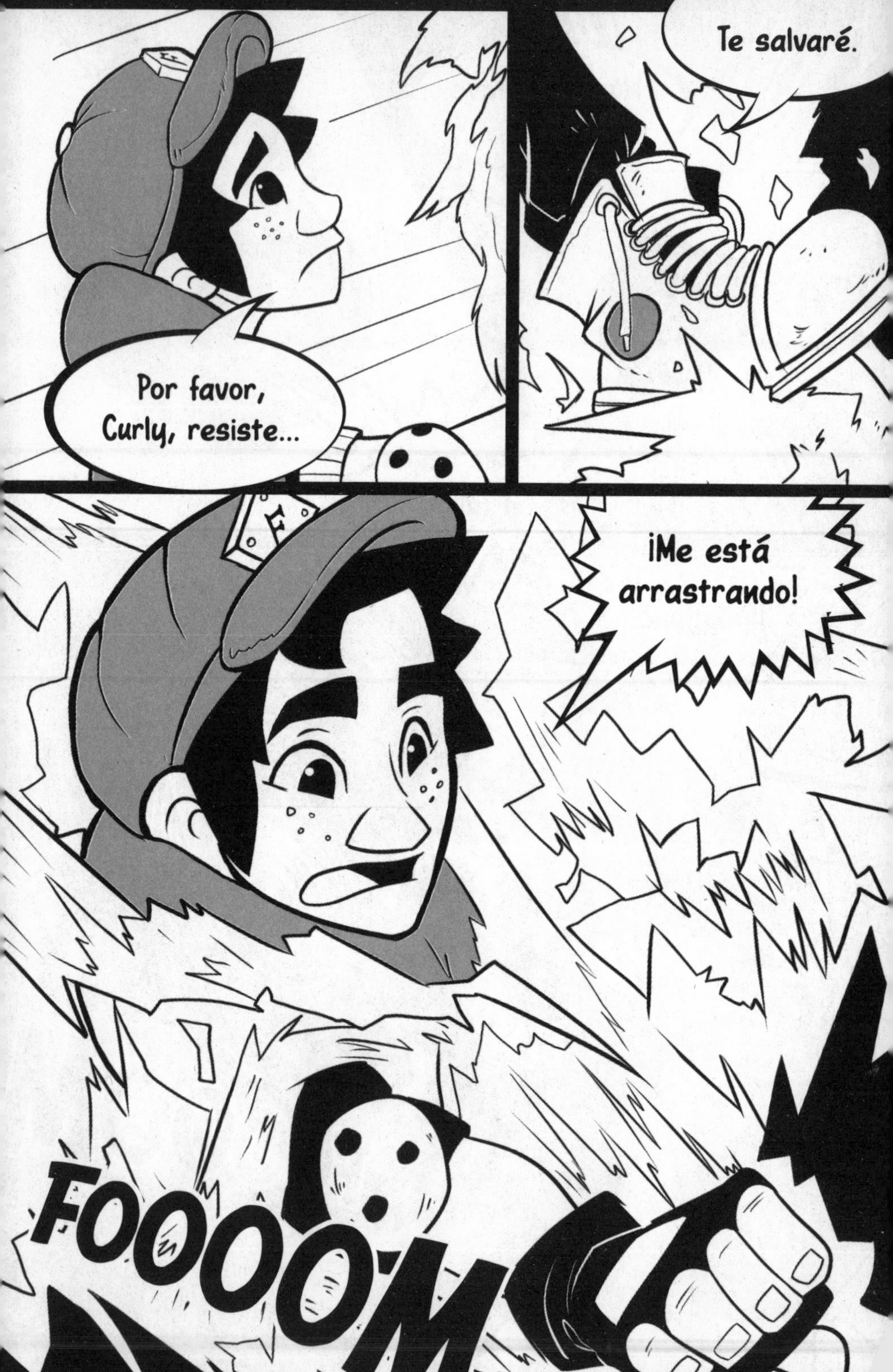
Por favor, Curly, resiste...
Te salvaré.
¡Me está arrastrando!
FOOOOM

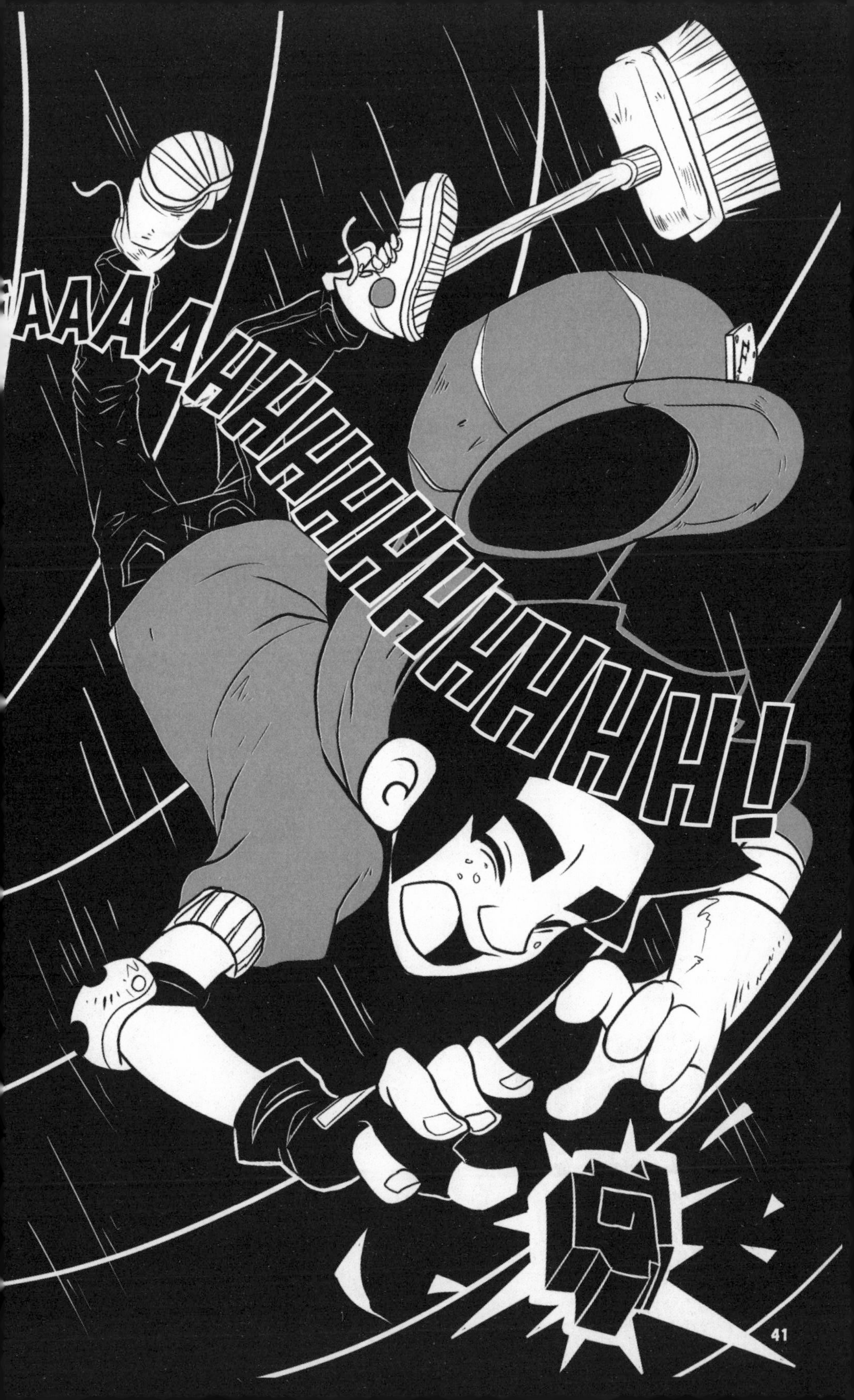
AAAAAHHHHHHHHHHHHHH!

Mundo 1
¡JUICIO
POR COMBATE!

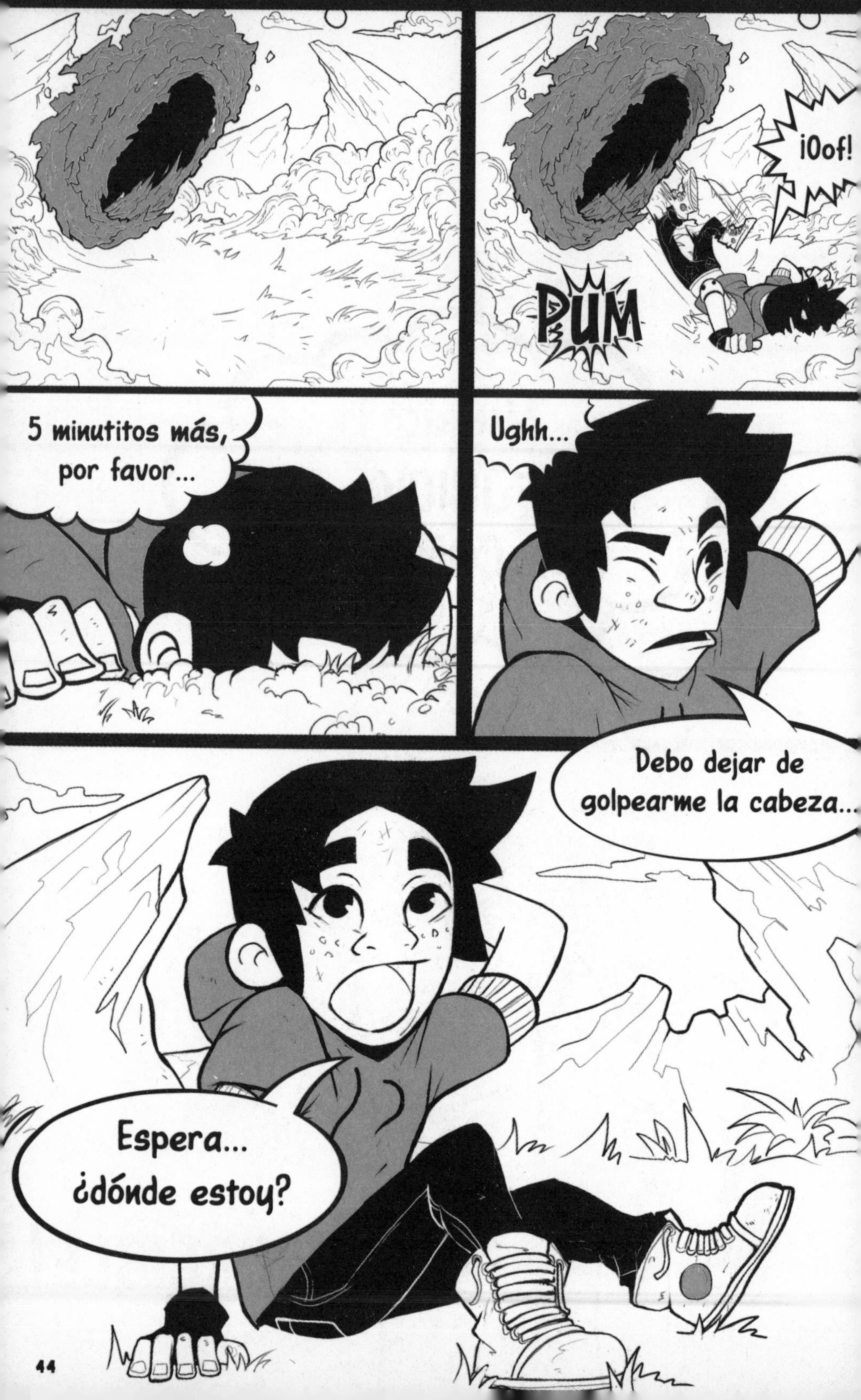
¡Oof!
PUM
5 minutitos más, por favor...
Ughh...
Debo dejar de golpearme la cabeza...
Espera... ¿dónde estoy?

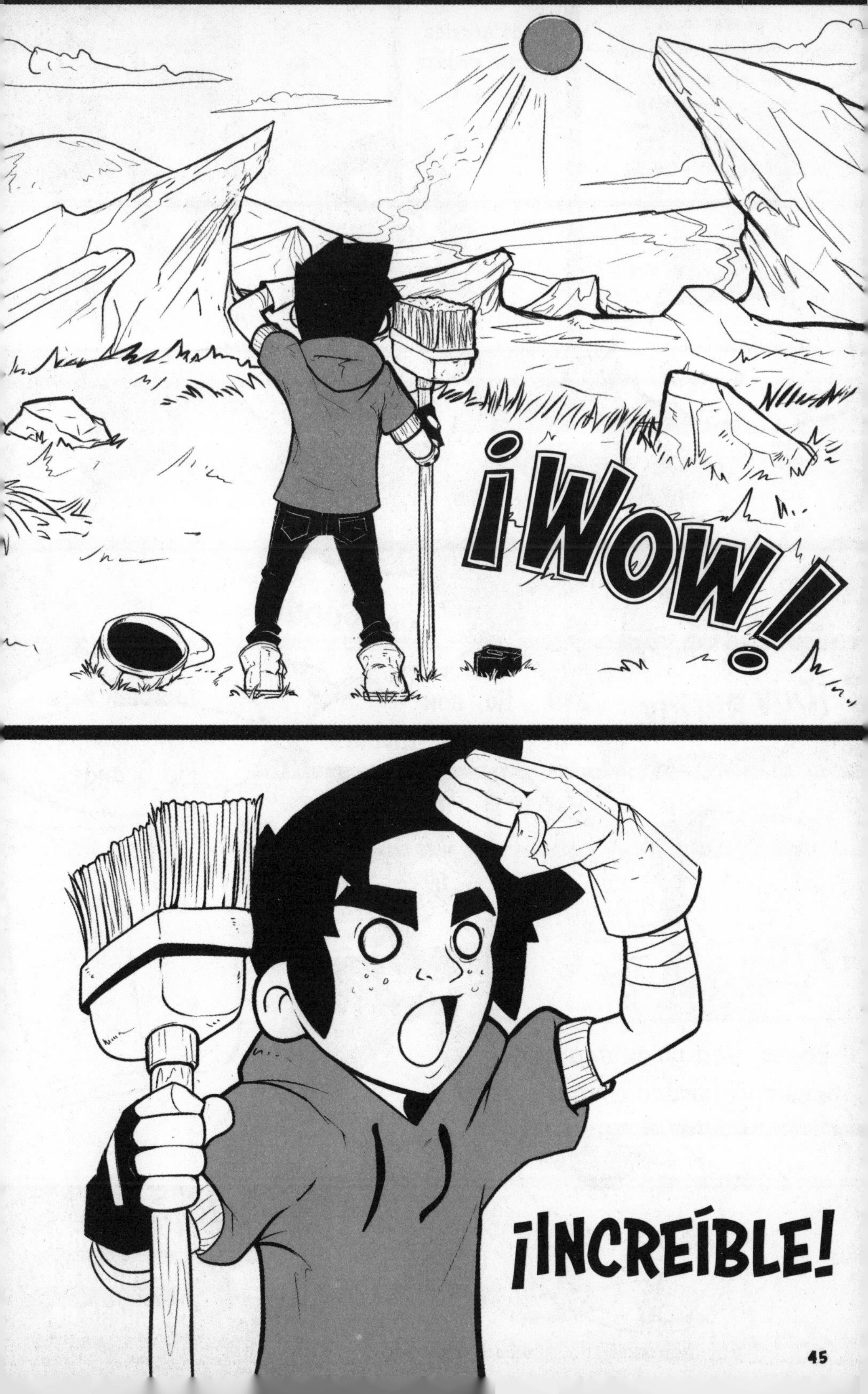
¡WOW!
¡INCREÍBLE!

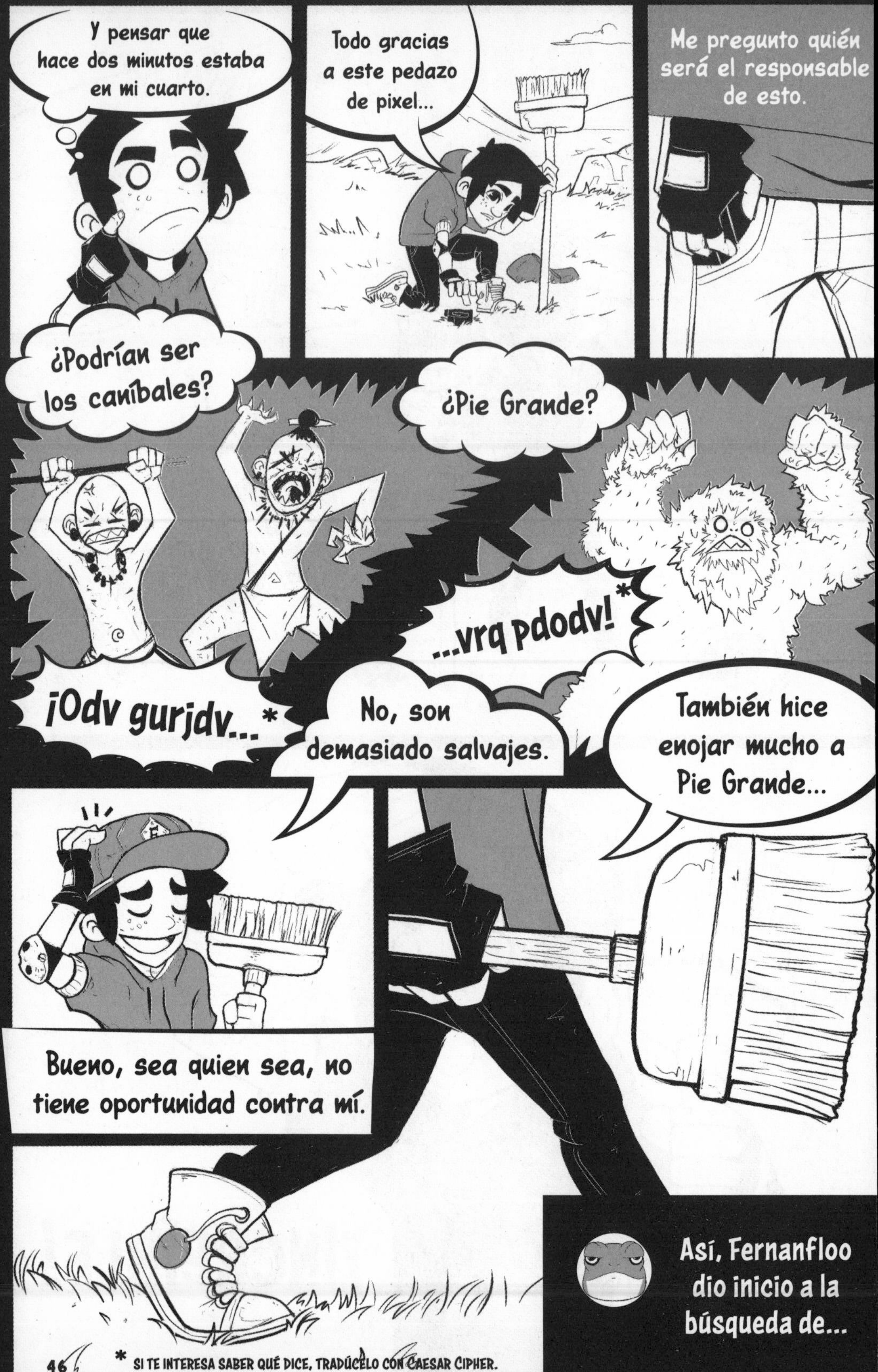
Y pensar que hace dos minutos estaba en mi cuarto.
Todo gracias a este pedazo de pixel...
Me pregunto quién será el responsable de esto.
¿Podrían ser los caníbales?
¡Odv gurjdv...*
¿Pie Grande?
...vrq pdodv!*
No, son demasiado salvajes.
También hice enojar mucho a Pie Grande...
Bueno, sea quien sea, no tiene oportunidad contra mí.
Así, Fernanfloo dio inicio a la búsqueda de...



* SI TE INTERESA SABER QUÉ DICE, TRADÚCELO CON CAESAR CIPHER.

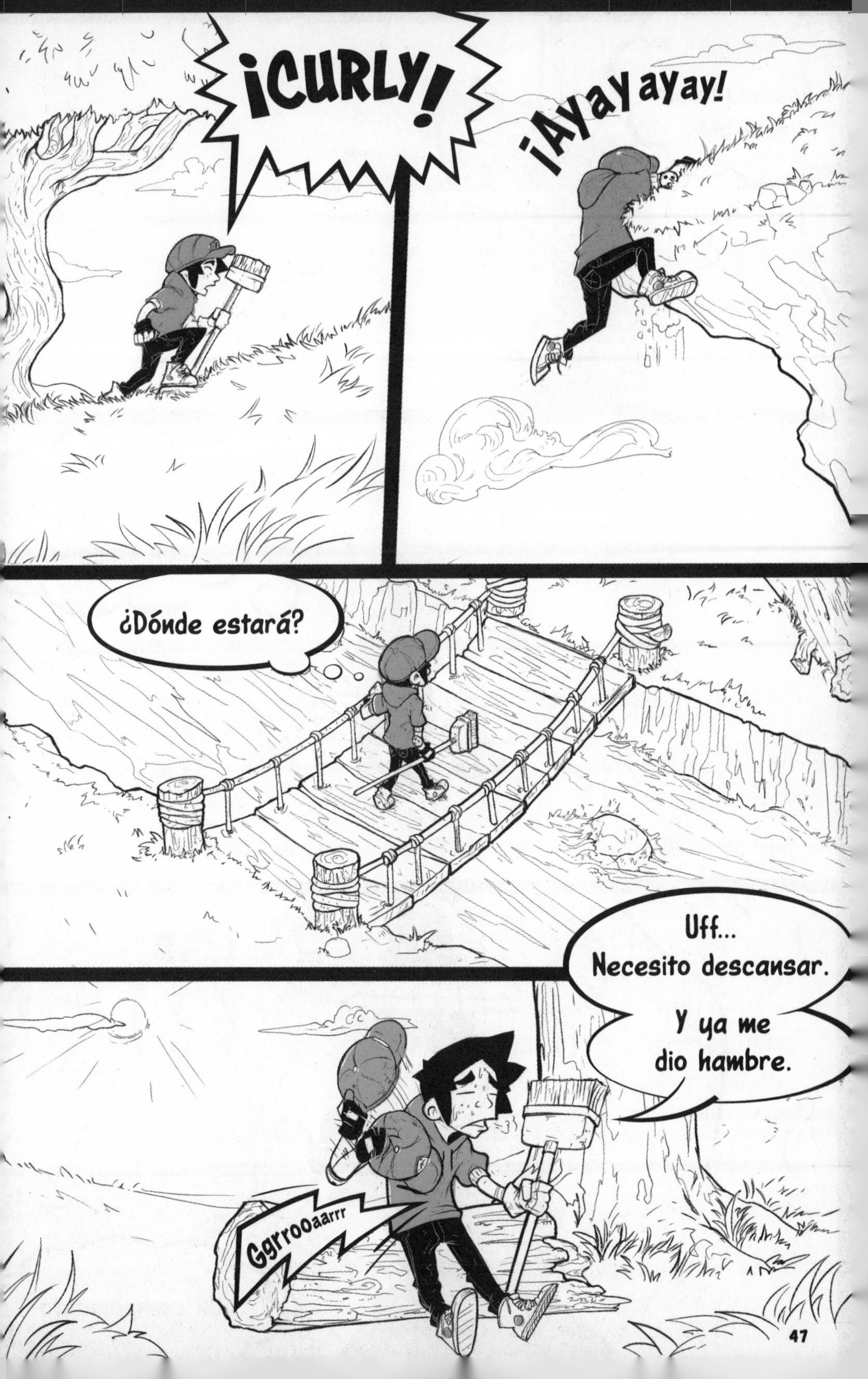
¡CURLY!
¡Ayay ayay!
¿Dónde estará?
Uff...
Necesito descansar.
Y ya me dio hambre.
Ggrrooaarrr

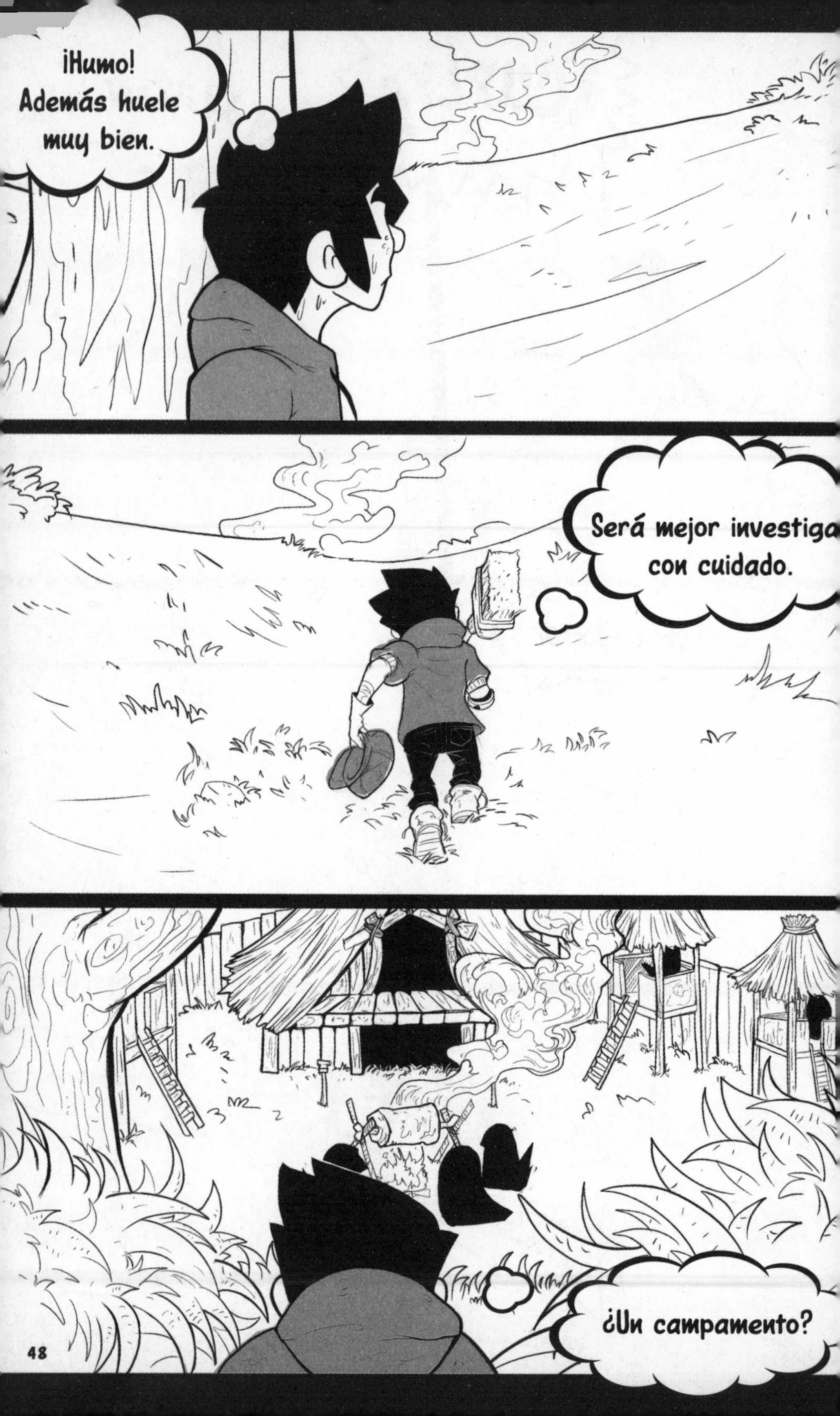
¡Humo!
Además huele muy bien.
Será mejor investiga
con cuidado.
¿Un campamento?

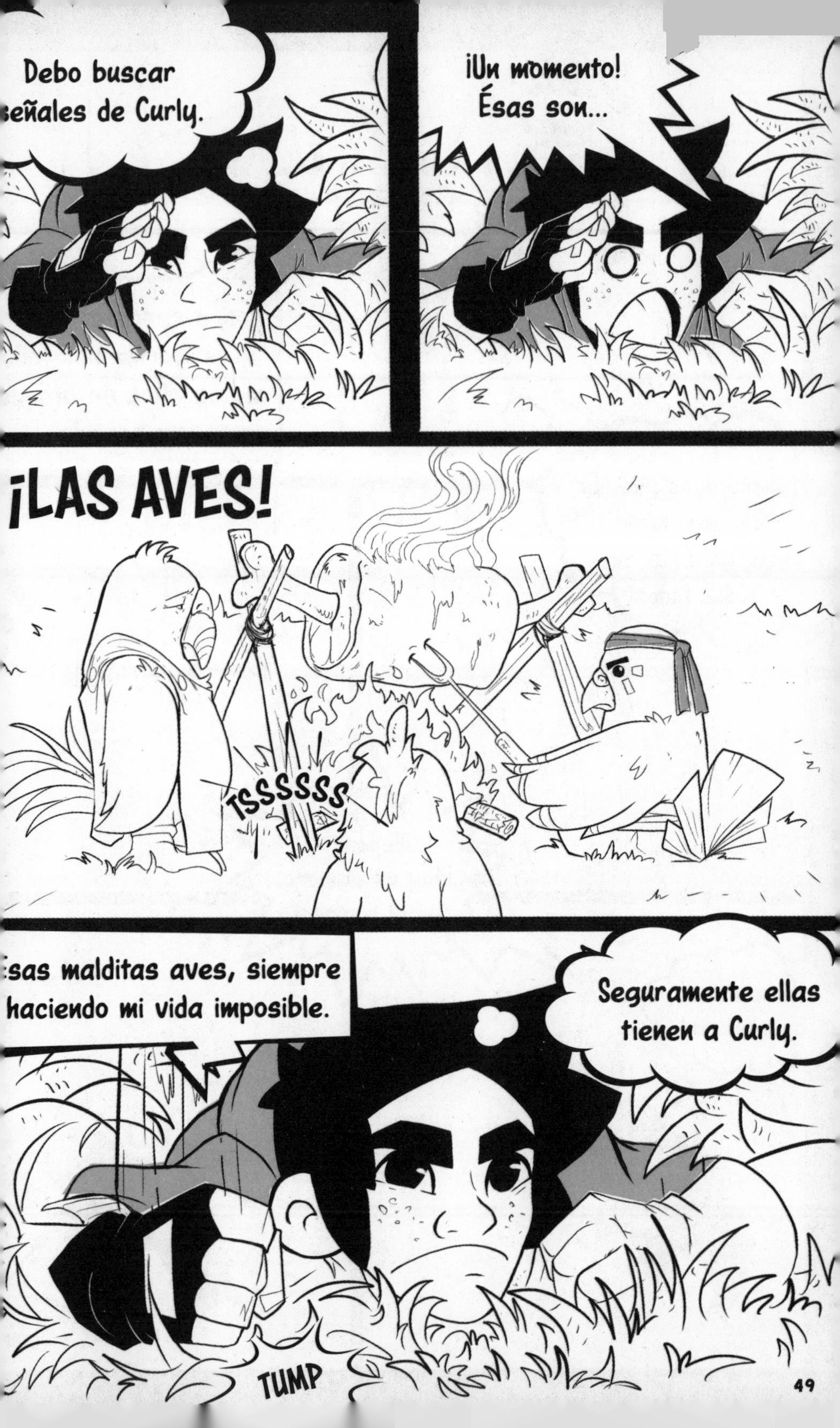
Debo buscar
señales de Curly.
¡Un momento!
Ésas son...
¡LAS AVES!
TSSSSSS
Esas malditas aves, siempre
haciendo mi vida imposible.
Seguramente ellas
tienen a Curly.
TUMP

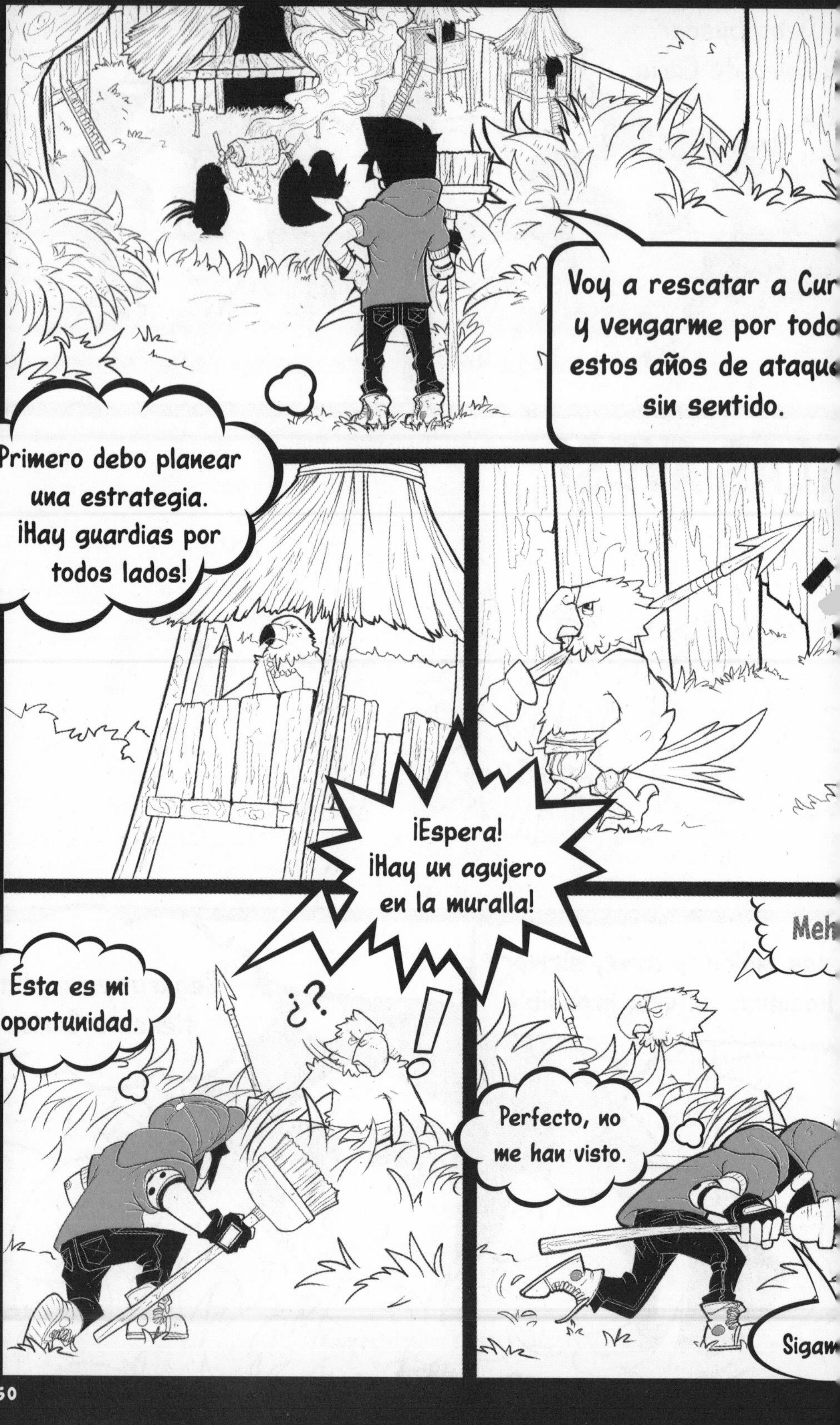

Voy a rescatar a Cur
y vengarme por todo
estos años de ataqu
sin sentido.
Primero debo planear una estrategia. ¡Hay guardias por todos lados!
¡Espera! ¡Hay un agujero en la muralla!
Ésta es mi oportunidad.
¿?
!
Perfecto, no me han visto.
Meh
Sigam

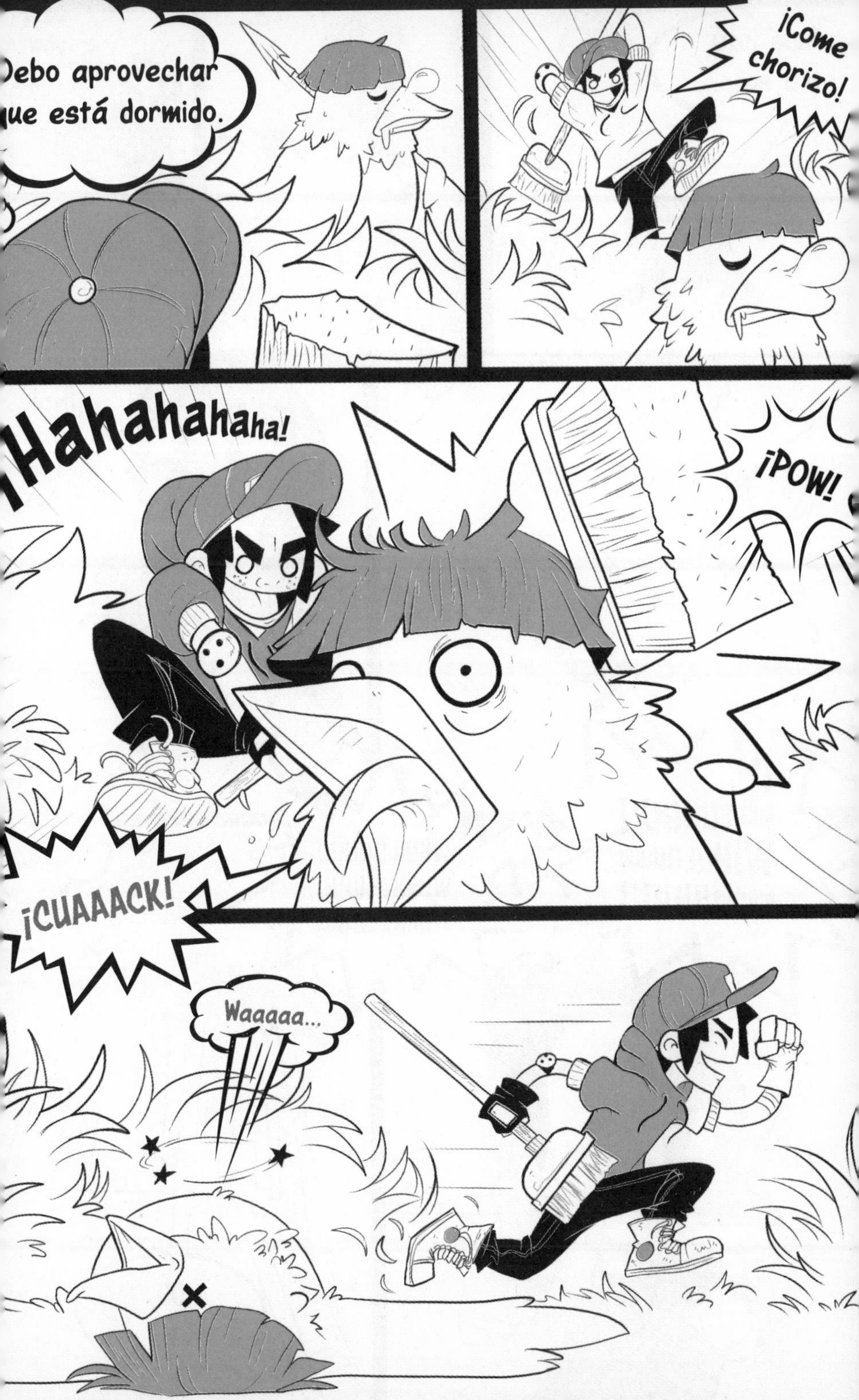
Debo aprovechar
que está dormido.
¡Come chorizo!
¡Hahahahahaha!
¡POW!
¡CUAAACK!
Waaaaa...

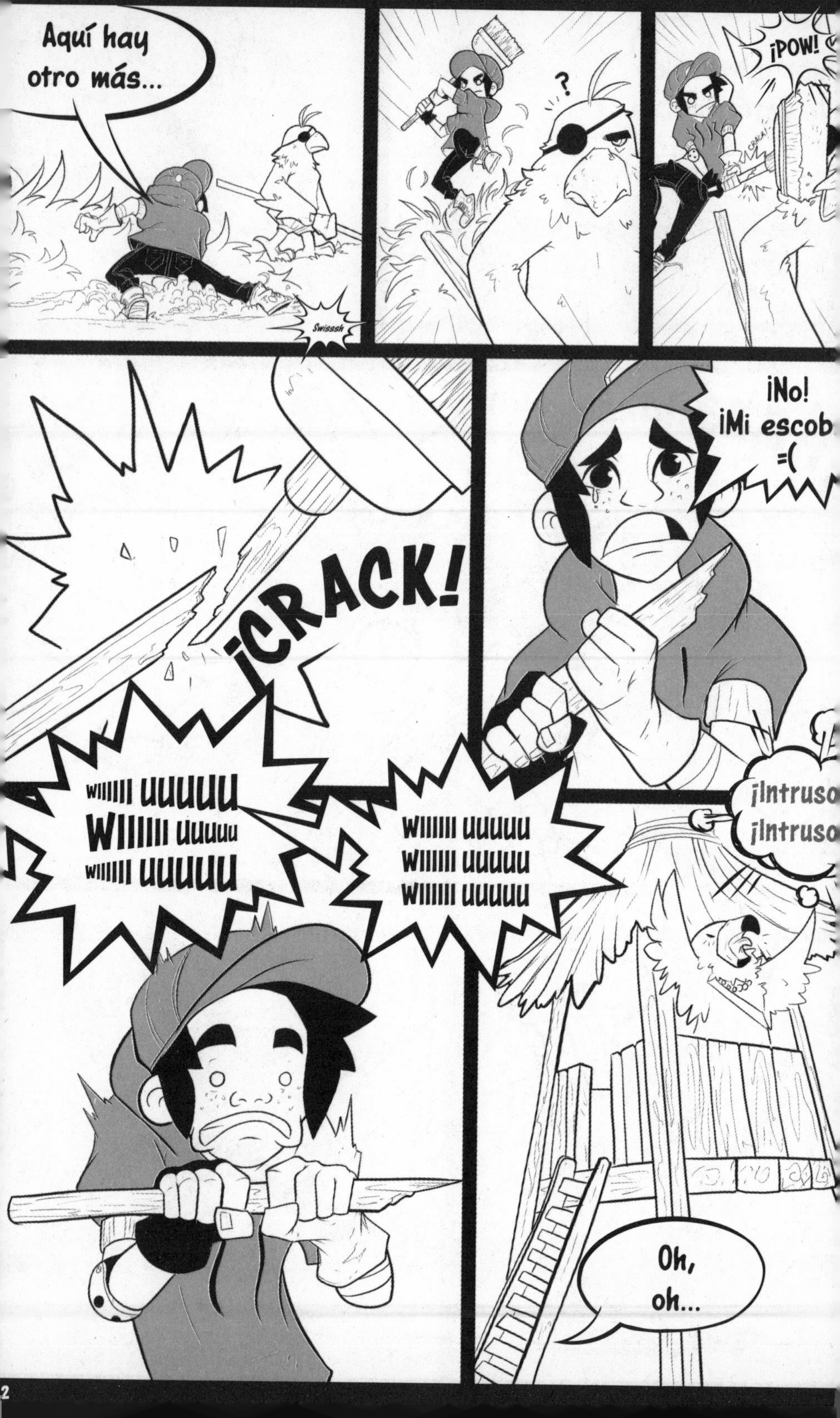
Aquí hay otro más...
Swisssh
?
¡POW!
CRACK!
¡CRACK!
¡No! ¡Mi escob
=(
wiiiiii uuuuu
Wiiiiii uuuuu
wiiiiii uuuuu
wiiiiii uuuuu
wiiiiii uuuuu
wiiiiii uuuuu
¡Intruso
¡Intruso
Oh, oh...

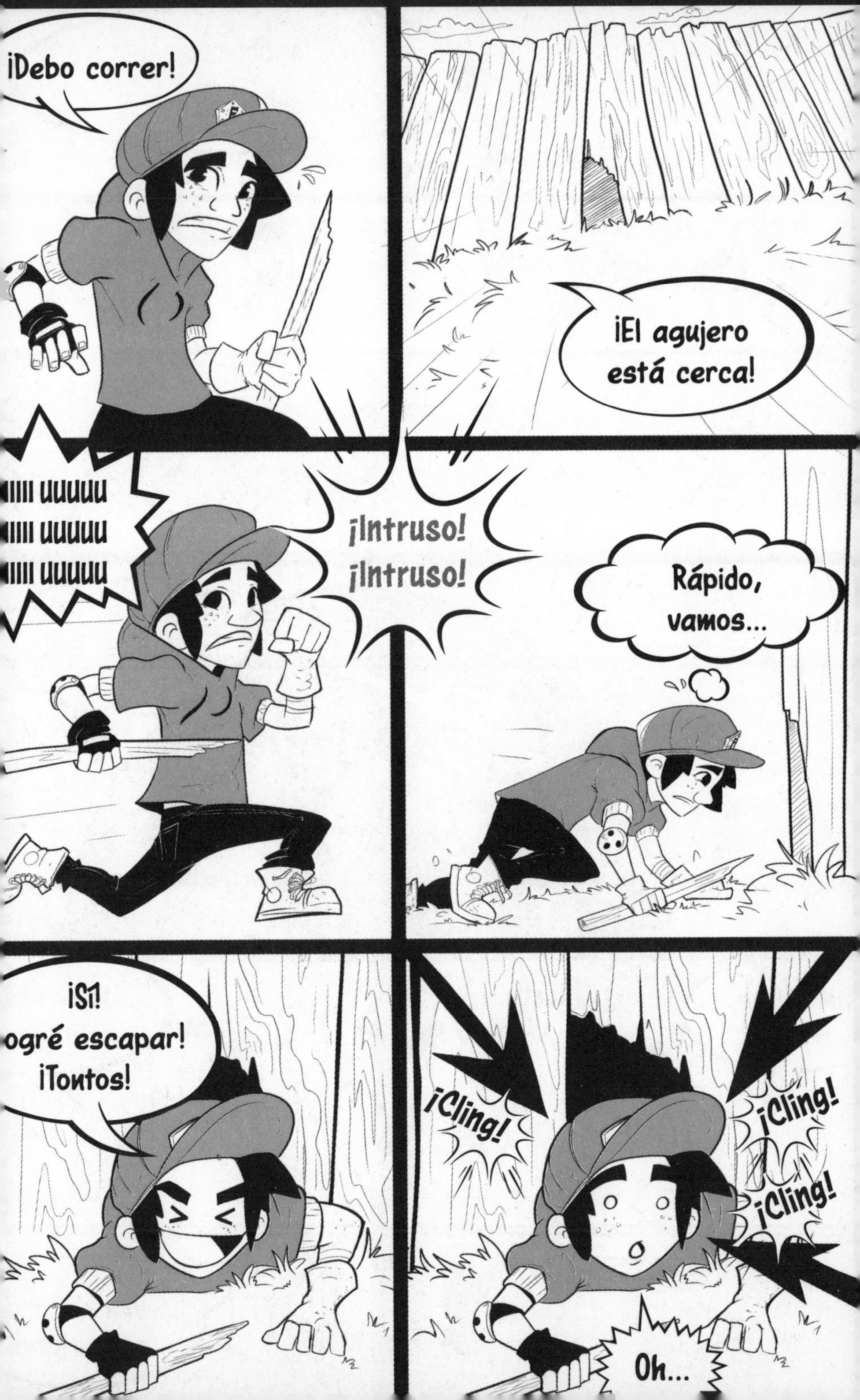
¡Debo correr!
¡El agujero está cerca!
IIIII UUUUU IIIII UUUUU IIIII UUUUU
¡Intruso! ¡Intruso!
Rápido, vamos...
¡Sí! ogré escapar! ¡Tontos!
¡Cling!
¡Cling!
¡Cling!
Oh...

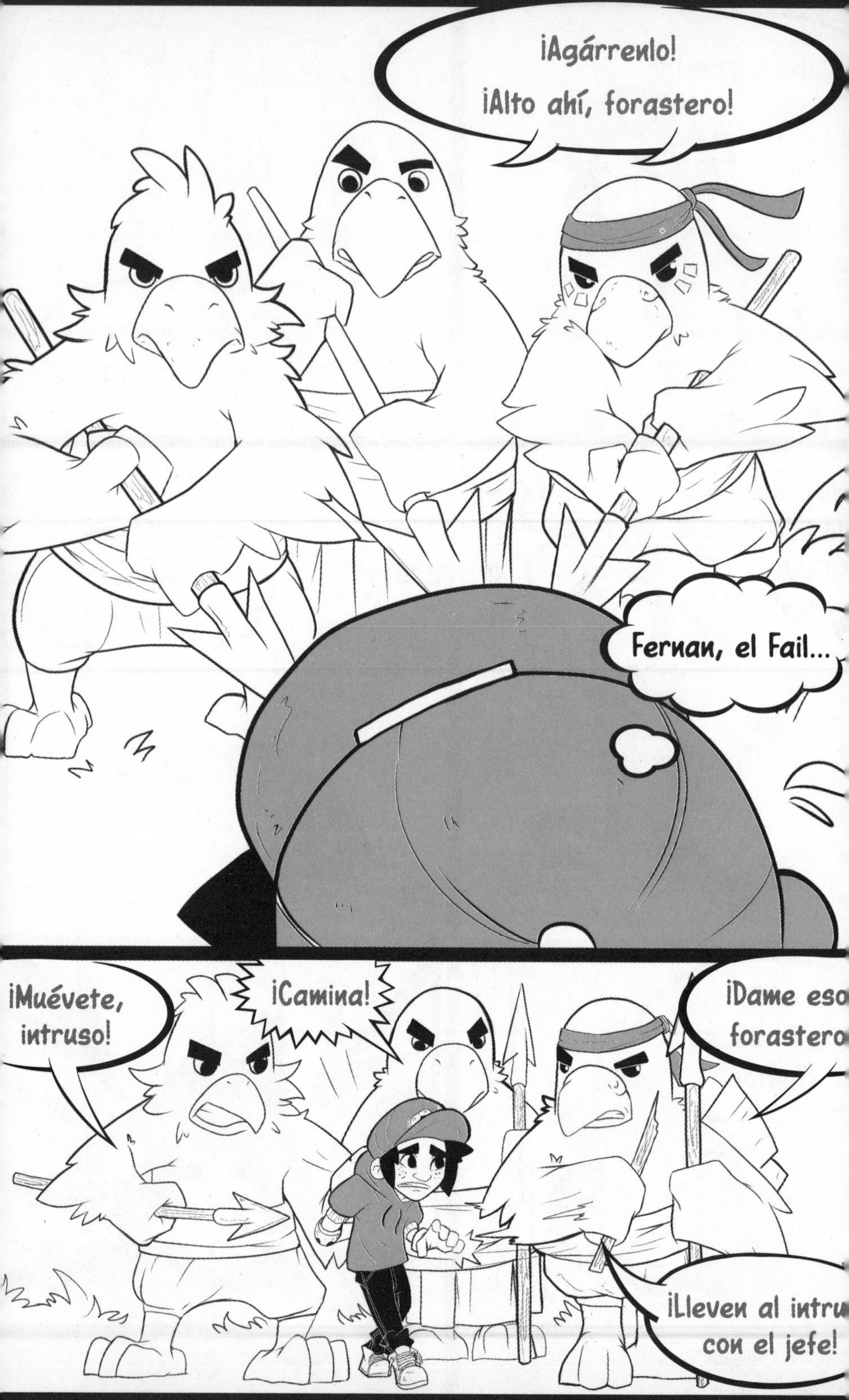
¡Agárrenlo!
¡Alto ahí, forastero!
Fernan, el Fail...
¡Muévete, intruso!
¡Camina!
¡Dame eso forastero
¡Lleven al intru con el jefe!

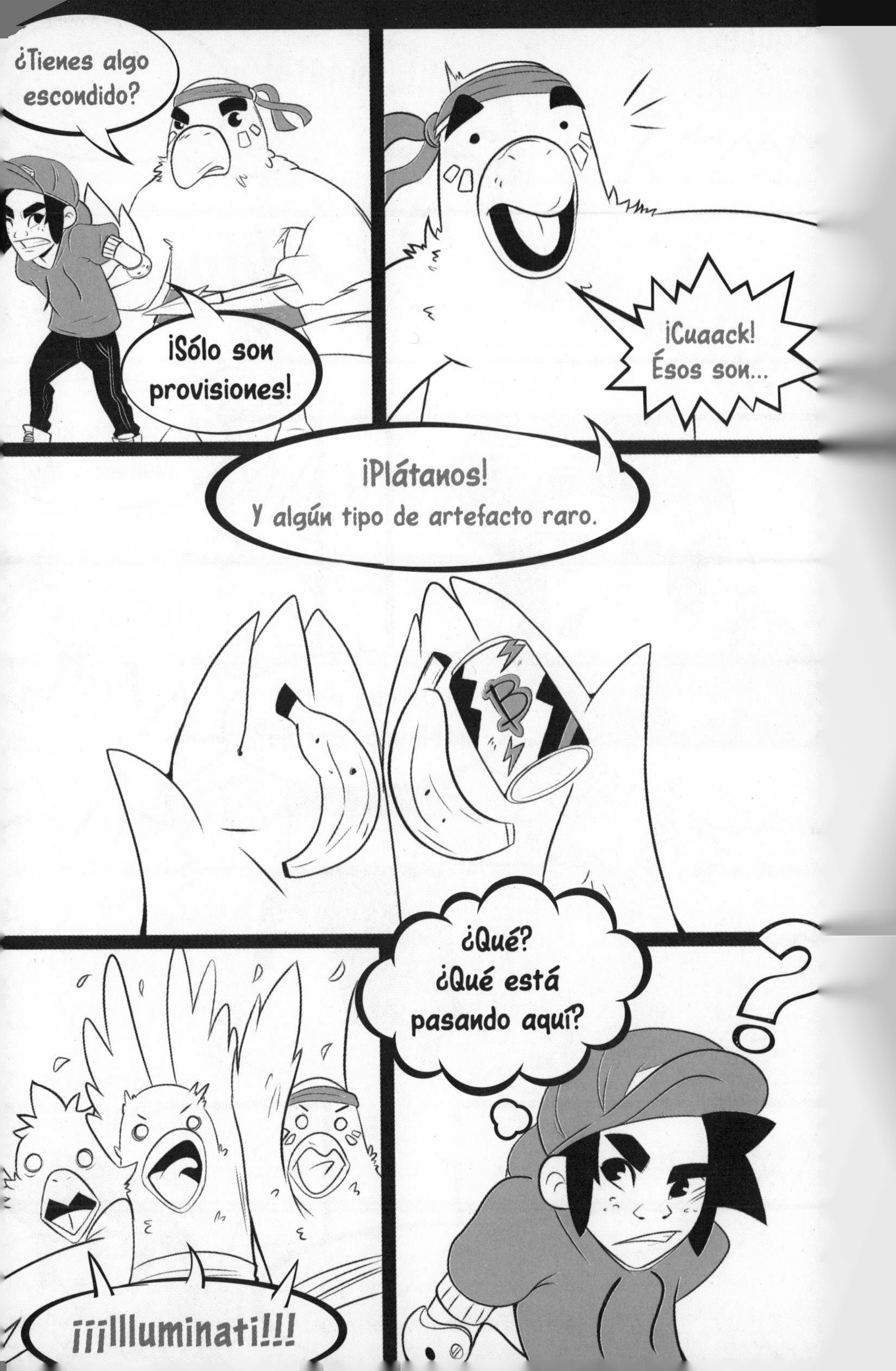
¿Tienes algo escondido?
¡Sólo son provisiones!
¡Cuaack! Ésos son...
¡Plátanos! Y algún tipo de artefacto raro.
B
¿Qué? ¿Qué está pasando aquí?
¡¡¡Illuminati!!!

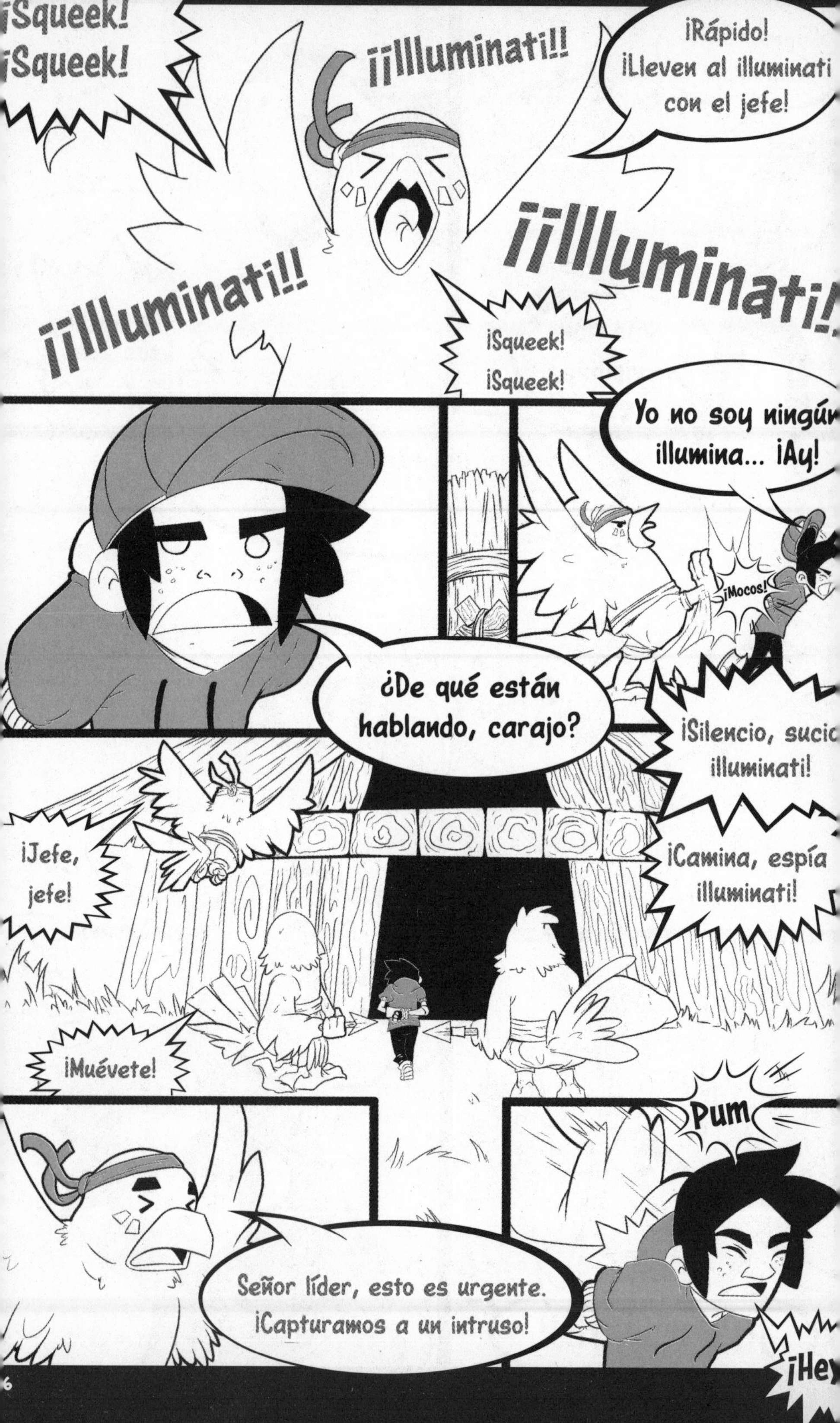

¡Squeek!
¡Squeek!
¡¡Illuminati!!
¡Rápido! ¡Lleven al illuminati con el jefe!
¡¡Illuminati!!
¡¡Illuminati!!
¡Squeek!
¡Squeek!
Yo no soy ningún illumina... ¡Ay!
¡Mocos!
¿De qué están hablando, carajo?
¡Silencio, sucio illuminati!
¡Jefe, jefe!
¡Camina, espía illuminati!
¡Muévete!
Pum
Señor líder, esto es urgente. ¡Capturamos a un intruso!
¡Hey

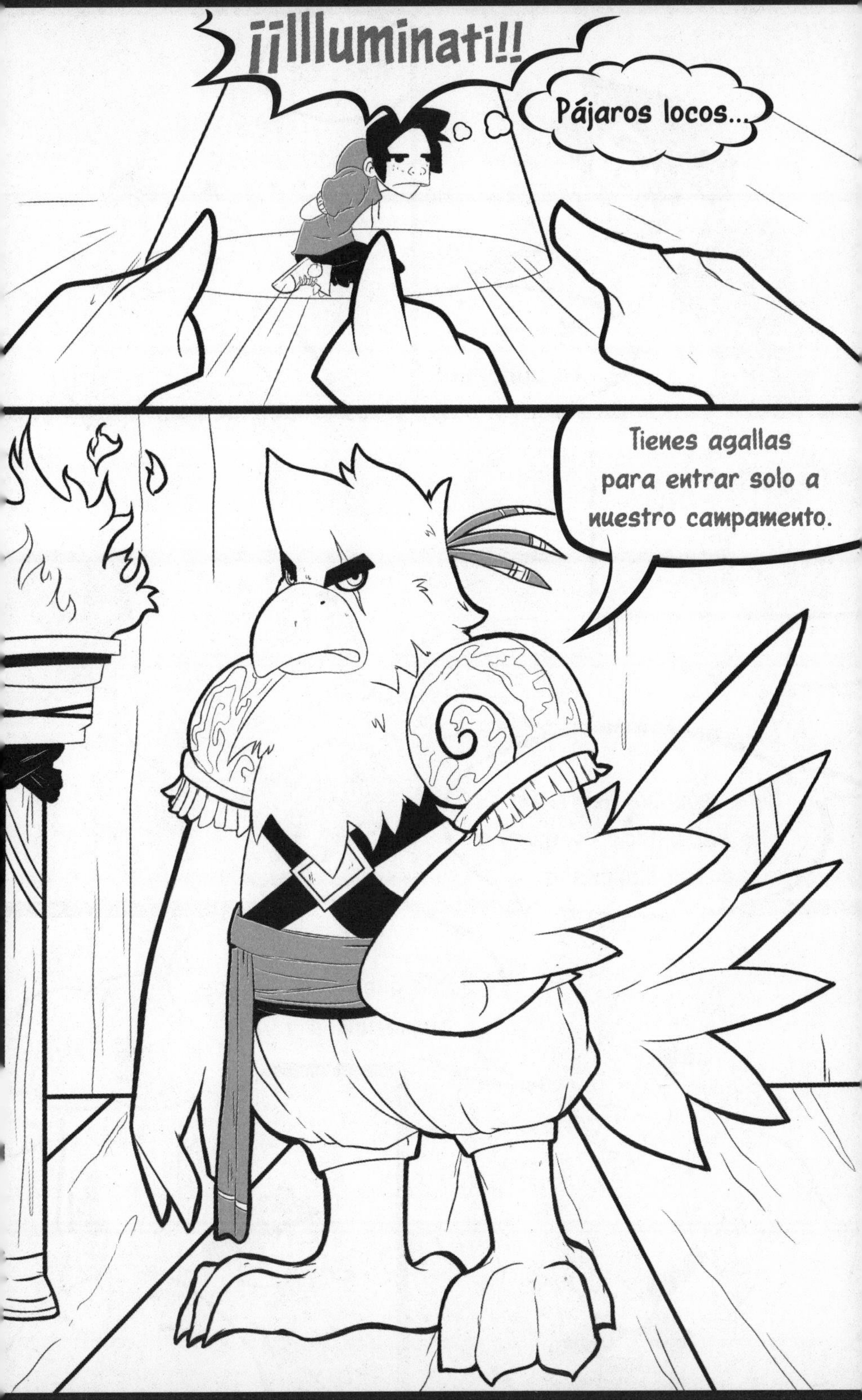
¡¡Illuminati!!
Pájaros locos...
Tienes agallas para entrar solo a nuestro campamento.

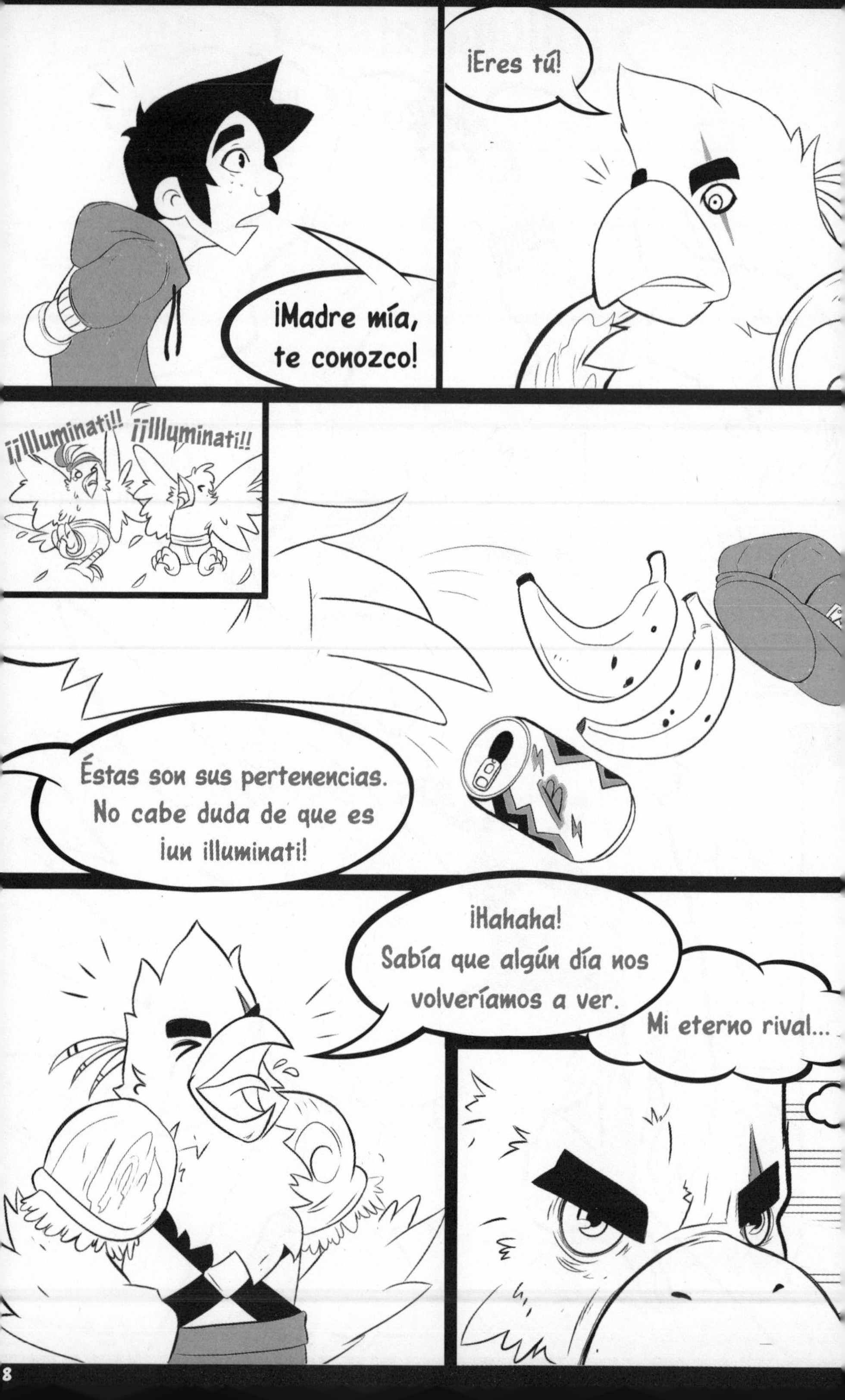
¡Eres tú!
¡Madre mía, te conozco!
¡¡Illuminati!!
¡¡Illuminati!!
Éstas son sus pertenencias. No cabe duda de que es ¡un illuminati!
¡Hahaha! Sabía que algún día nos volveríamos a ver.
Mi eterno rival...

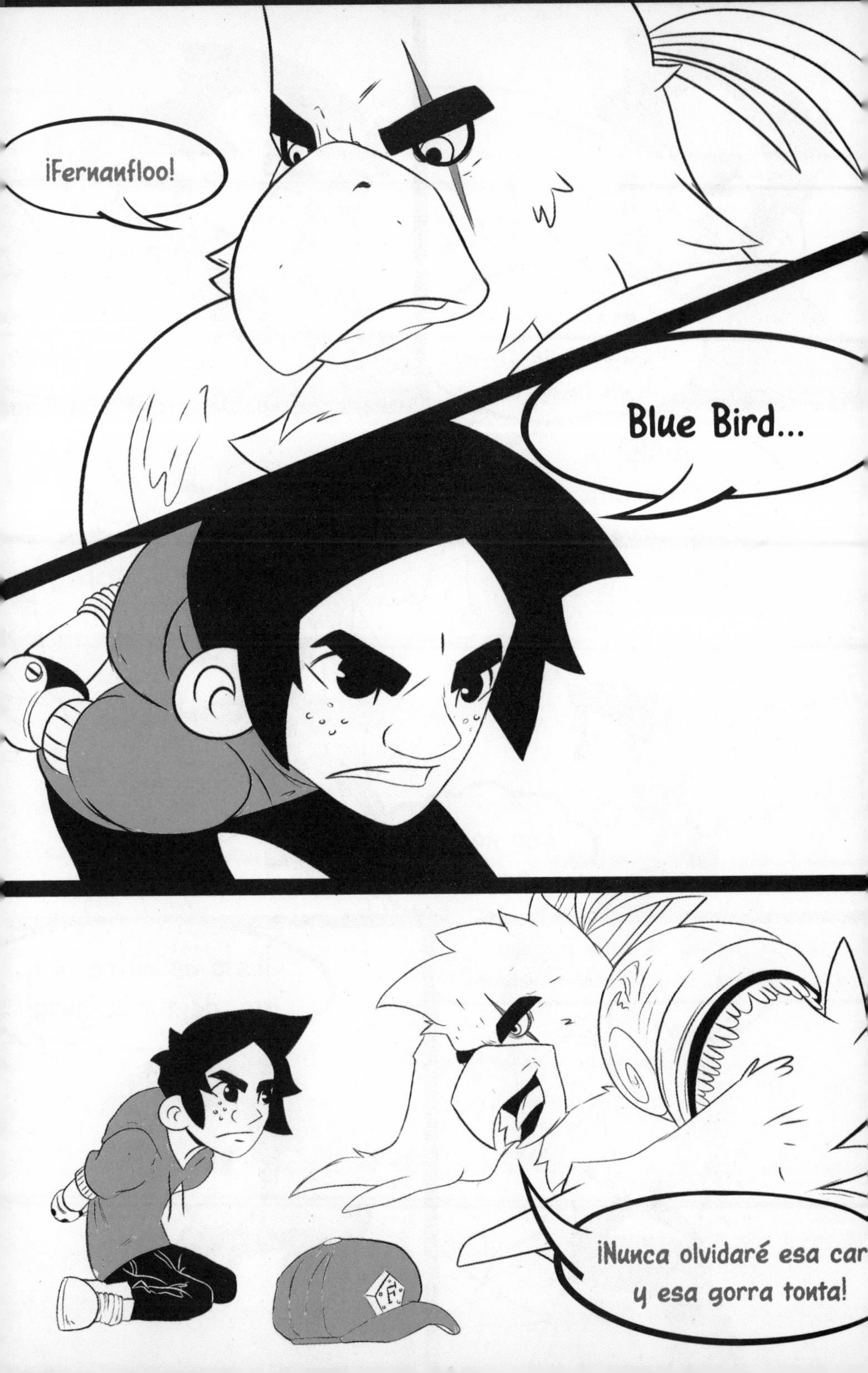
¡Fernanfloo!
Blue Bird...
¡Nunca olvidaré esa car
y esa gorra tonta!

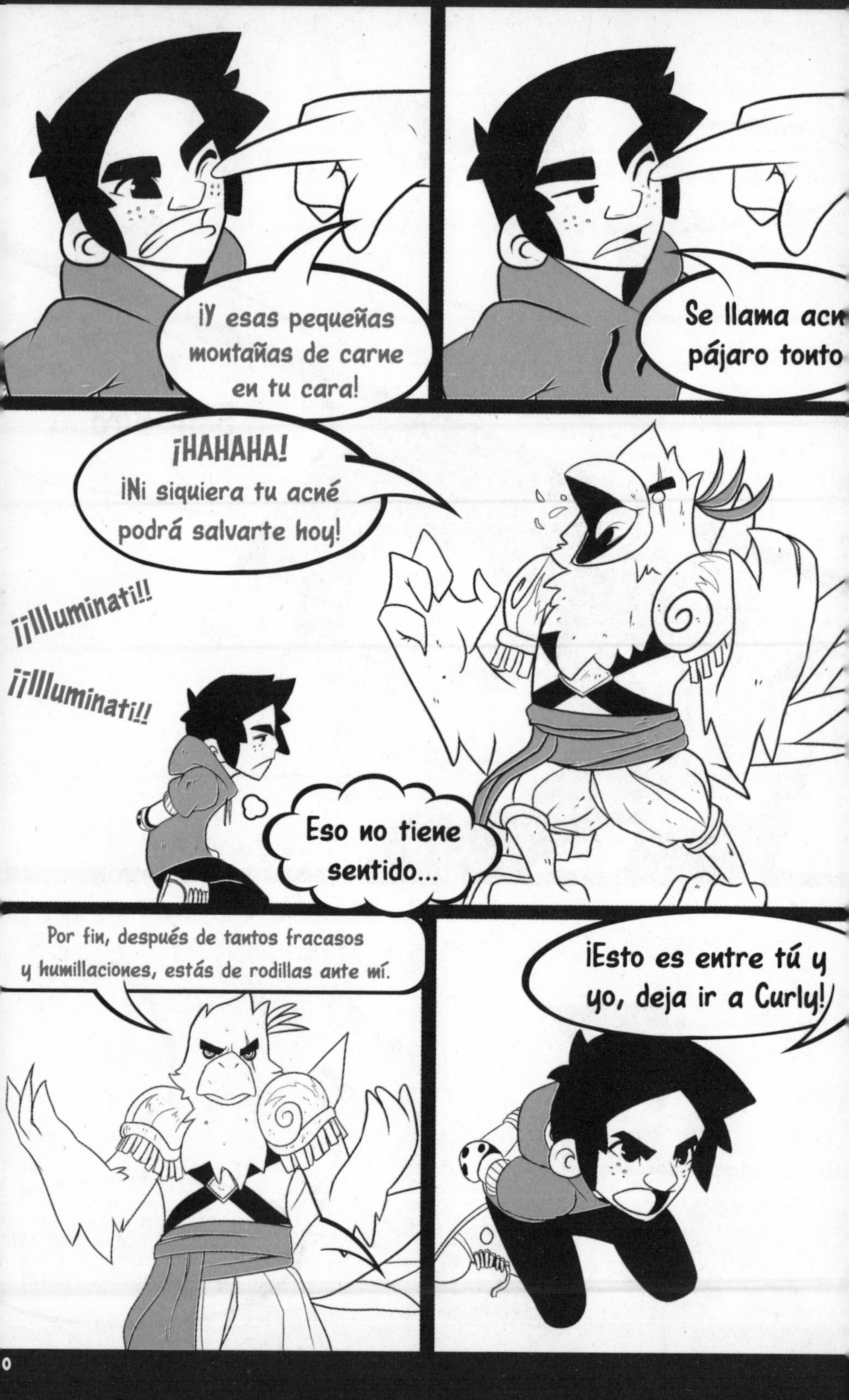
¡Y esas pequeñas montañas de carne en tu cara!
Se llama acn
pájaro tonto
¡HAHAHA!
¡Ni siquiera tu acné podrá salvarte hoy!
¡¡Illuminati!!
¡¡Illuminati!!
Eso no tiene sentido...
Por fin, después de tantos fracasos y humillaciones, estás de rodillas ante mí.
¡Esto es entre tú y yo, deja ir a Curly!

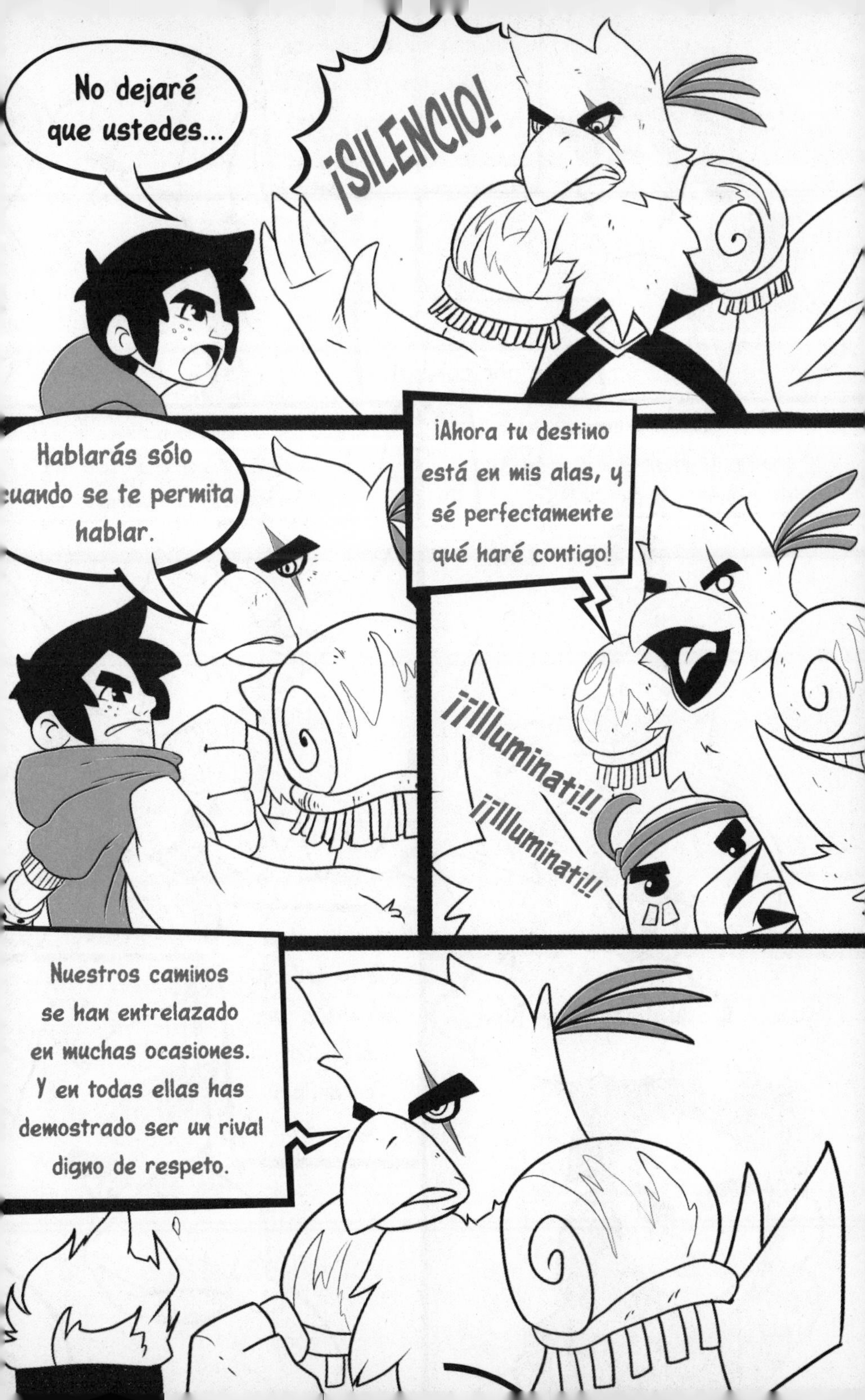

No dejaré que ustedes...
¡SILENCIO!
Hablarás sólo cuando se te permita hablar.
¡Ahora tu destino está en mis alas, y sé perfectamente qué haré contigo!
¡¡Illuminati!!
¡¡Illuminati!!
Nuestros caminos se han entrelazado en muchas ocasiones. Y en todas ellas has demostrado ser un rival digno de respeto.

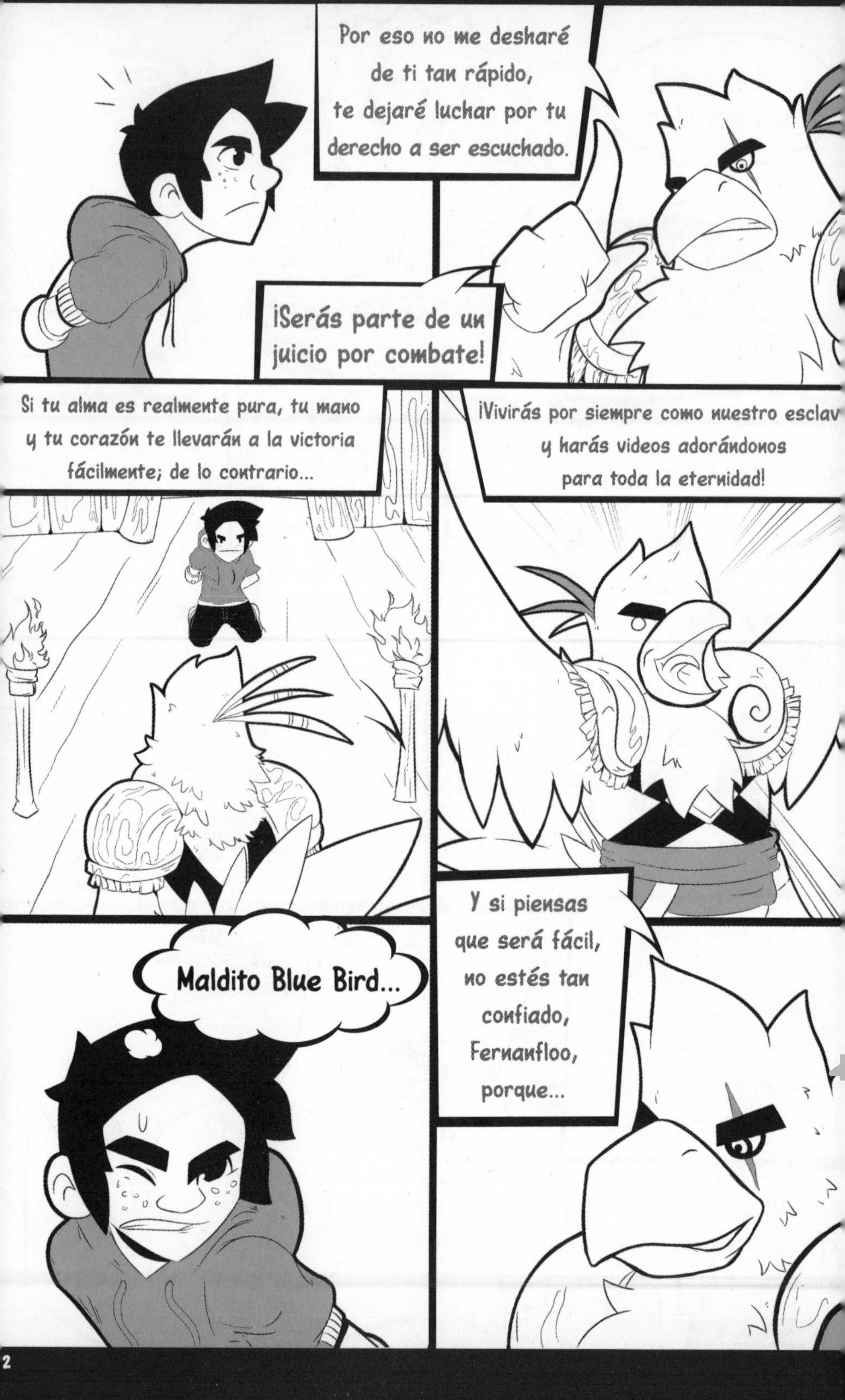
Por eso no me desharé de ti tan rápido, te dejaré luchar por tu derecho a ser escuchado.
¡Serás parte de un juicio por combate!
Si tu alma es realmente pura, tu mano y tu corazón te llevarán a la victoria fácilmente; de lo contrario...
¡Vivirás por siempre como nuestro esclav
y harás videos adorándonos para toda la eternidad!
Maldito Blue Bird...
Y si piensas que será fácil, no estés tan confiado, Fernanfloo, porque...

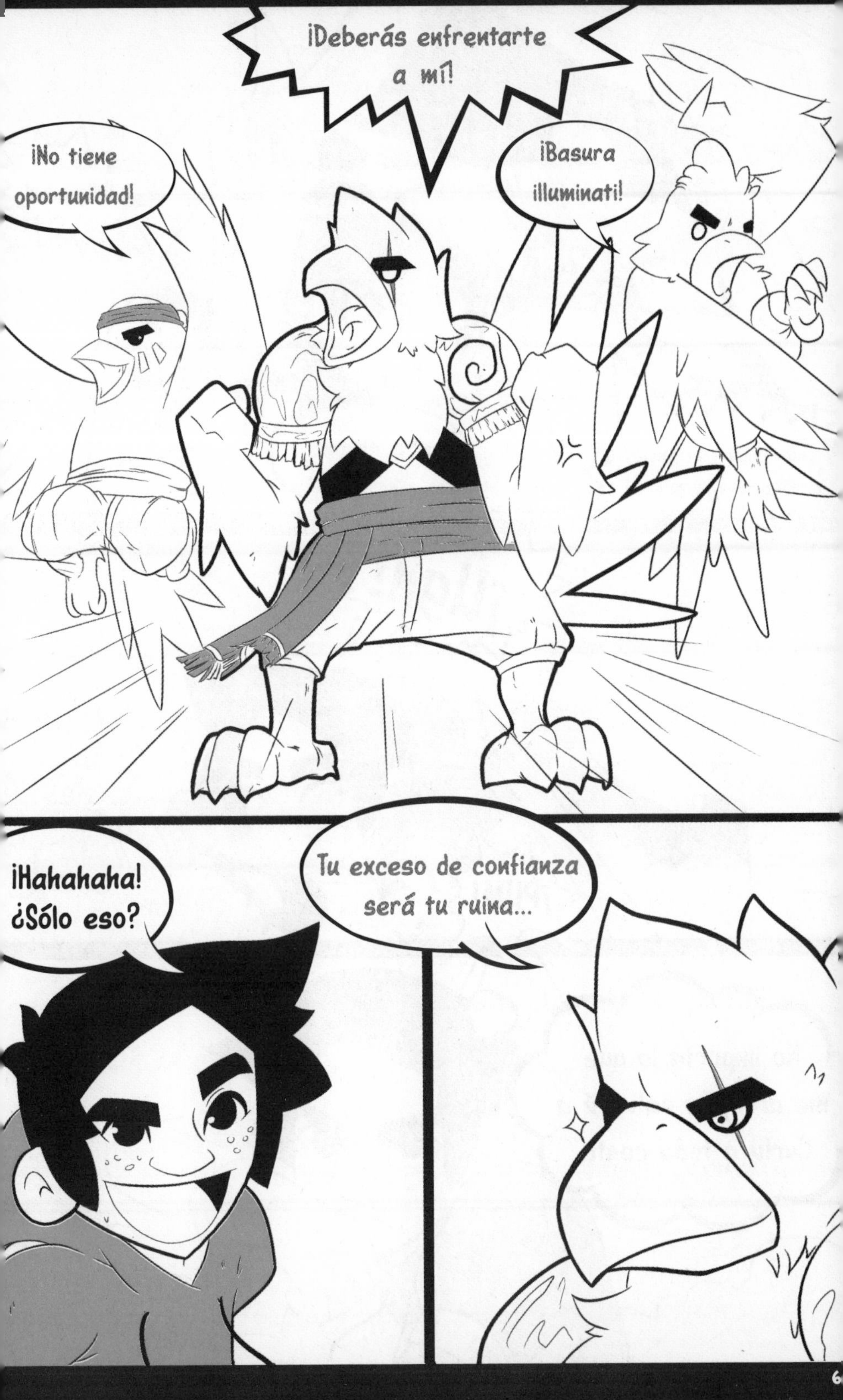
¡Deberás enfrentarte a mí!
¡No tiene oportunidad!
¡Basura illuminati!
¡Hahahaha! ¿Sólo eso?
Tu exceso de confianza será tu ruina...

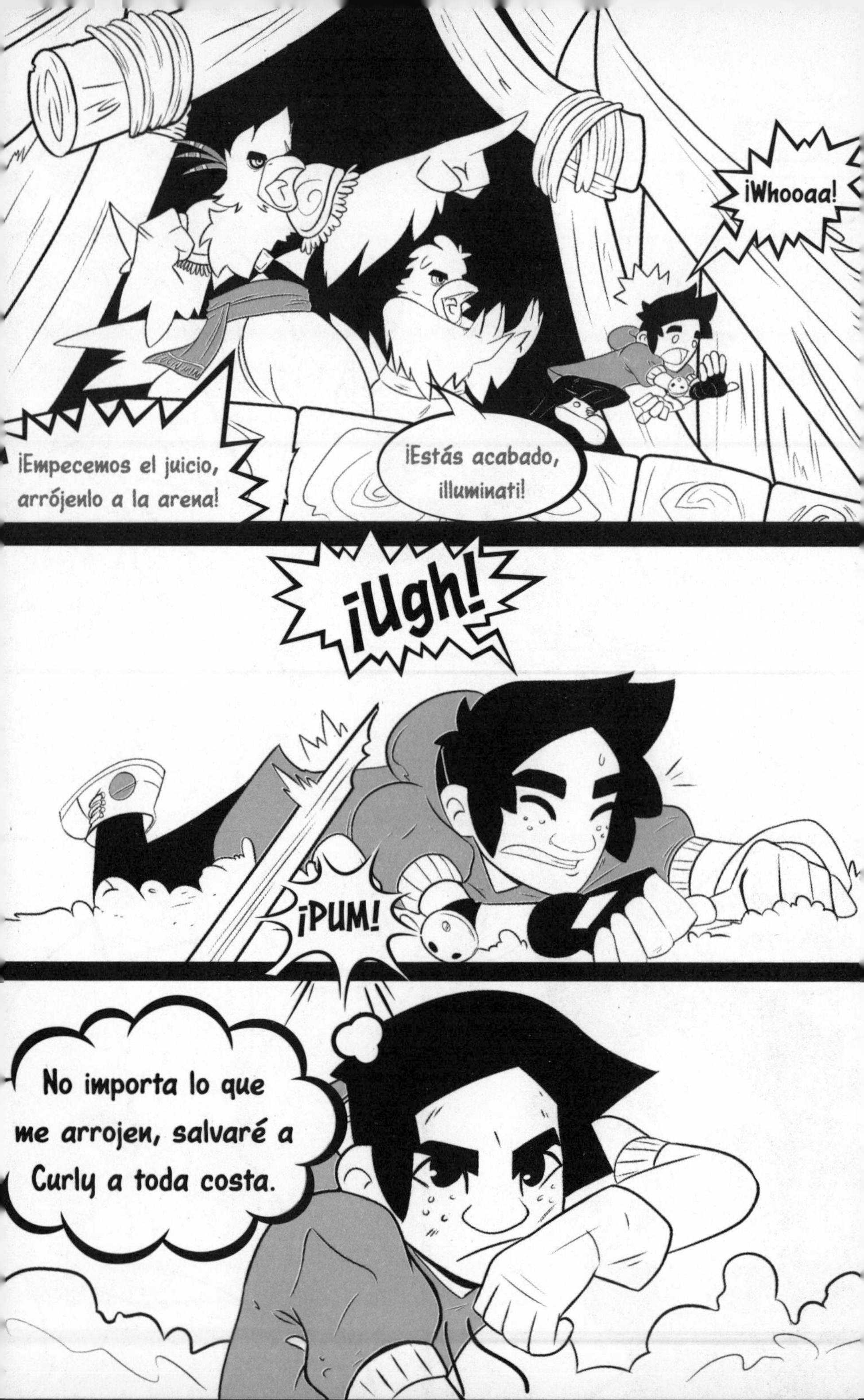
¡Empecemos el juicio, arrójenlo a la arena!
¡Estás acabado, illuminati!
¡Whooaa!
¡Ugh!
¡PUM!
No importa lo que me arrojen, salvaré a Curly a toda costa.

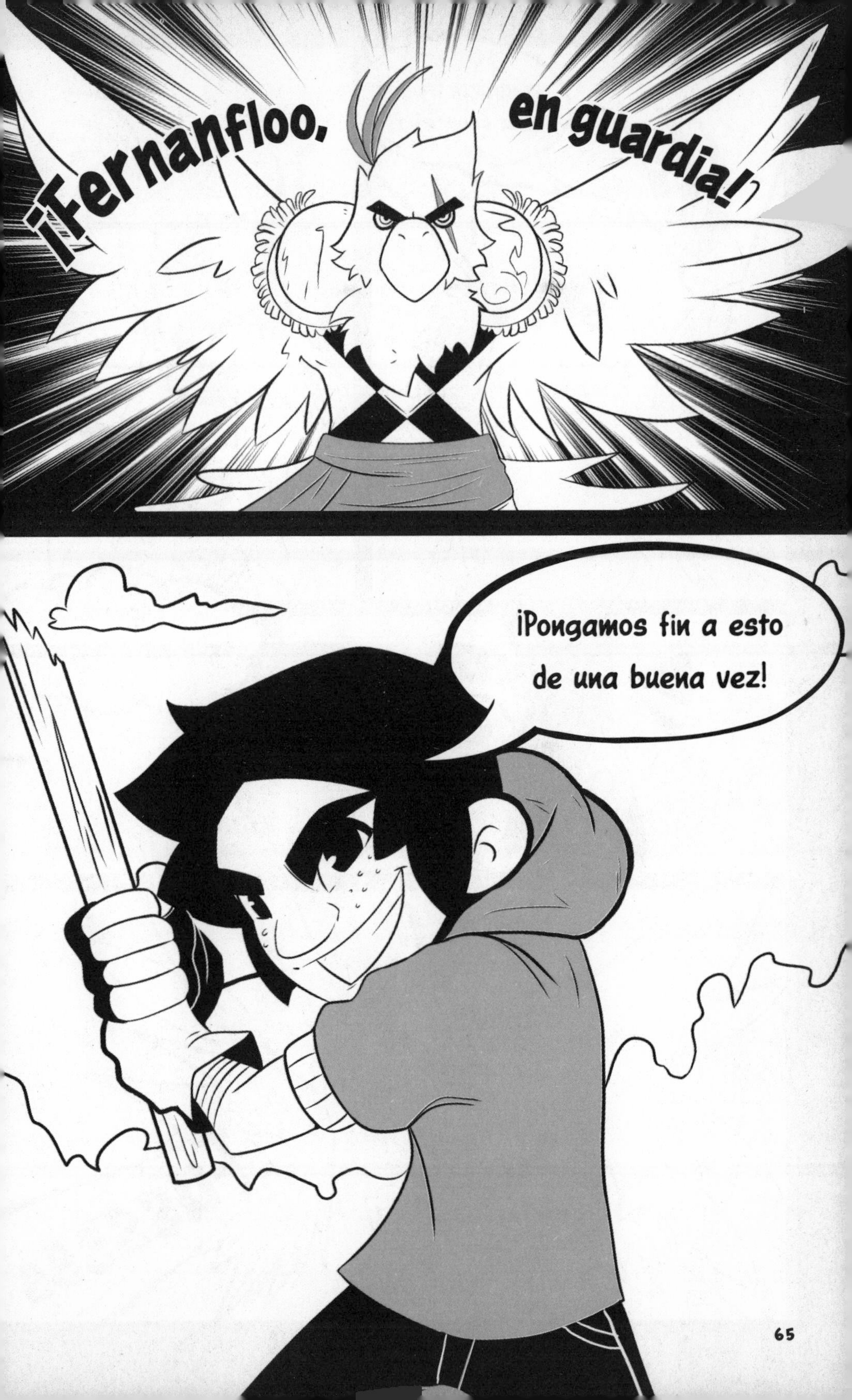
¡Fernanfloo, en guardia!
¡Pongamos fin a esto de una buena vez!

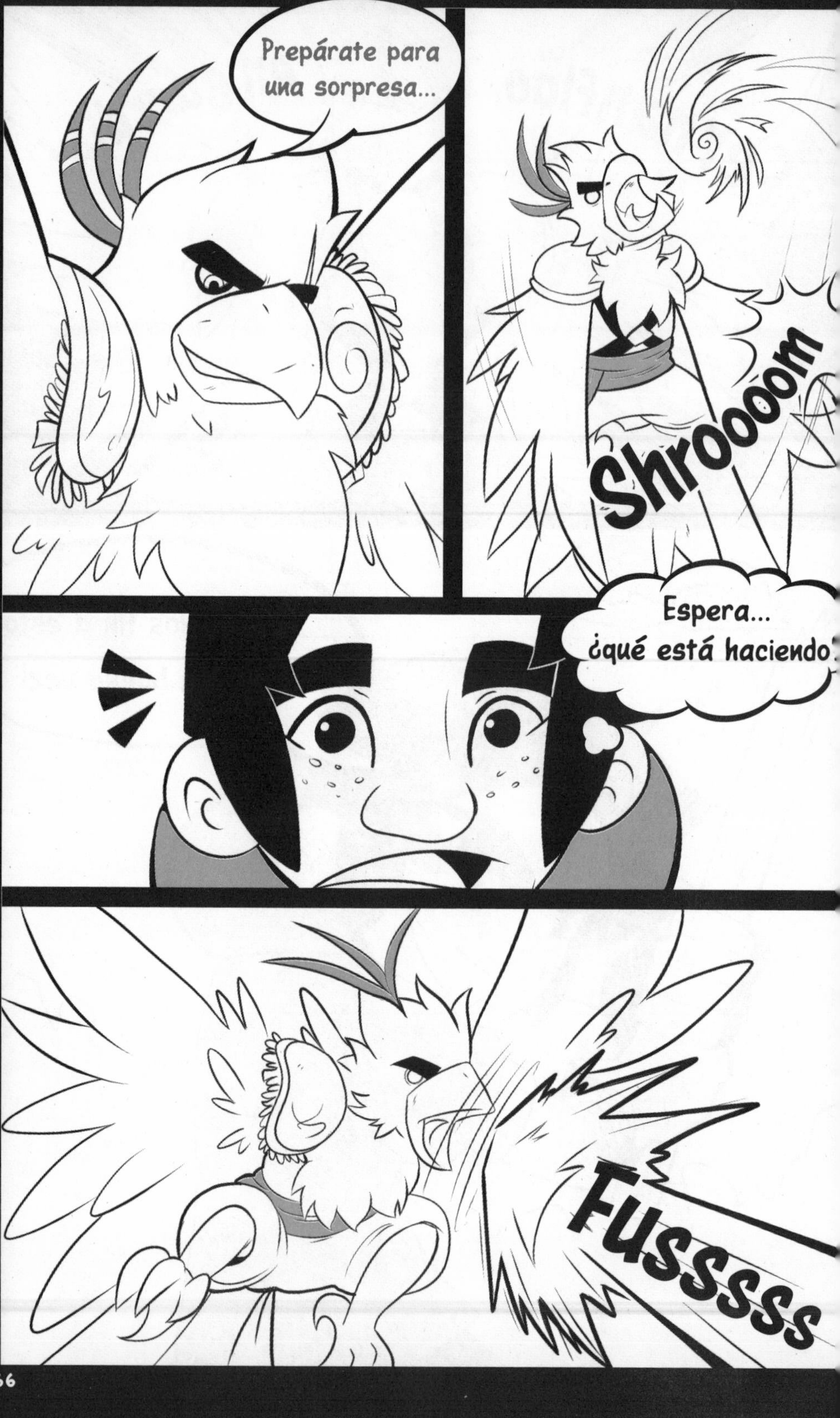

Prepárate para una sorpresa...
Shroooom
Espera... ¿qué está haciendo?
Fusssss

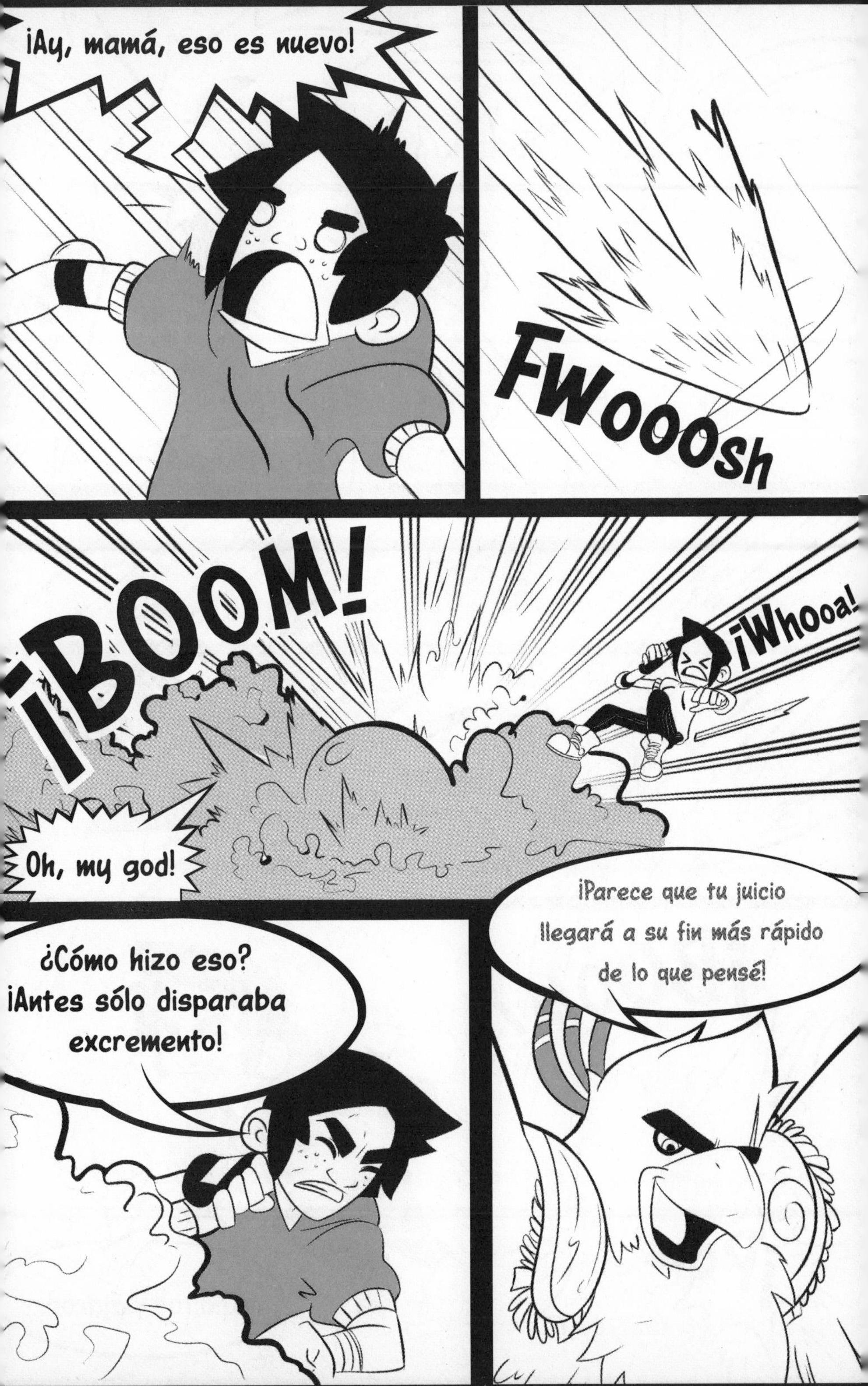

¡Ay, mamá, eso es nuevo!
FWOOOsh
¡BOOM!
¡Whooa!
Oh, my god!
¿Cómo hizo eso? ¡Antes sólo disparaba excremento!
¡Parece que tu juicio llegará a su fin más rápido de lo que pensé!

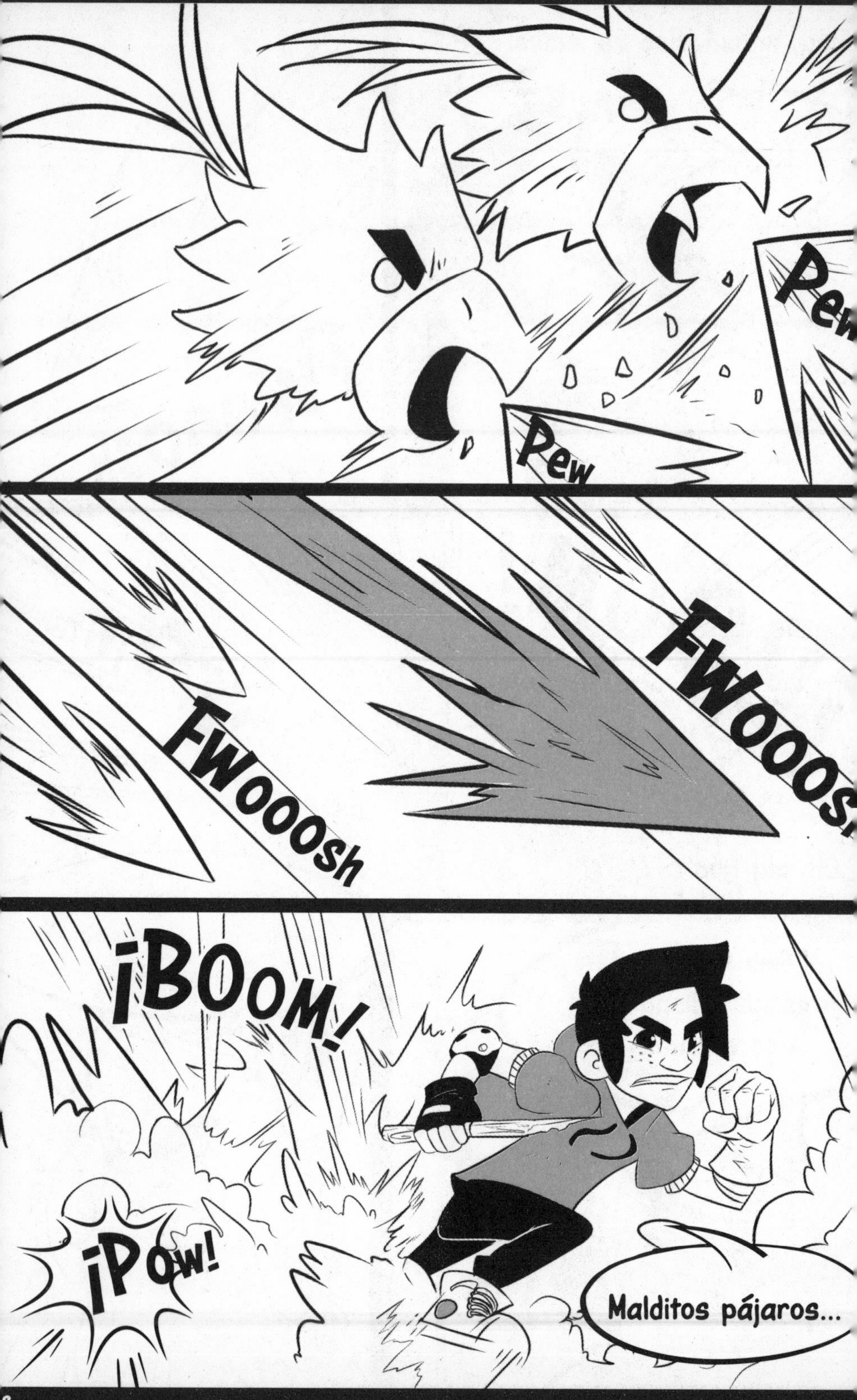
Pew
Pew
Fwooosh
Fwooosh
¡BOOM!
¡Pow!
Malditos pájaros...

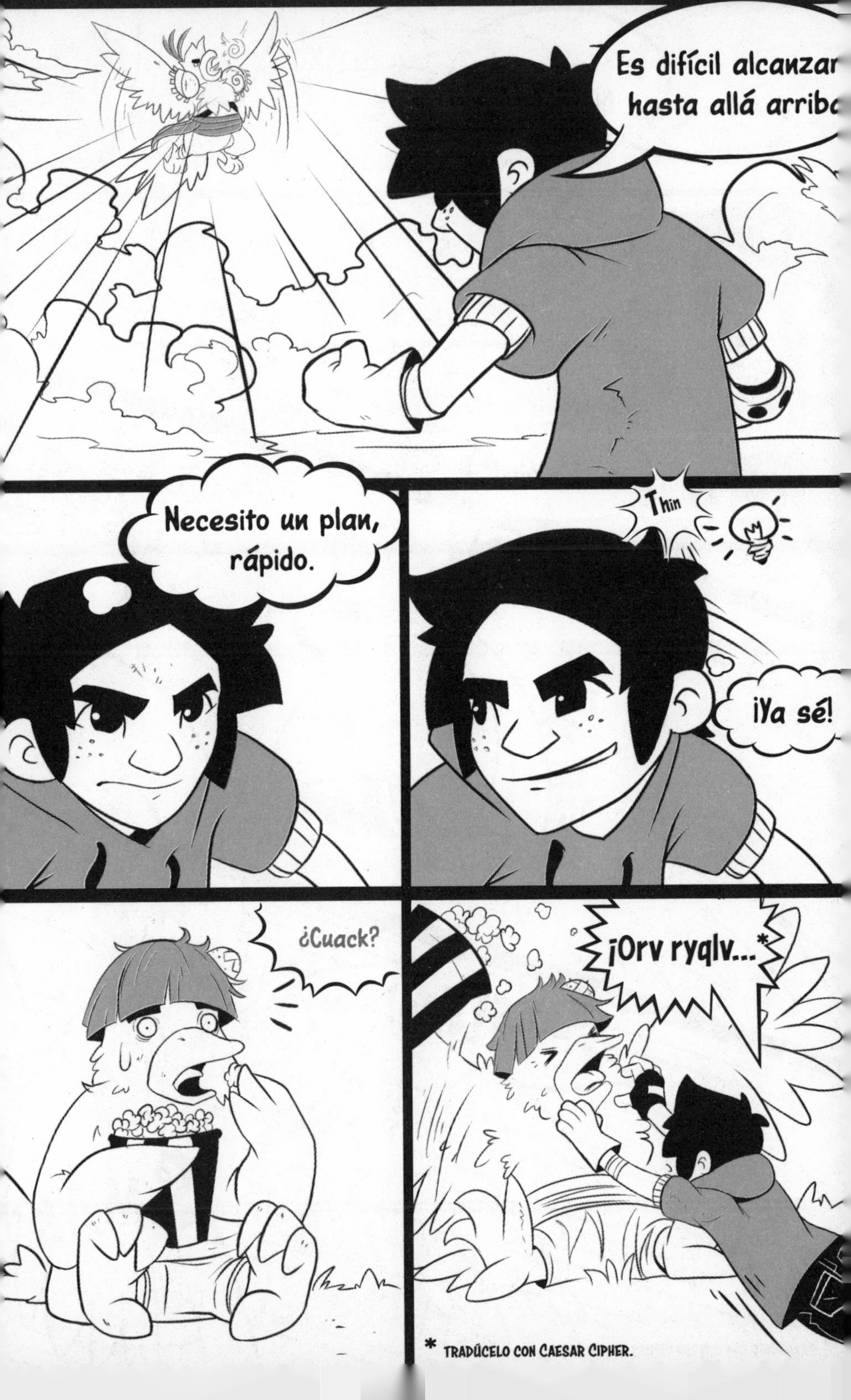

Es difícil alcanzar hasta allá arriba
Necesito un plan, rápido.
Thin
¡Ya sé!
¿Cuack?
¡Orv ryqlv...*


* TRADÚCELO CON CAESAR CIPHER.

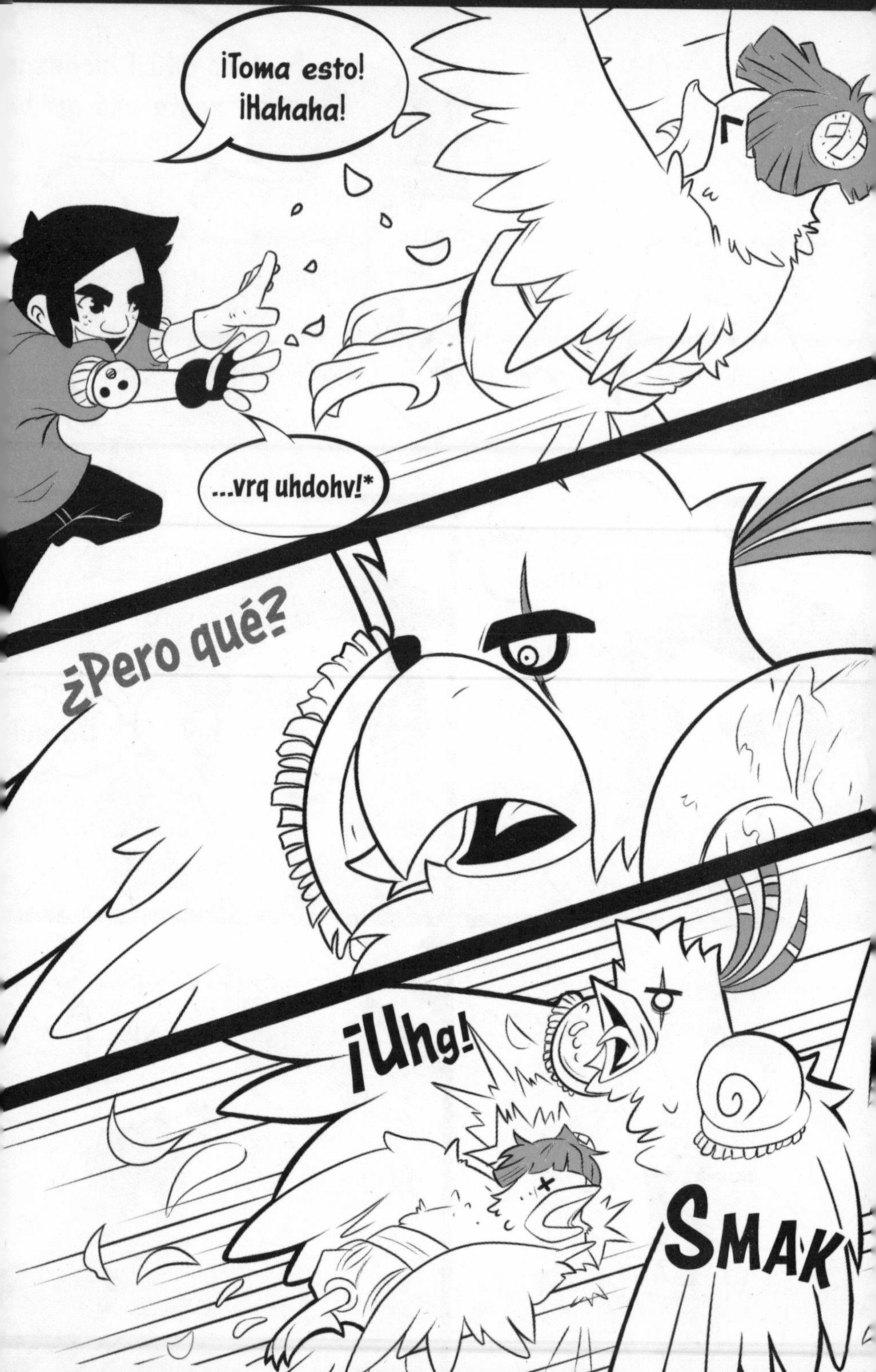
¡Toma esto! ¡Hahaha!
...vrq uhdohv!*
¿Pero qué?
¡Uhg!
SMAK

* TRADÚCELO CON CAESAR CIPHER.

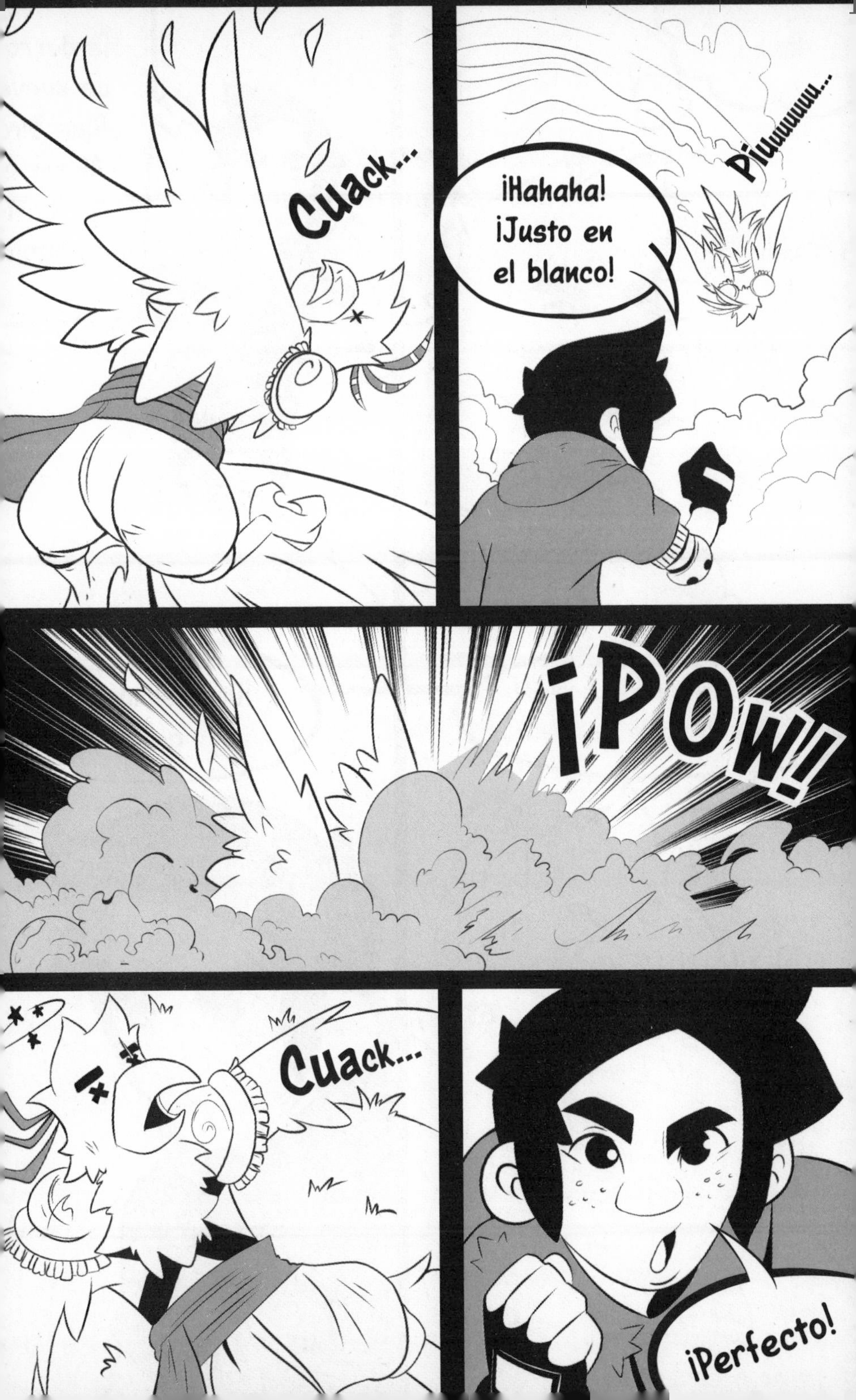

Cuack...
¡Hahaha!
¡Justo en
el blanco!
Piuuuuuu...
¡POW!
Cuack...
¡Perfecto!

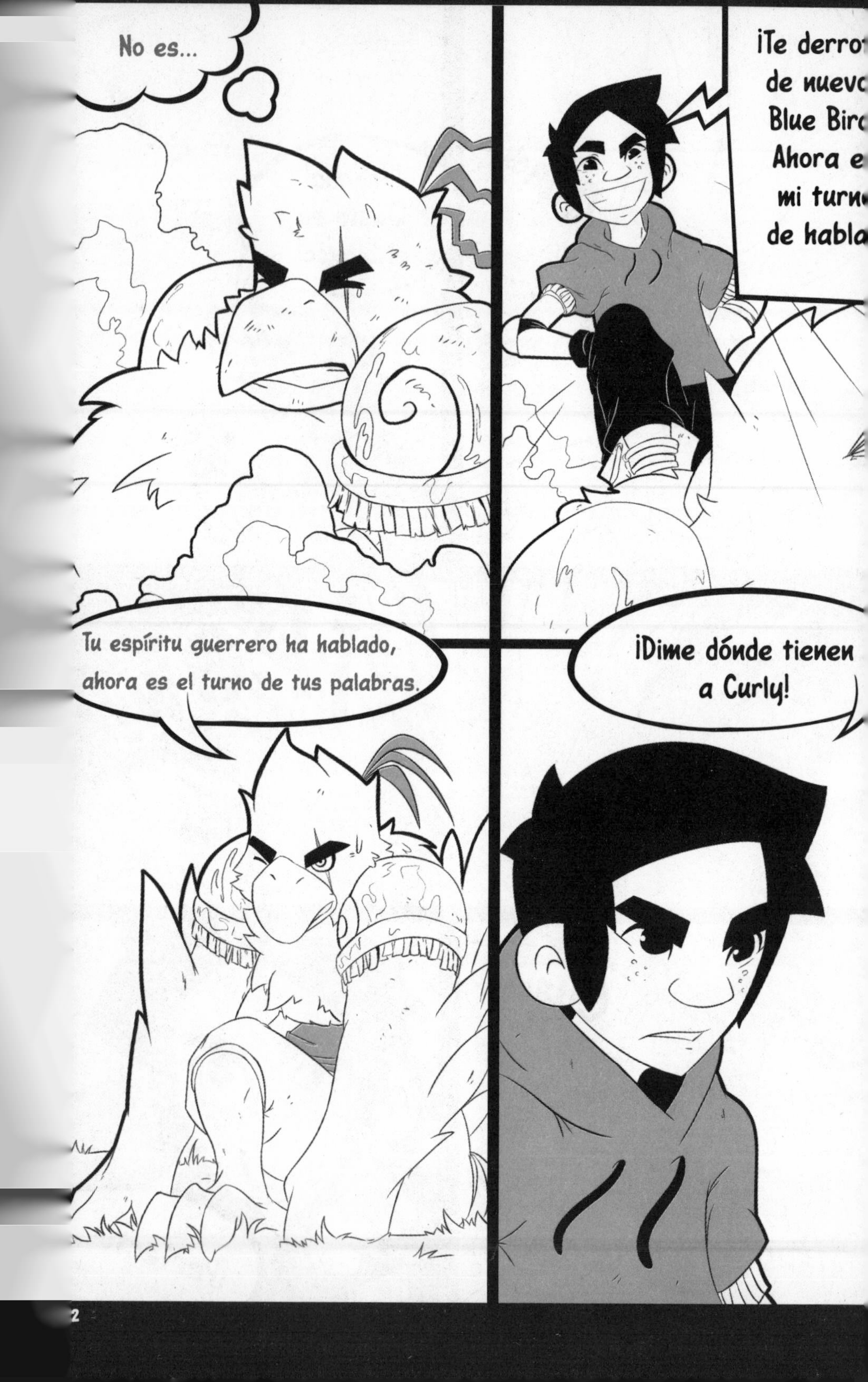
No es...
¡Te derro
de nuev
Blue Bir
Ahora e
mi turn
de habla
Tu espíritu guerrero ha hablado, ahora es el turno de tus palabras.
¡Dime dónde tienen a Curly!

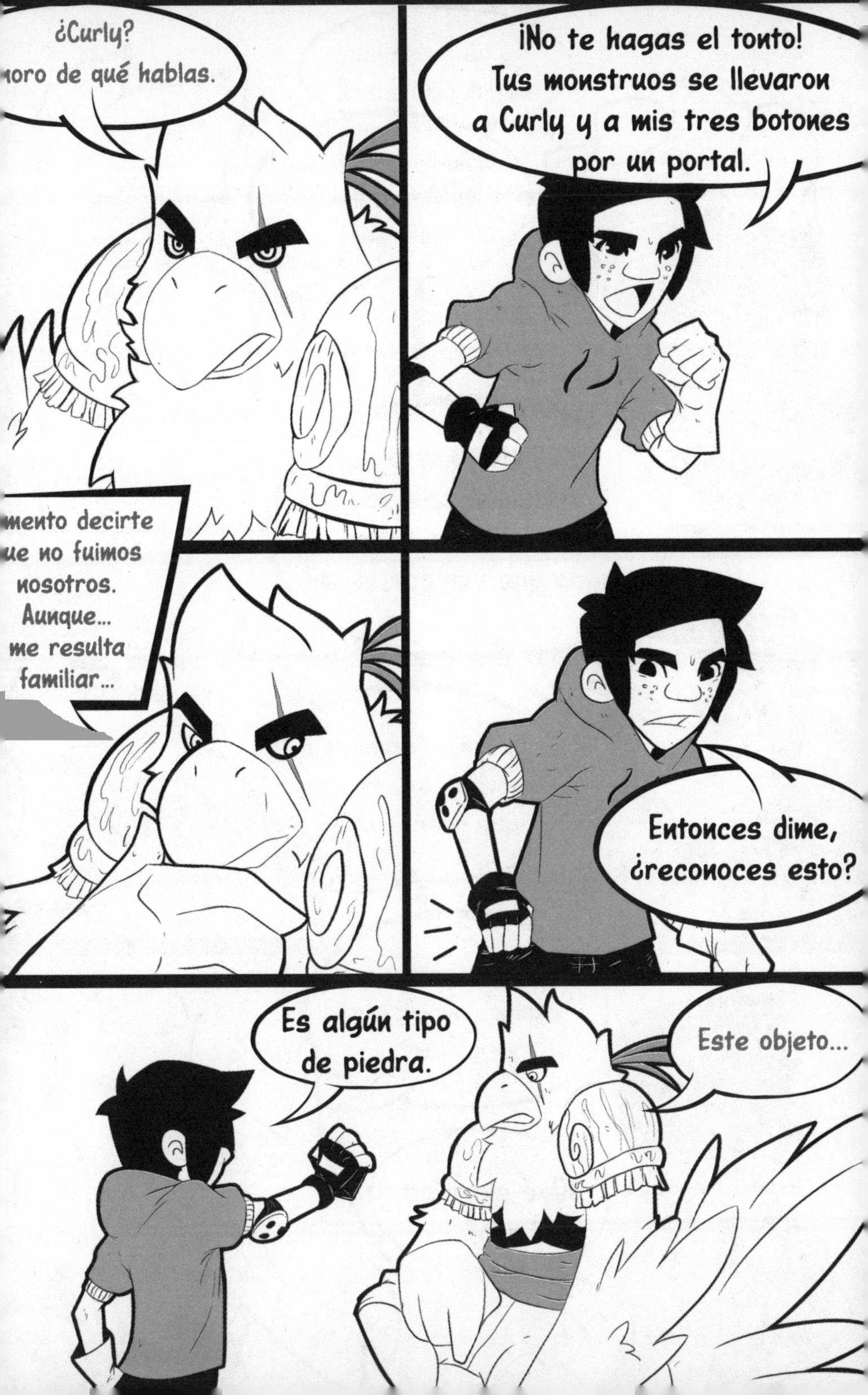
¿Curly?
noro de qué hablas.
¡No te hagas el tonto! Tus monstruos se llevaron a Curly y a mis tres botones por un portal.
mento decirte ue no fuimos nosotros. Aunque... me resulta familiar...
Entonces dime, ¿reconoces esto?
Es algún tipo de piedra.
Este objeto...

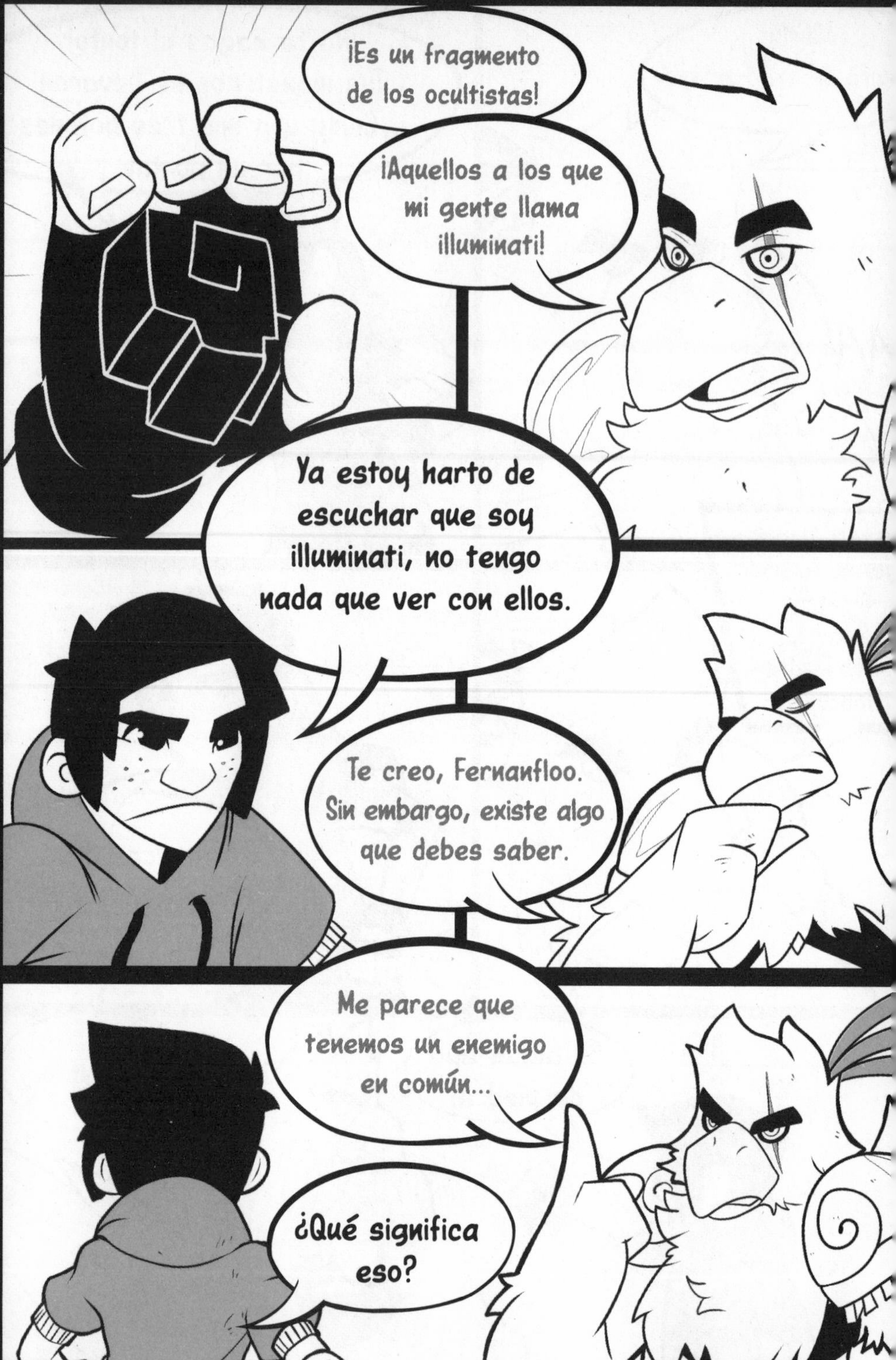
¡Es un fragmento de los ocultistas!
¡Aquellos a los que mi gente llama illuminati!
Ya estoy harto de escuchar que soy illuminati, no tengo nada que ver con ellos.
Te creo, Fernanfloo. Sin embargo, existe algo que debes saber.
Me parece que tenemos un enemigo en común...
¿Qué significa eso?

Verás...
Mi pueblo también fue atacado,
nos despojaron de alguien importante,
como te pasó a ti. Los responsables fueron
los ocultistas, quienes nos atacaron
de noche y se llevaron a Shiny Bird,
nuestra guardiana.

Desde entonces estamos alerta a
cualquier señal de ataque illuminati,
pero sin nuestra guardiana estamos indefensos.
Por favor, perdona a mi gente, te confundieron
con uno de ellos porque los ocultistas
solamente se alimentan de plátanos.

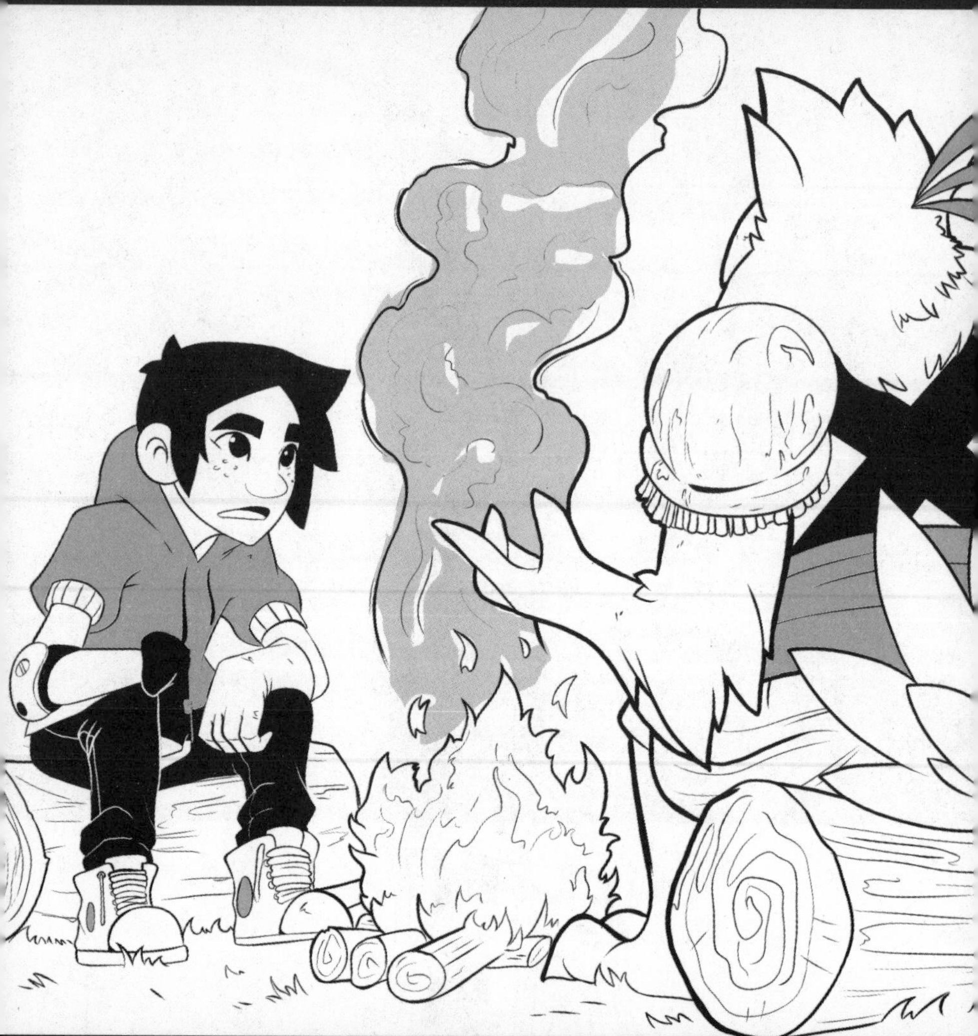

Sin embargo hay algo que me mantiene en vela...
Aquel pueblo era inofensivo, vivíamos en paz
hasta que un día empezaron a usar collares con
fragmentos de pixel como el que posees.

A partir de entonces se volvieron
violentos e impredecibles.

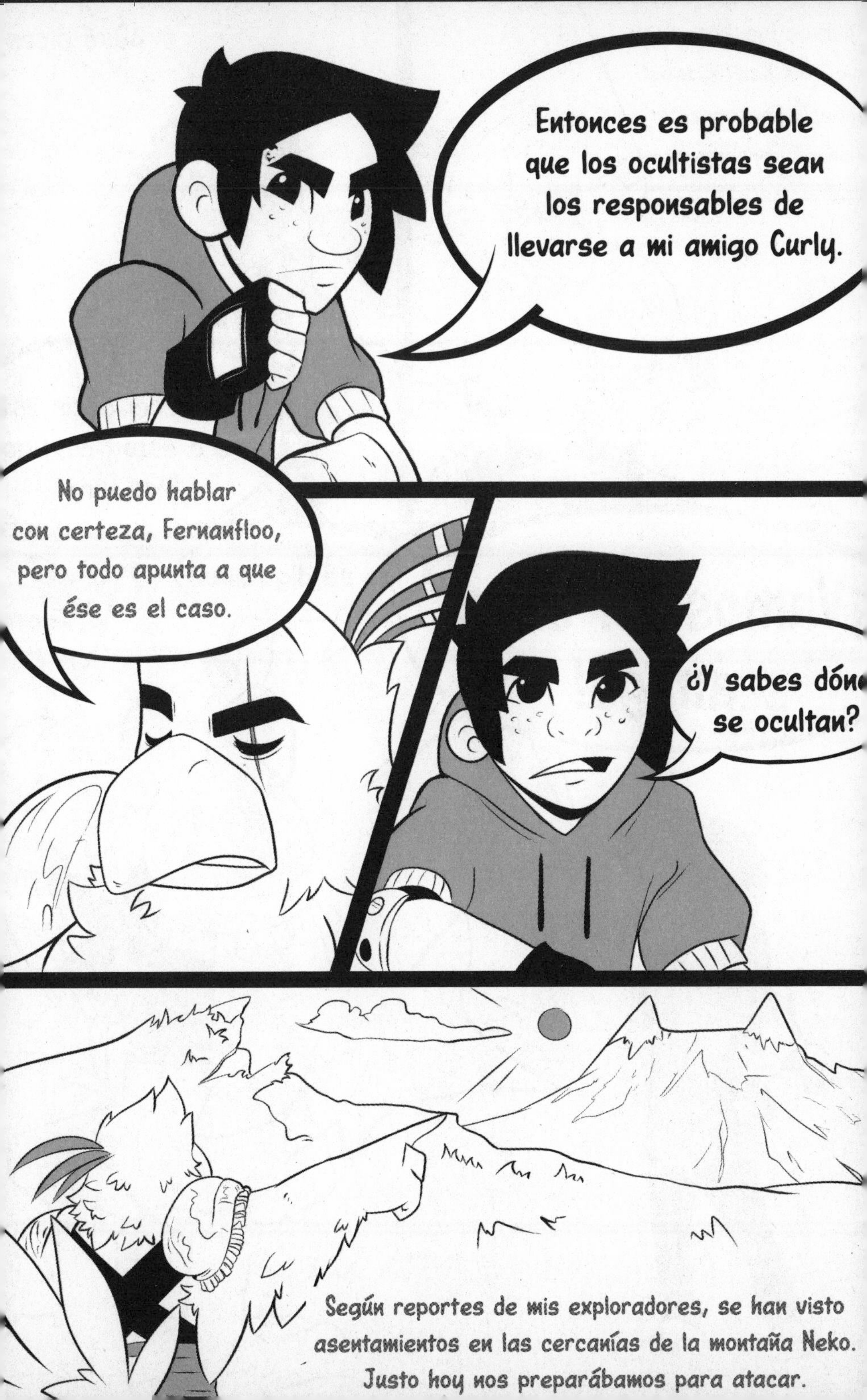
Entonces es probable que los ocultistas sean los responsables de llevarse a mi amigo Curly.
No puedo hablar con certeza, Fernanfloo, pero todo apunta a que ése es el caso.
¿Y sabes dón se ocultan?
Según reportes de mis exploradores, se han visto asentamientos en las cercanías de la montaña Neko. Justo hoy nos preparábamos para atacar.

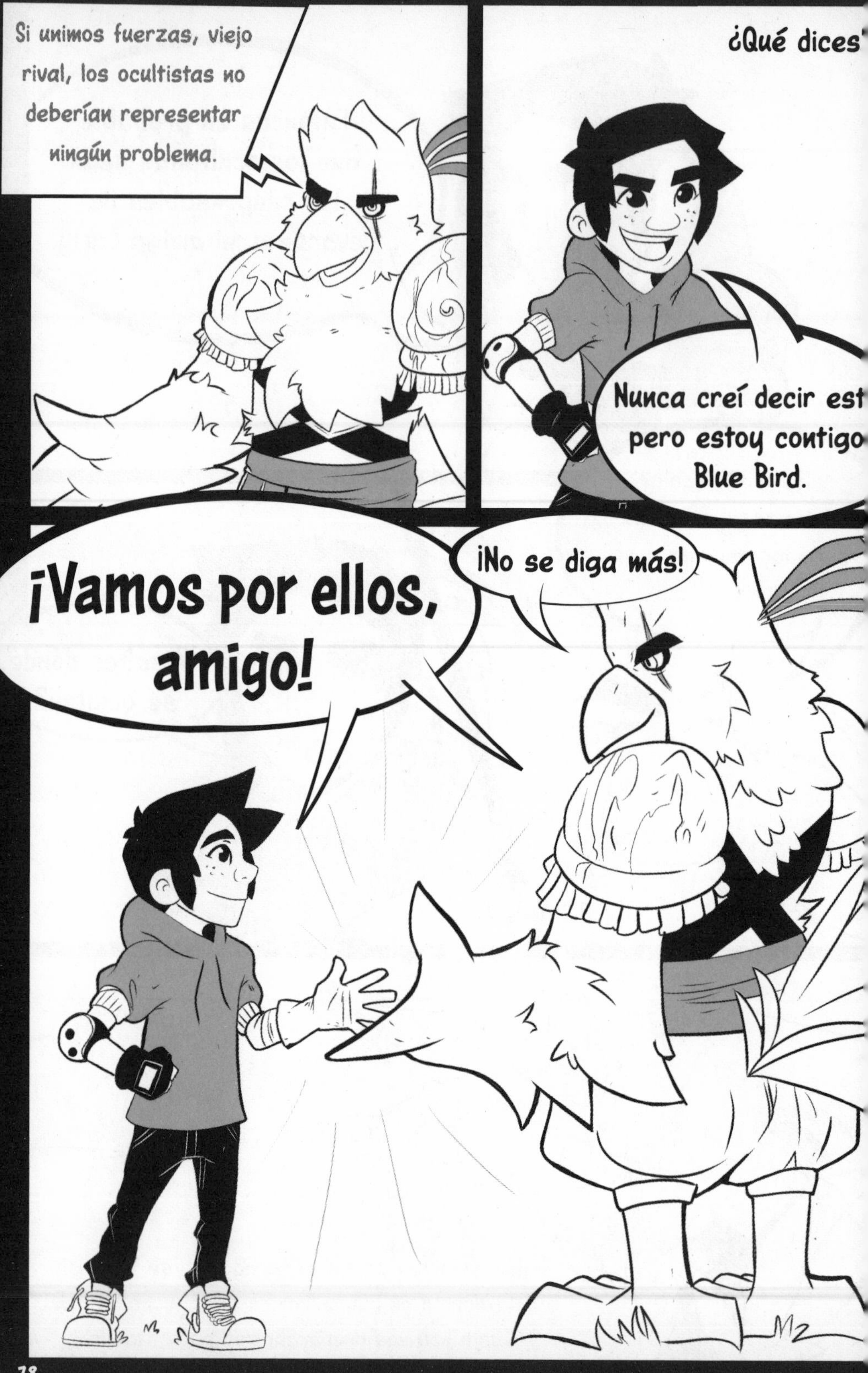
Si unimos fuerzas, viejo rival, los ocultistas no deberían representar ningún problema.
¿Qué dices
Nunca creí decir est pero estoy contigo Blue Bird.
¡Vamos por ellos, amigo!
¡No se diga más!

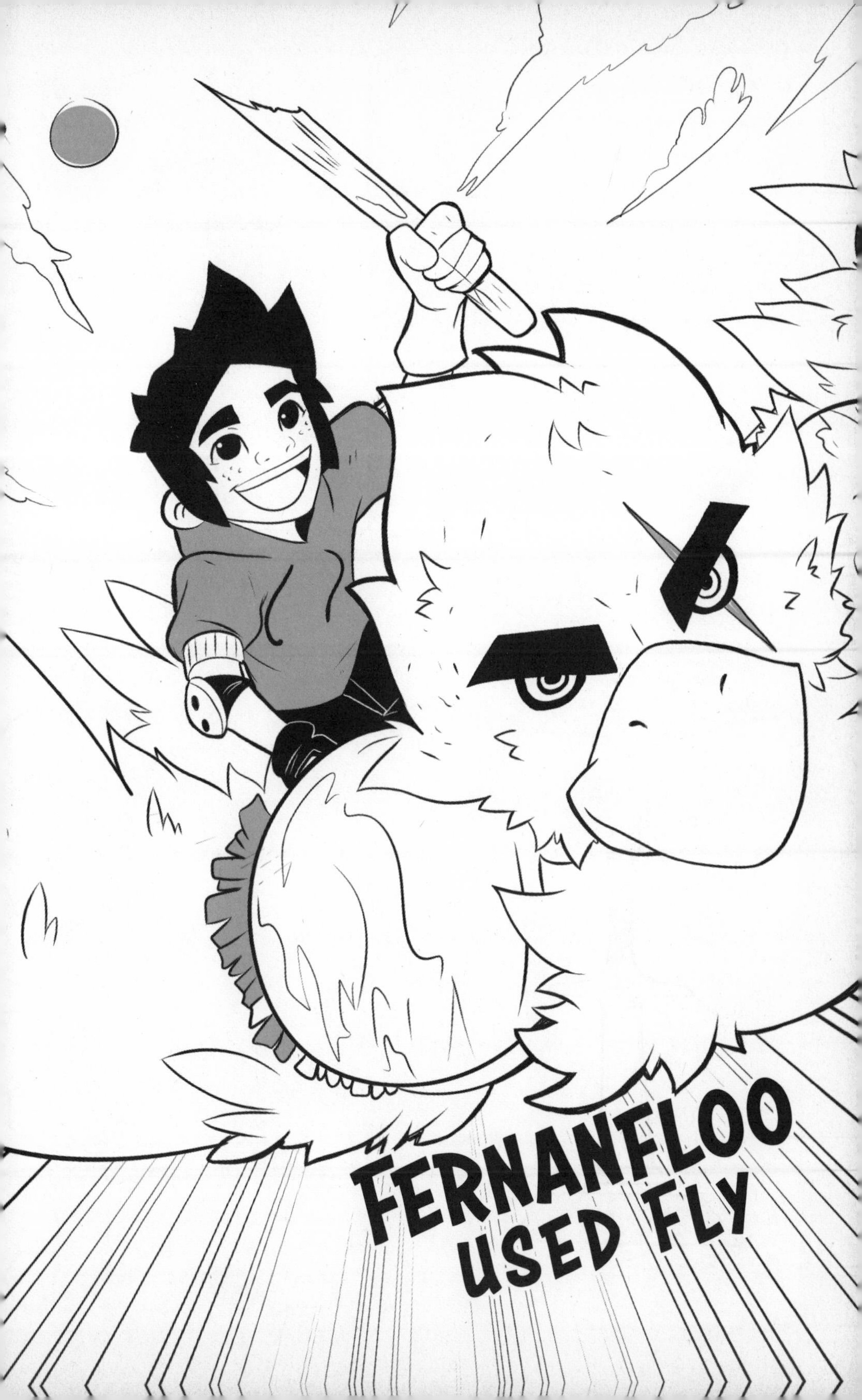
FERNANFLOO
USED FLY

Mundo 2
SOBRE GATOS
Y LEYENDAS

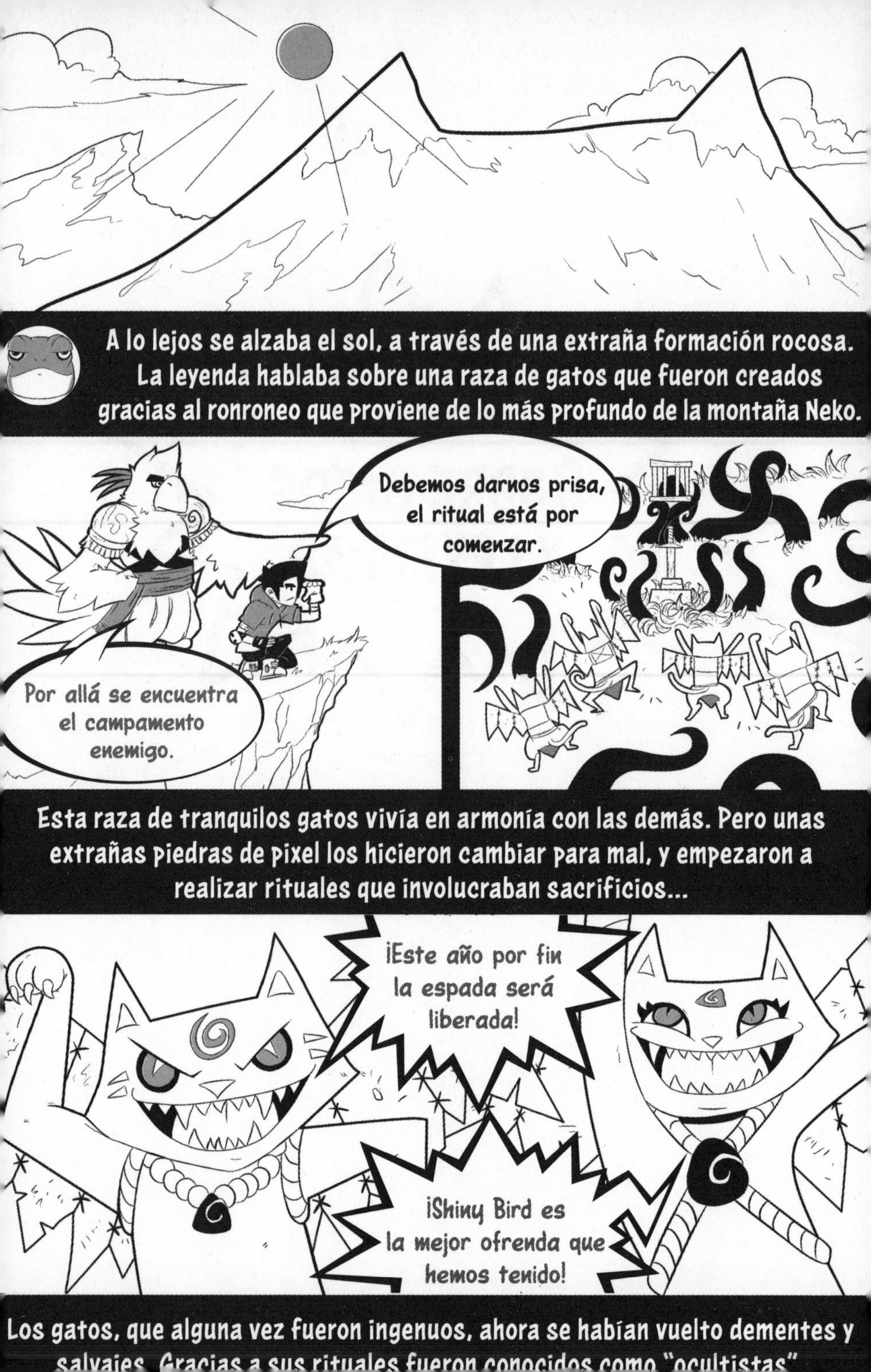
A lo lejos se alzaba el sol, a través de una extraña formación rocosa. La leyenda hablaba sobre una raza de gatos que fueron creados gracias al ronroneo que proviene de lo más profundo de la montaña Neko.
Debemos darnos prisa, el ritual está por comenzar.
Por allá se encuentra el campamento enemigo.
Esta raza de tranquilos gatos vivía en armonía con las demás. Pero unas extrañas piedras de pixel los hicieron cambiar para mal, y empezaron a realizar rituales que involucraban sacrificios...
¡Este año por fin la espada será liberada!
¡Shiny Bird es la mejor ofrenda que hemos tenido!
Los gatos, que alguna vez fueron ingenuos, ahora se habían vuelto dementes y salvajes. Gracias a sus rituales fueron conocidos como "ocultistas".

Pocos saben con certeza cuántas víctimas fueron parte de sus terribles actos.
Los que lograron sobrevivir no pueden contar mucho, ya que los gritos y maullidos
aún suenan en su mente y es mejor no preguntarles nada al respecto.

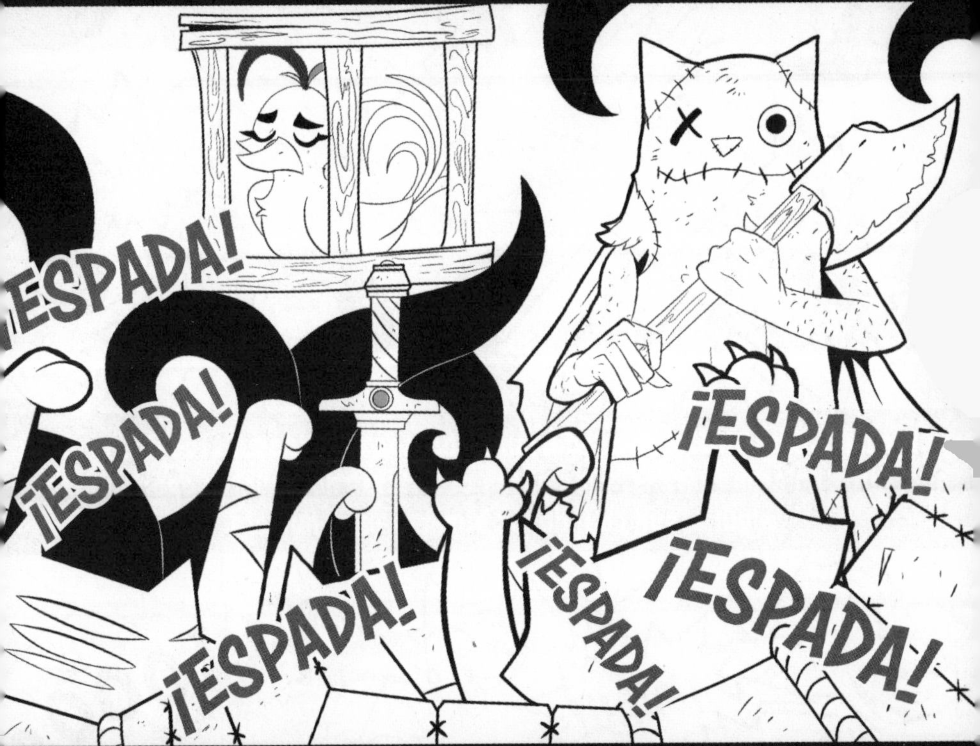
¡ESPADA!
¡ESPADA!
¡ESPADA!
¡ESPADA!
¡ESPADA!
¡ESPADA!

Se dice que cuando la montaña Neko ronronea es hora de las festividades
en honor a ella, pero ahora esas festividades requieren un sacrificio,
y los ocultistas ya tenían uno listo.

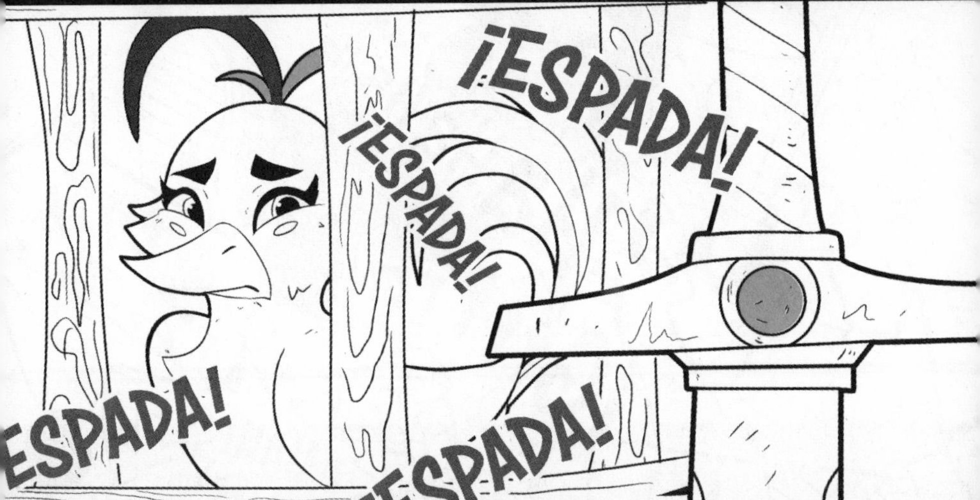
¡ESPADA!
¡ESPADA!
ESPADA!
¡ESPADA!

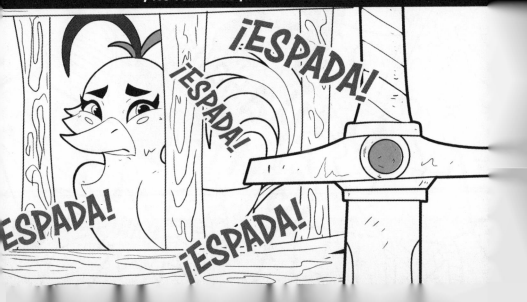

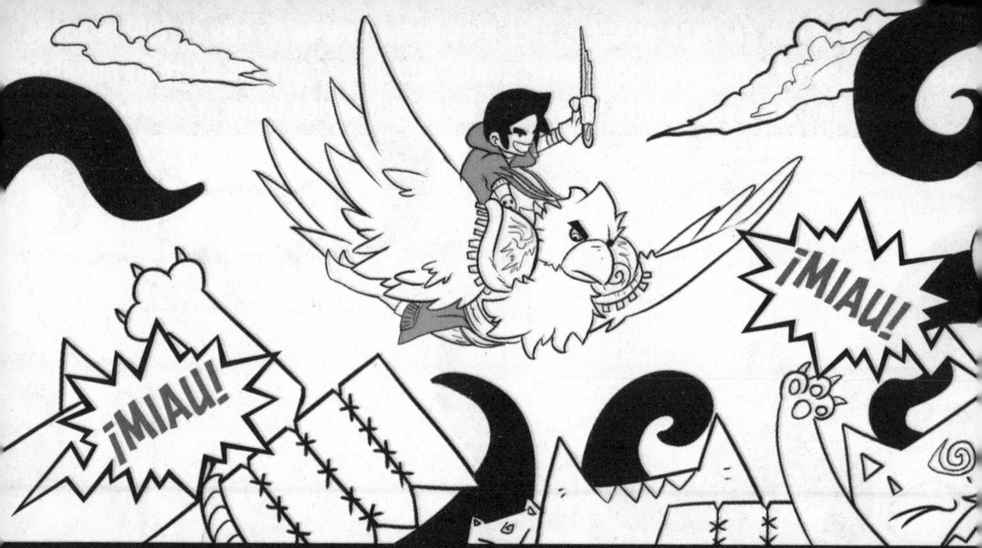
¡MIAU!
¡MIAU!

Pero Fernan y Blue Bird no se quedarían de brazos cruzados. Estos dos grandes guerreros unieron fuerzas, y los gatos ocultistas no tuvieron oportunidad alguna, aun cuando los superaban en número.

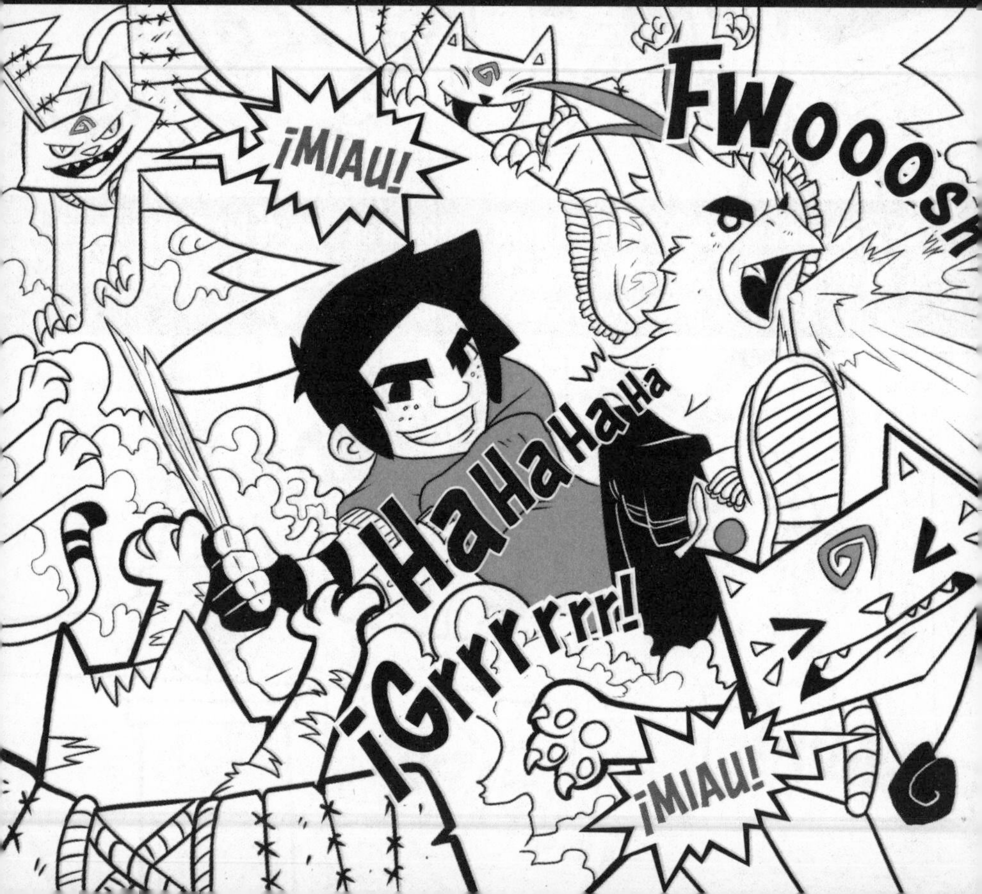
¡MIAU!
FWOOOSH
HaHaHaHa
¡Grrrrrr!
¡MIAU!

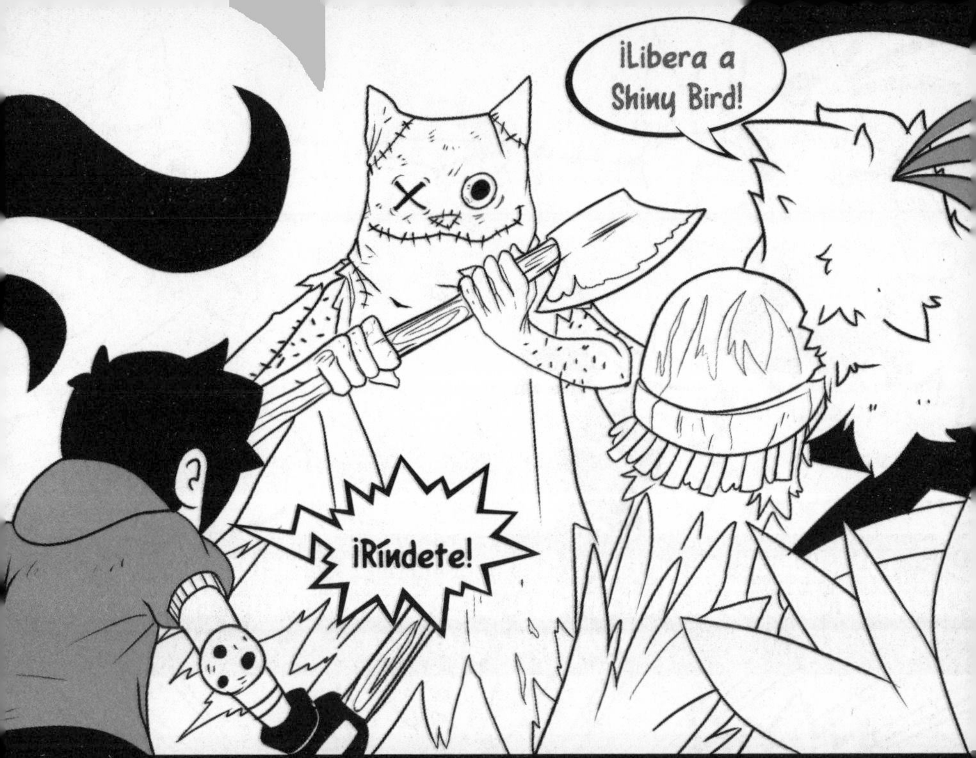
¡Libera a Shiny Bird!
¡Ríndete!

Con una perturbadora apariencia, el líder de los ocultistas parecía no estar preocupado ante la presencia de nuestros dos héroes. El aterrador juez y verdugo tomó su hacha con seguridad y encaró a los dos.

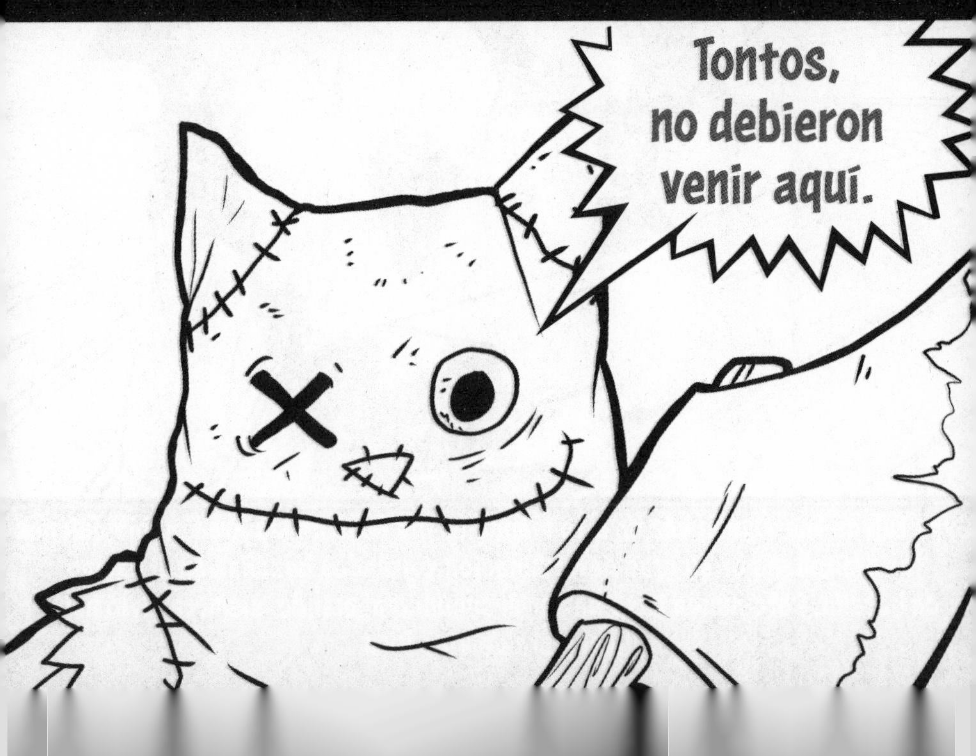
Tontos, no debieron venir aquí.

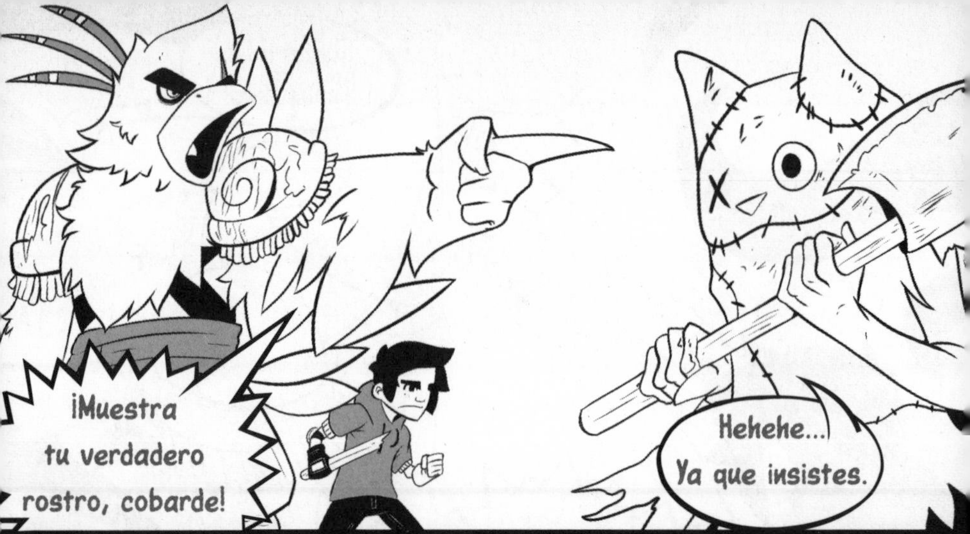
¡Muestra tu verdadero rostro, cobarde!
Hehehe... Ya que insistes.

Las leyendas son curiosas, tienen las mismas características que los seres vivos: se adaptan al tiempo, al entorno y necesitan de otros seres para seguir existiendo.

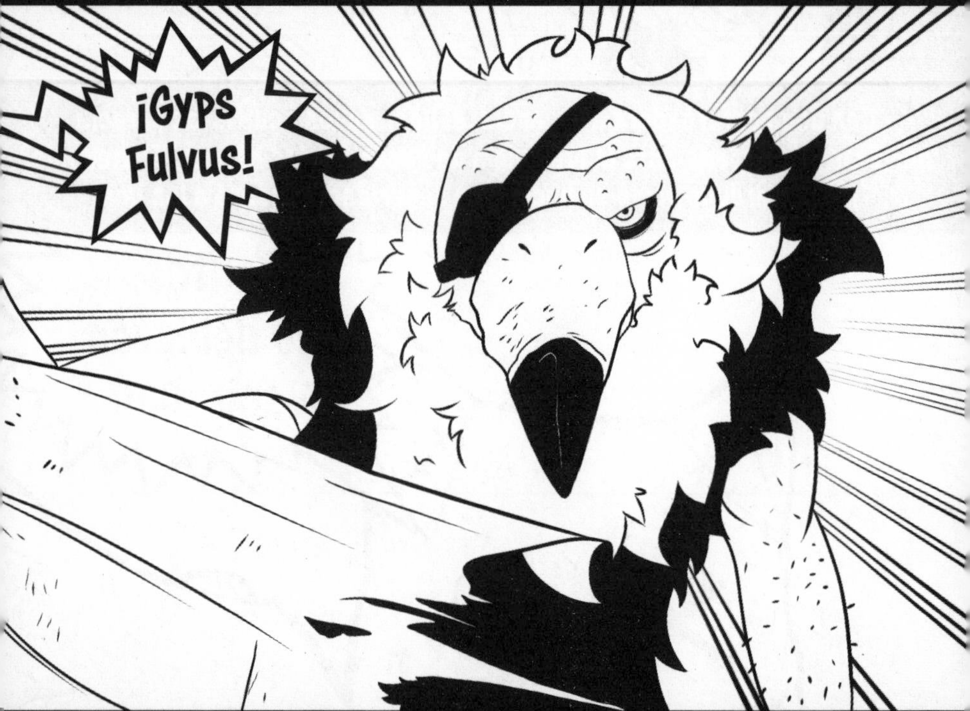
¡Gyps Fulvus!

Gyps Fulvus fue alguna vez un alto mando en las filas de las aves, había quienes lo admiraban por su gran determinación y grandes hazañas en el campo de batalla. Pero nunca pasó de ser el segundo al mando, siempre vivió bajo

En un intento desesperado por quitarle el mando a Blue Bird, Gyps cayó ante su líder en una batalla que lo dejó sin plumas y con las alas tan dañadas que nunca pudo volver a volar...

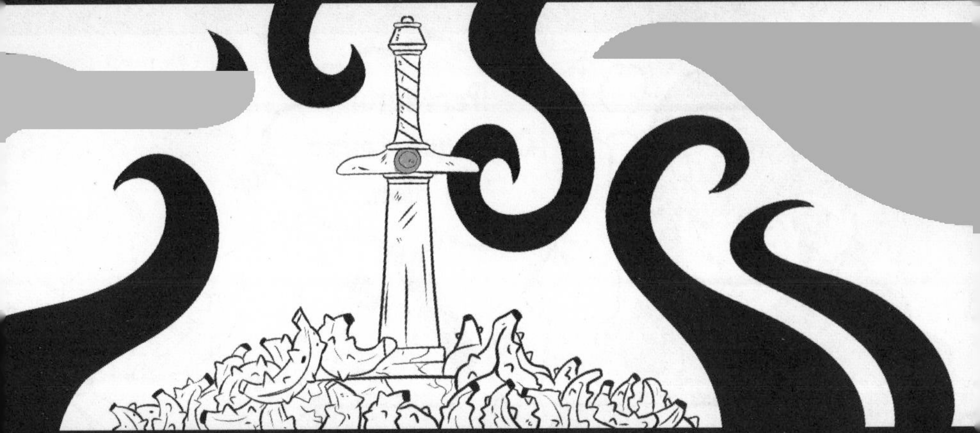

Alguna vez admirado y reconocido por sus hazañas, Gyps Fulvus terminó siendo una sombra de lo que antes fue.

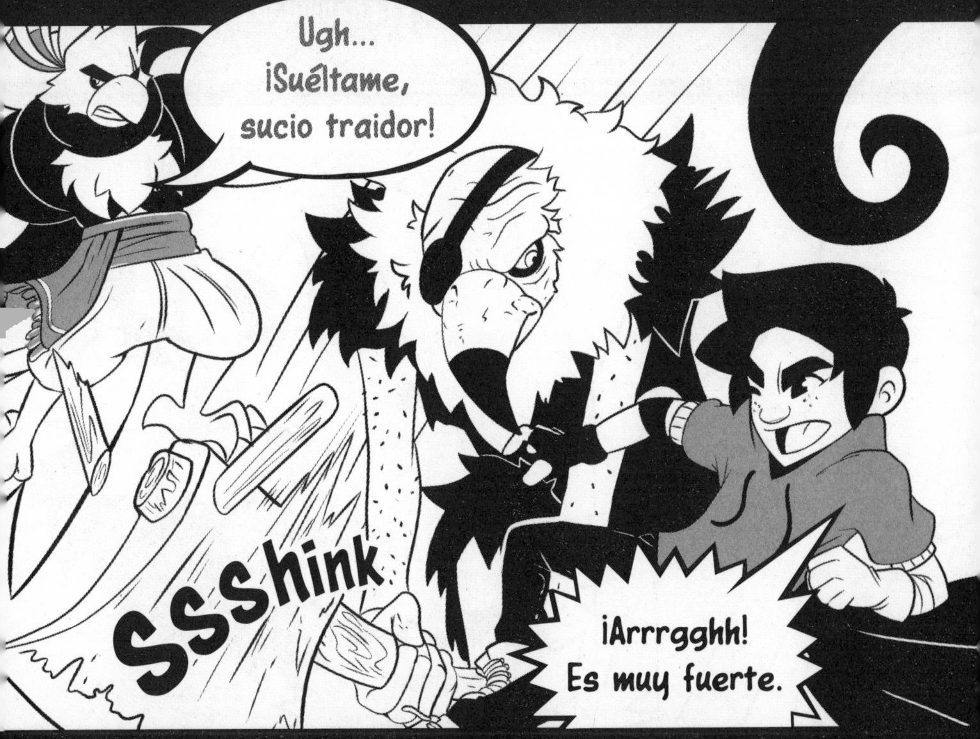
Ugh... ¡Suéltame, sucio traidor!
SSShink
¡Arrrgghh! Es muy fuerte.

Exiliado y malherido, Gyps vagó en busca de propósito. Y éste llegó a él en forma de leyenda. La leyenda sobre una espada tan poderosa

El destino llevó a Gyps fulvus a encontrar una piedra en forma de pixel que emanaba una extraordinaria energía, la cual parecía hablarle.

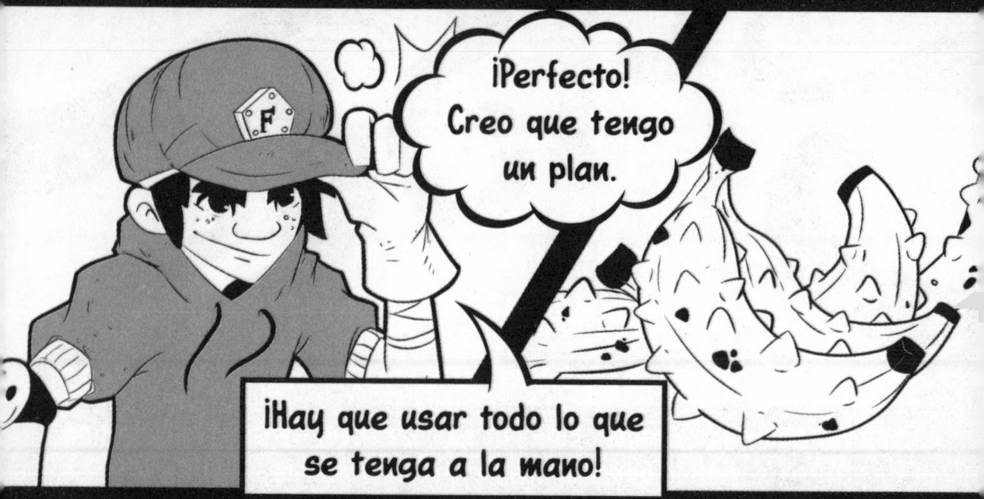
¡Perfecto! Creo que tengo un plan.
¡Hay que usar todo lo que se tenga a la mano!

La piedra le dijo la ubicación de la espada y la habilidad de controlar la oscuridad en su interior.

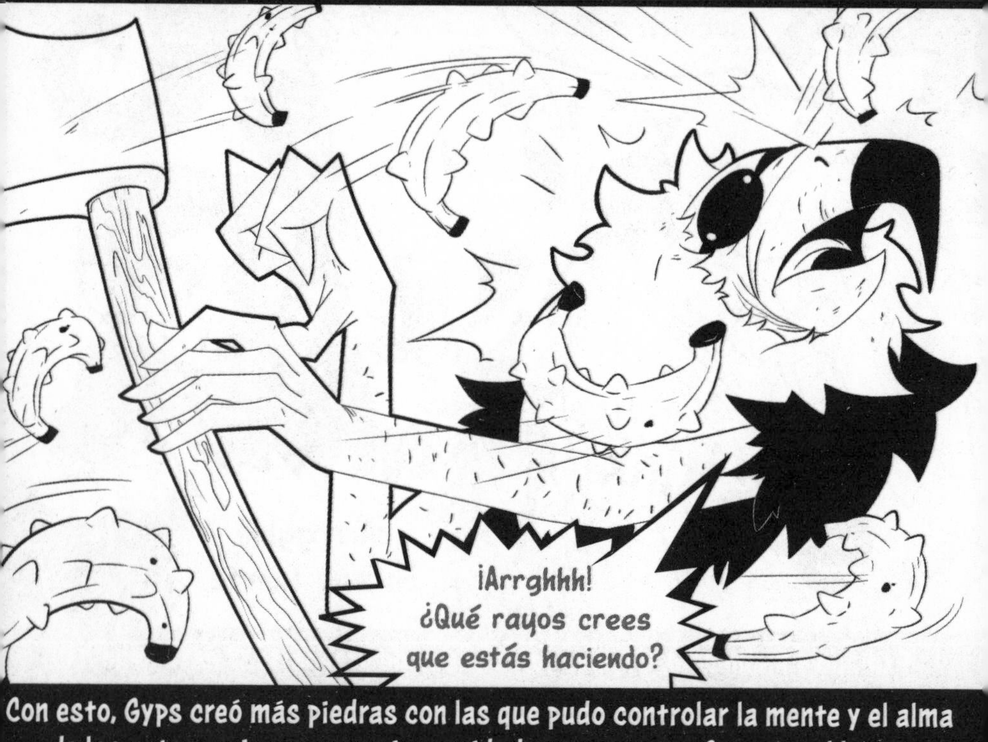
¡Arrghhh! ¿Qué rayos crees que estás haciendo?

Con esto, Gyps creó más piedras con las que pudo controlar la mente y el alma de los gatos, quienes, en su ingenuidad, creyeron que Gyps era el héroe

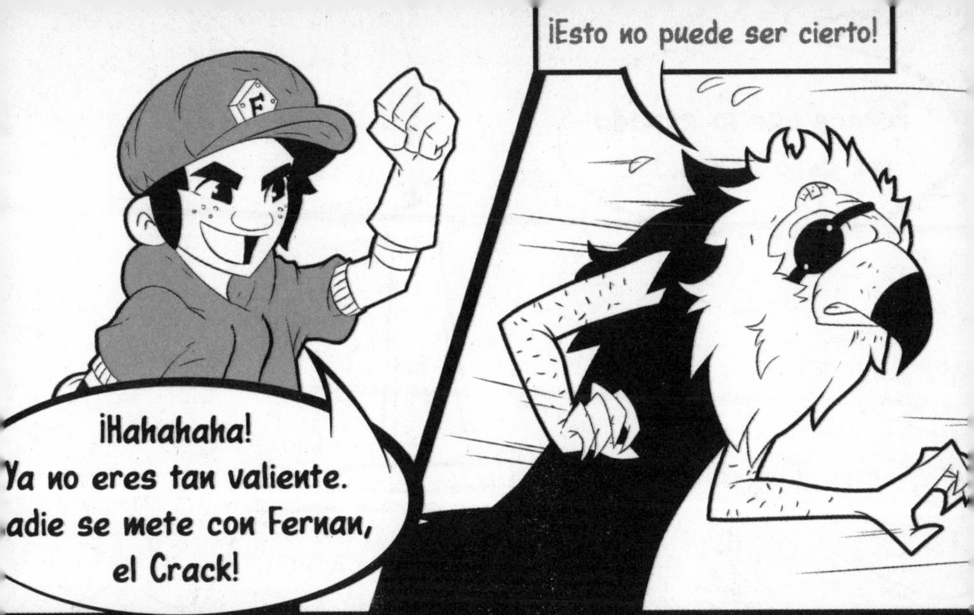
¡Esto no puede ser cierto!
¡Hahahaha!
Ya no eres tan valiente.
adie se mete con Fernan,
el Crack!

La piedra, que ahora se había vuelto parte de Gyps Fulvus, le pedía sacrificios, ofrendas para la espada. Gyps nunca cuestionó lo que la piedra le dijo, la piedra era él.

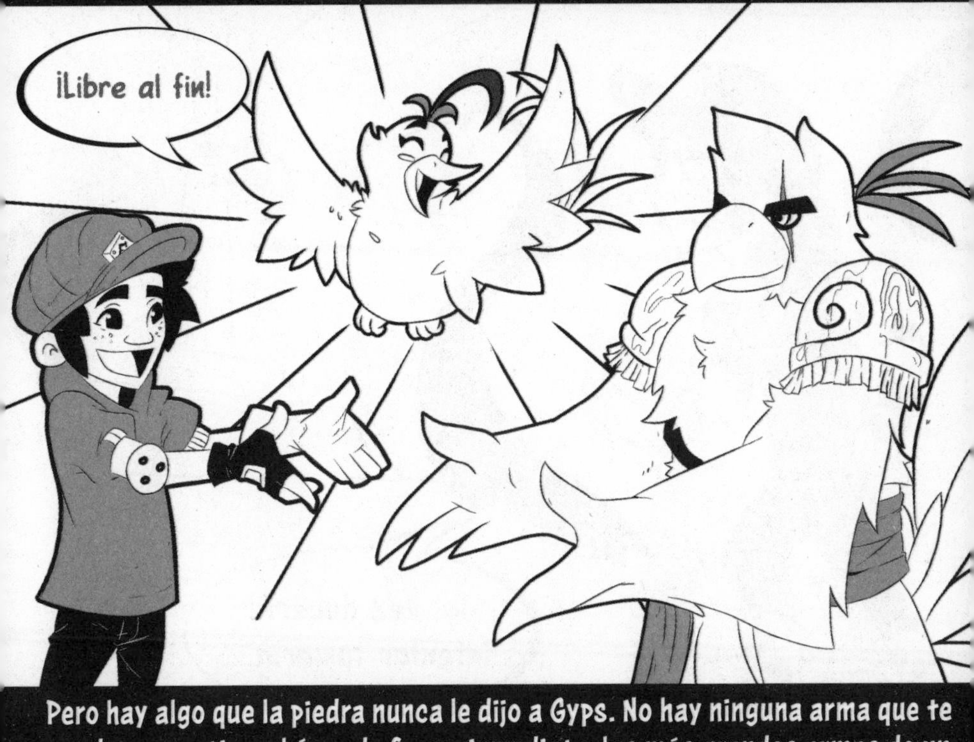
¡Libre al fin!

Pero hay algo que la piedra nunca le dijo a Gyps. No hay ninguna arma que te pueda convertir en héroe de forma inmediata, las más grandes armas de un héroe son su espíritu de lucha y su sentido de justicia.

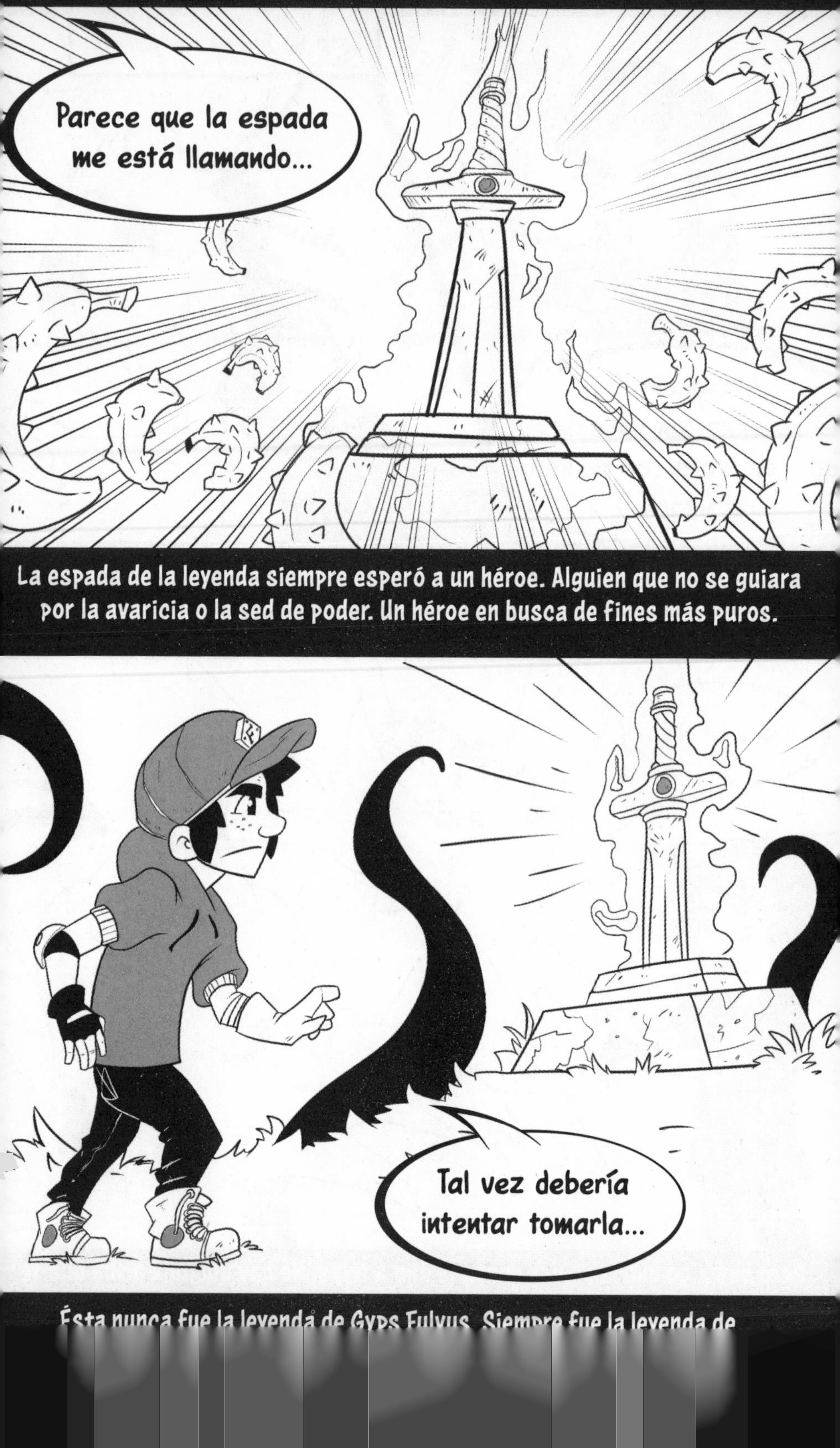
Parece que la espada me está llamando...
La espada de la leyenda siempre esperó a un héroe. Alguien que no se guiara por la avaricia o la sed de poder. Un héroe en busca de fines más puros.
Tal vez debería intentar tomarla...
Ésta nunca fue la leyenda de Gyps Fulvus. Siempre fue la leyenda de

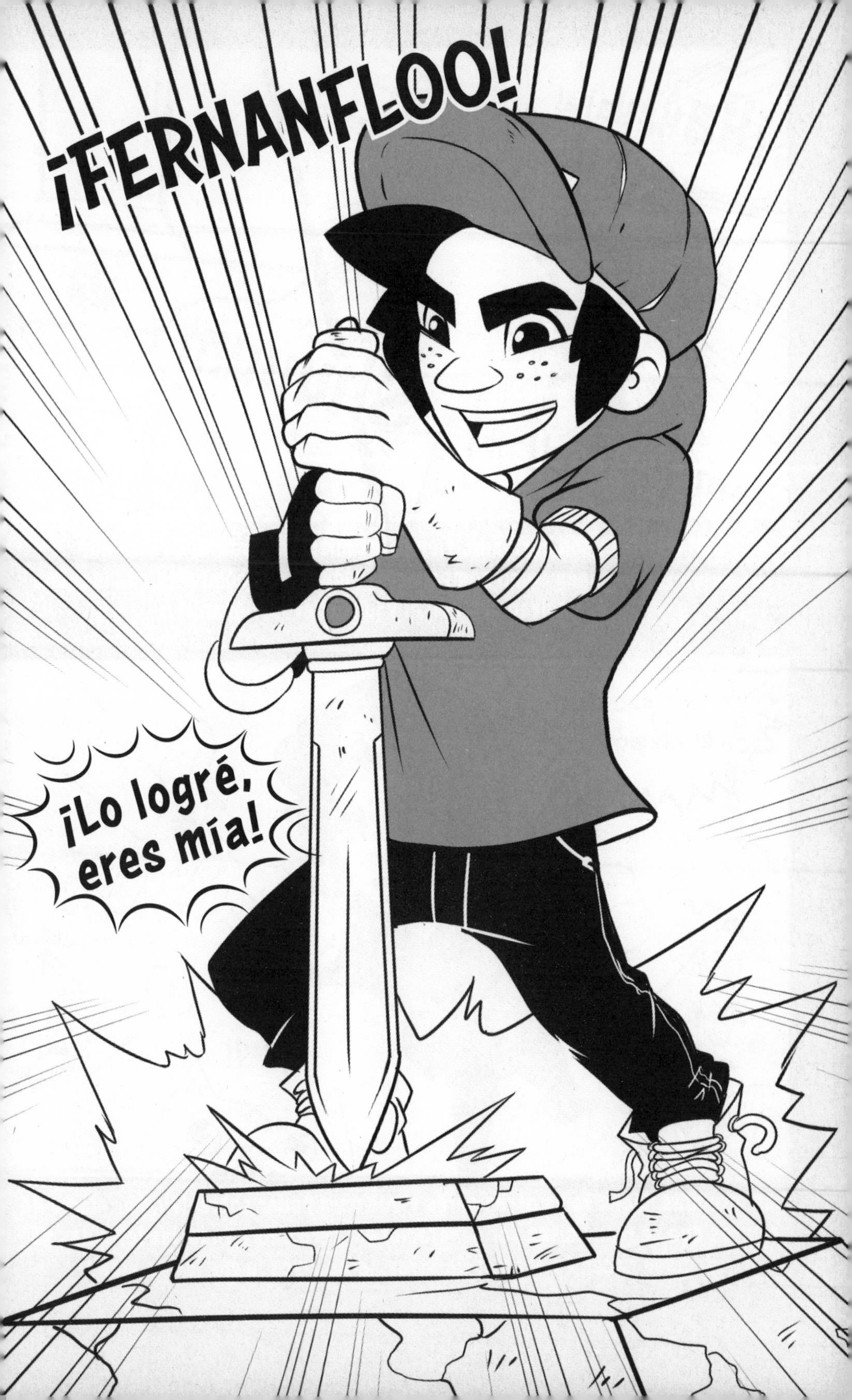
¡FERNANFLOO!
¡Lo logré, eres mía!

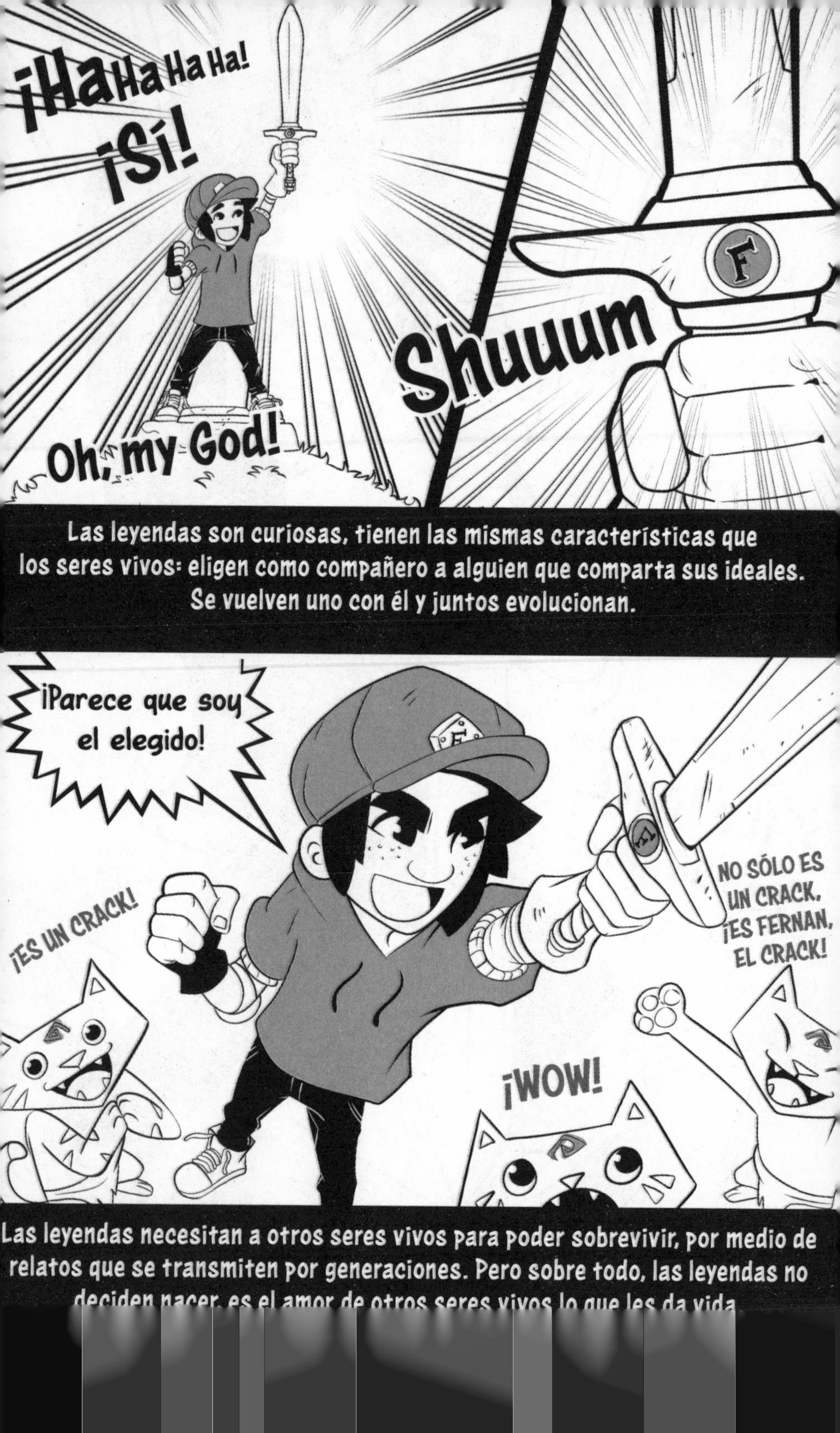
¡Ha Ha Ha Ha Ha!
¡Sí!
Oh, my God!
Shuuum
Las leyendas son curiosas, tienen las mismas características que los seres vivos: eligen como compañero a alguien que comparta sus ideales. Se vuelven uno con él y juntos evolucionan.
¡Parece que soy el elegido!
¡ES UN CRACK!
NO SÓLO ES UN CRACK, ¡ES FERNAN, EL CRACK!
¡WOW!
Las leyendas necesitan a otros seres vivos para poder sobrevivir, por medio de relatos que se transmiten por generaciones. Pero sobre todo, las leyendas no deciden nacer, es el amor de otros seres vivos lo que les da vida.

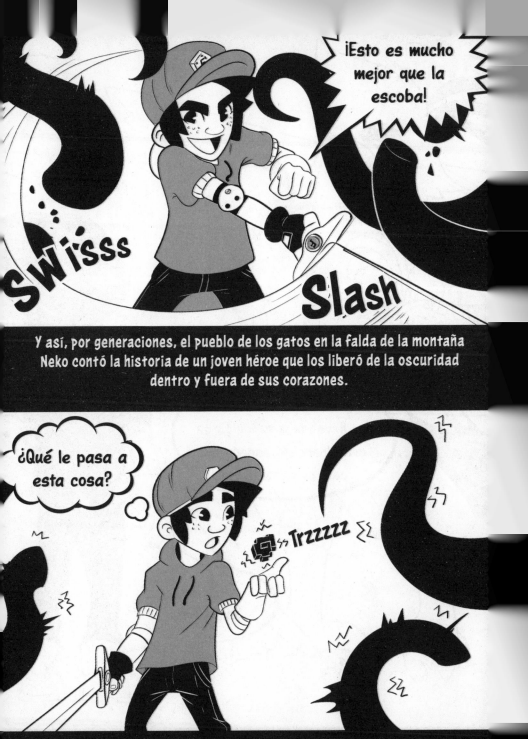

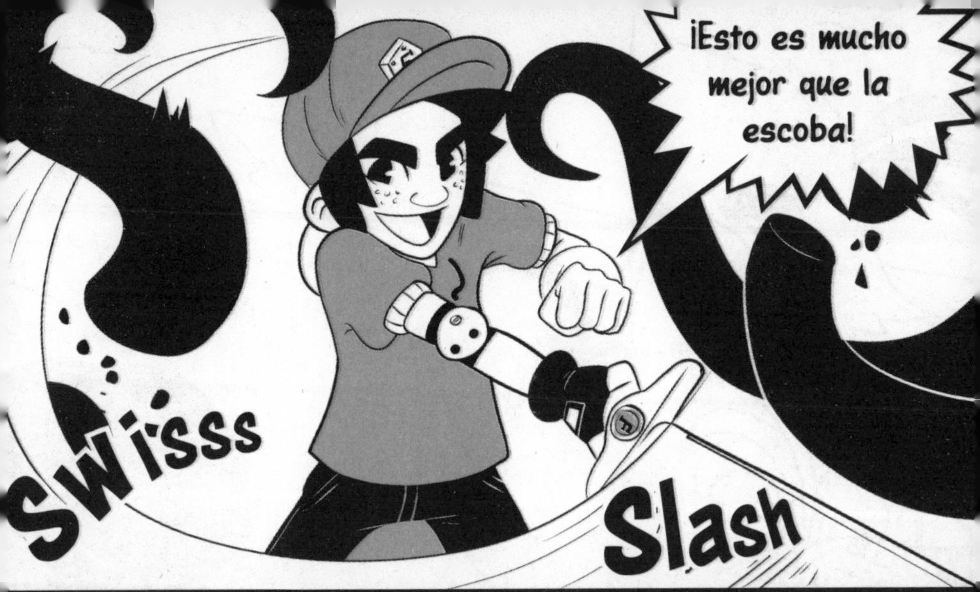
¡Esto es mucho mejor que la escoba!
Swisss
Slash

Y así, por generaciones, el pueblo de los gatos en la falda de la montaña Neko contó la historia de un joven héroe que los liberó de la oscuridad dentro y fuera de sus corazones.

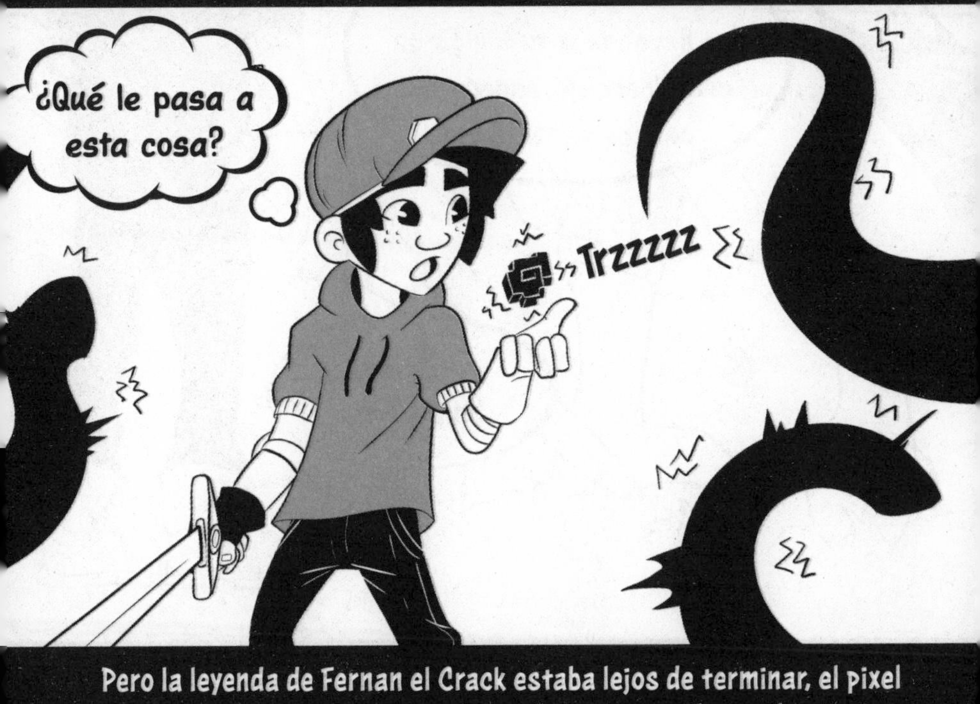
¿Qué le pasa a esta cosa?
Trzzzzz

Pero la leyenda de Fernan el Crack estaba lejos de terminar, el pixel que llevaba con él empezó a reaccionar al tiempo que Fernan lo tomó en sus

El camino era largo, pero muy grande la recompensa. No hay nada más valioso en
el mundo que la amistad y Fernan podía sentir en su corazón que su mejor amigo

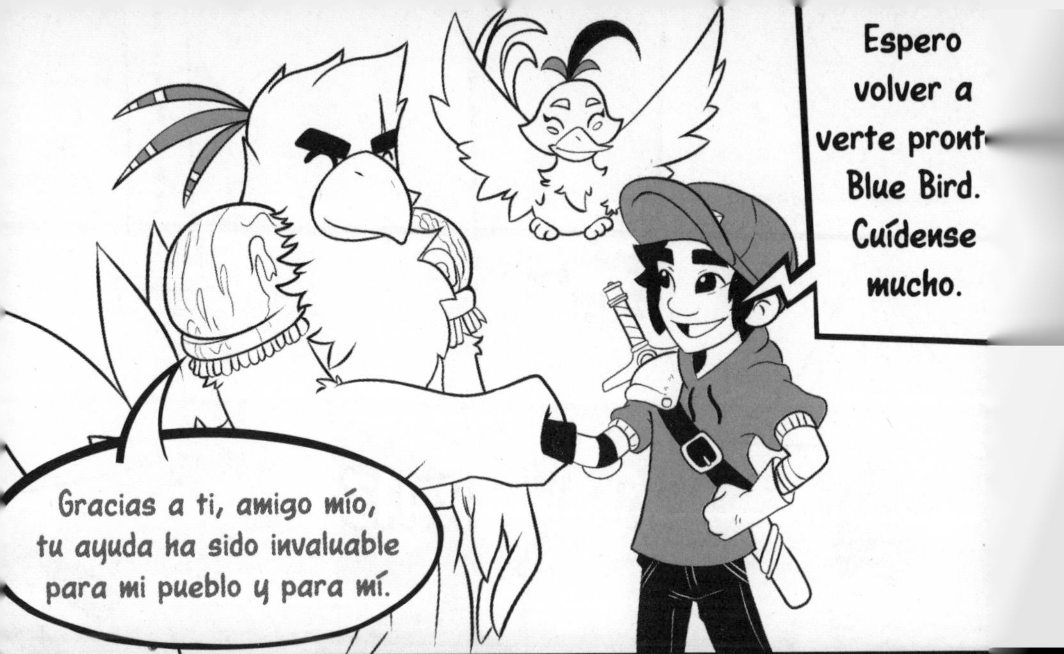
Espero volver a verte pront Blue Bird. Cuídense mucho.
Gracias a ti, amigo mío, tu ayuda ha sido invaluable para mi pueblo y para mí.

Blue Bird y Shiny Bird regresaron con los suyos, mientras que el camino de Fernan le presentaría una difícil decisión más adelante...

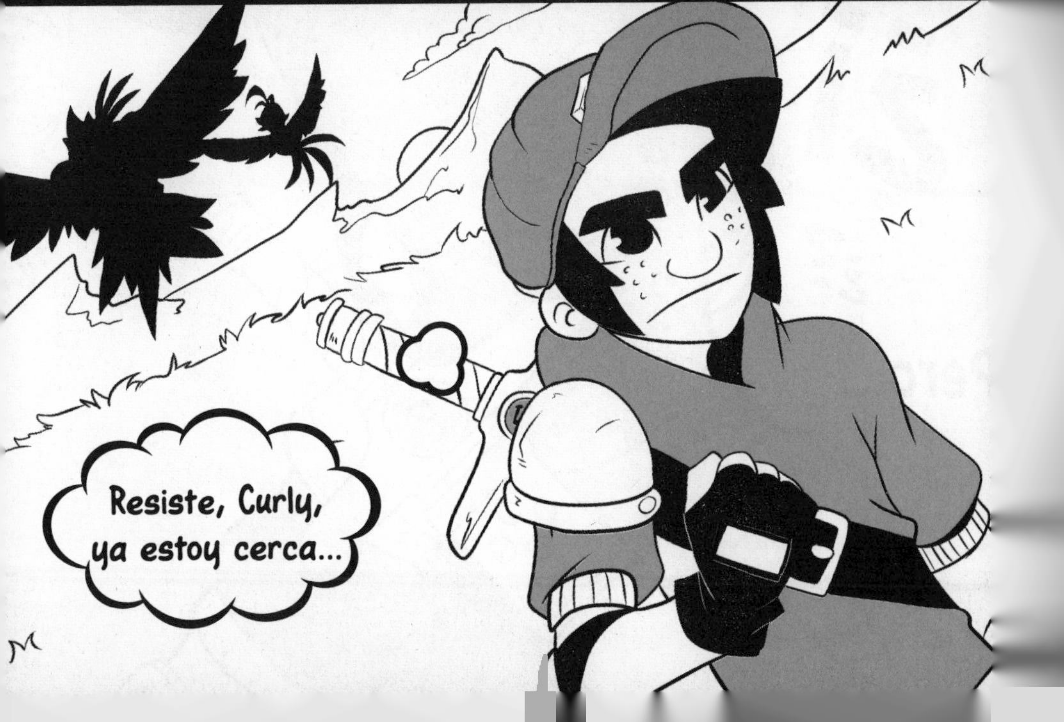
Resiste, Curly, ya estoy cerca...

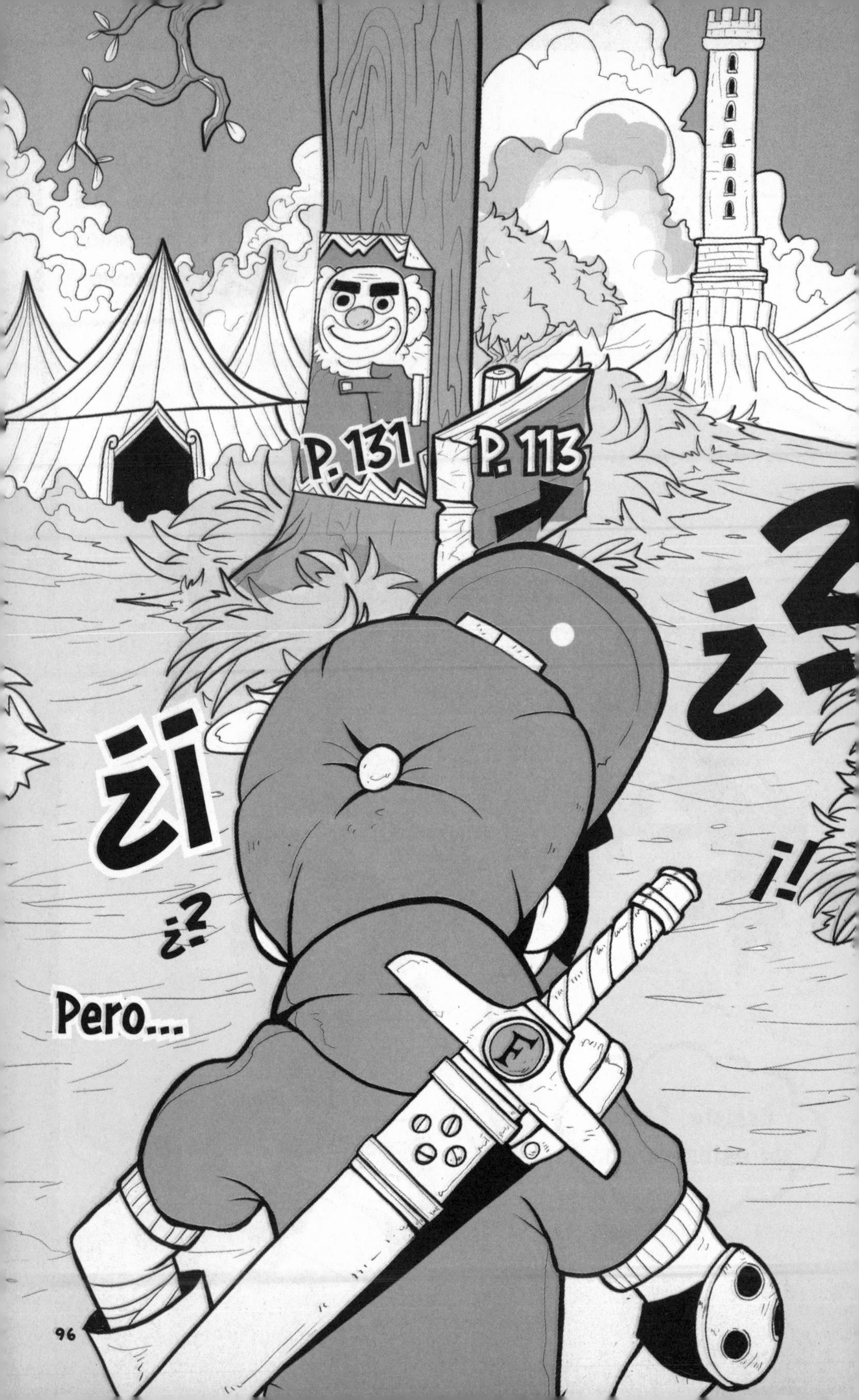
P. 131
P. 113
¿¡
¿?
Pero...
¿?
¡!

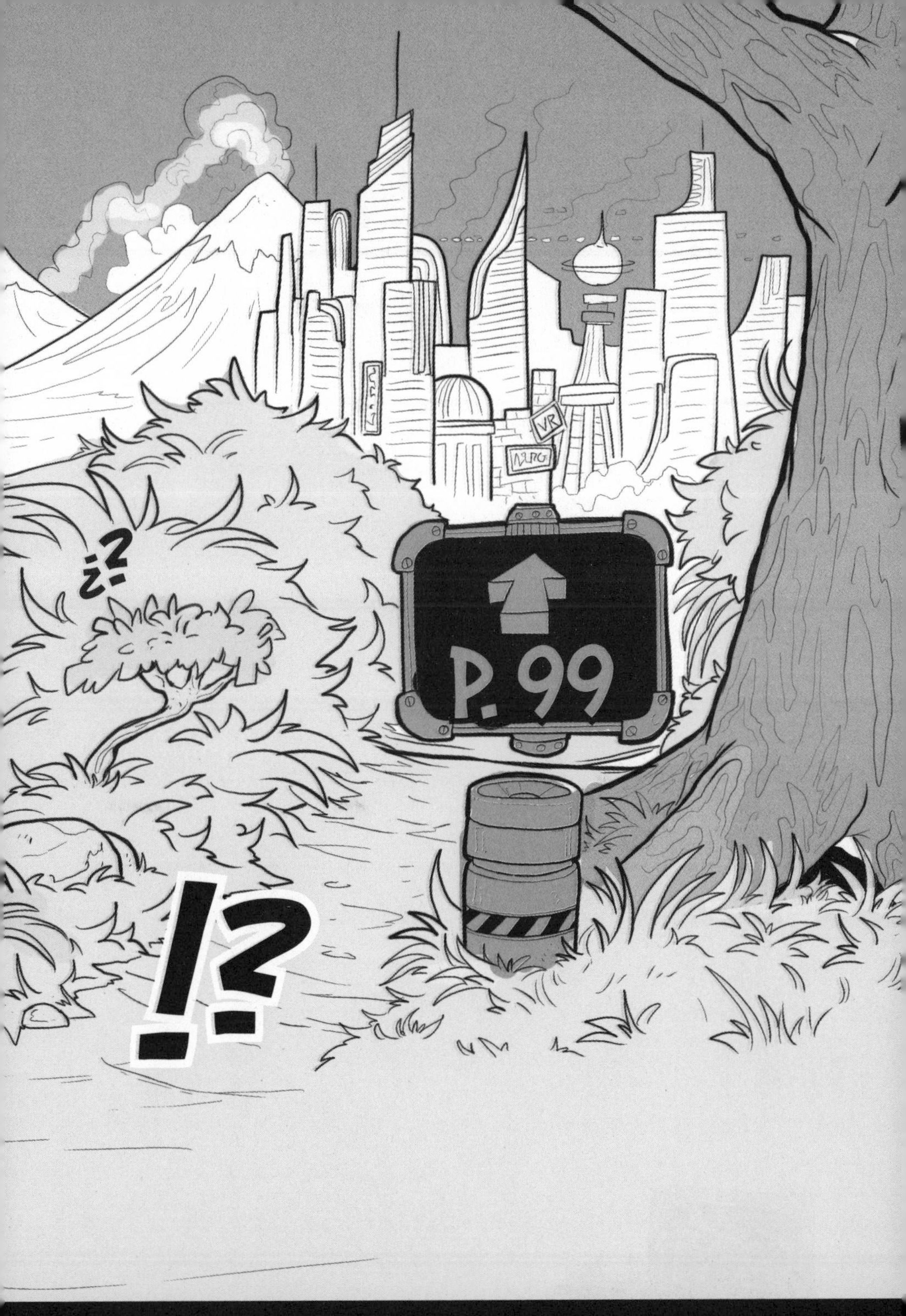
¿?
P. 99
!?

¿Qué camino debía tomar Fernanfloo?
Elige una de las opciones y ve a la página que se indica.

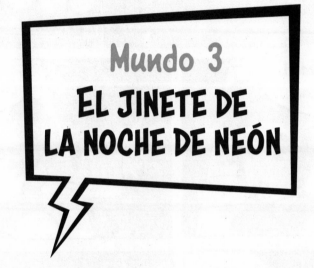

Mundo 3
EL JINETE DE
LA NOCHE DE NEÓN

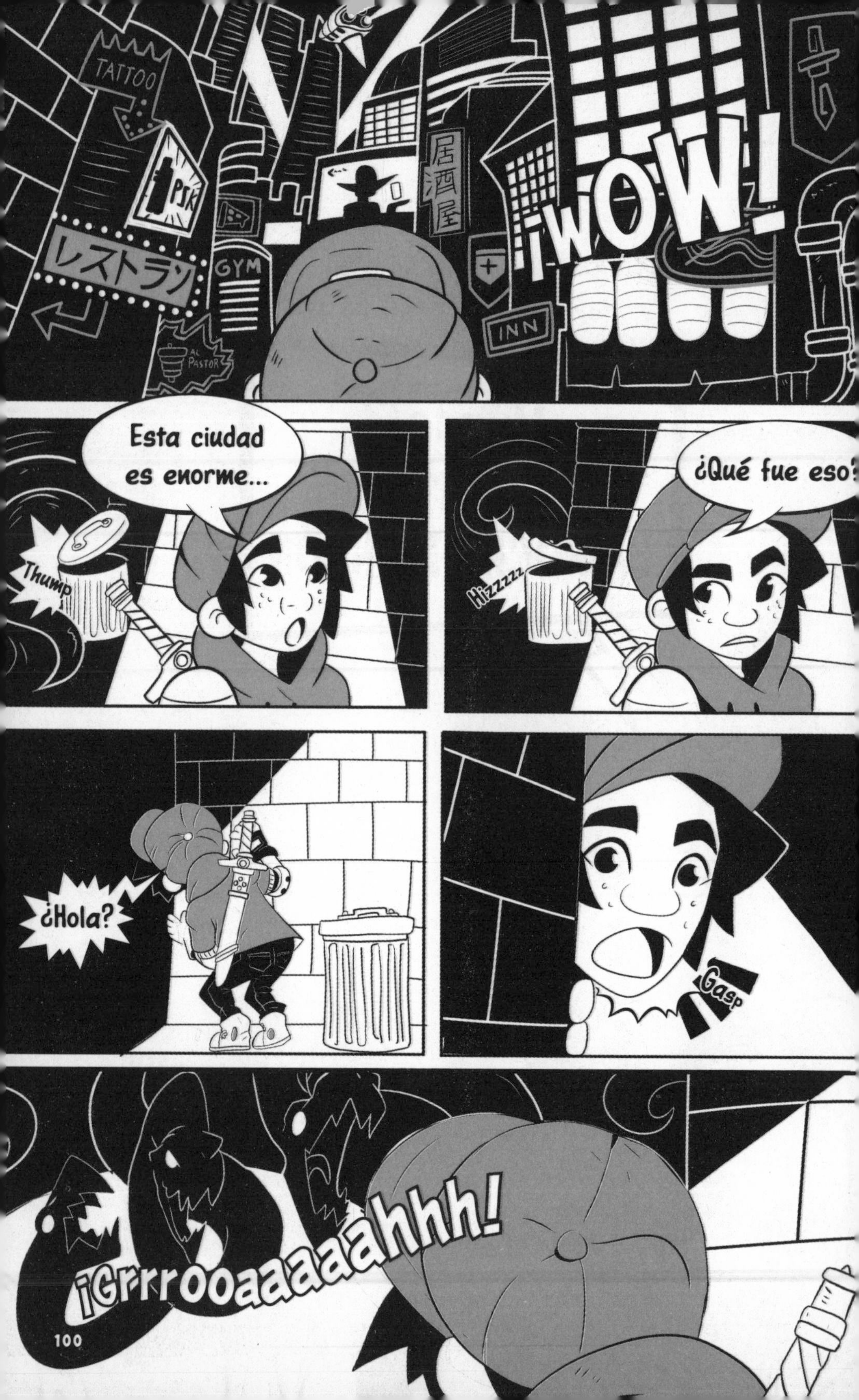
TATTOO
レストラン
GYM
AL PASTOR
居酒屋
INN
¡WOW!
Esta ciudad es enorme...
Thump
¿Qué fue eso?
Hizzzzz
¿Hola?
Gasp
¡Grrrooaaaaaahhh!

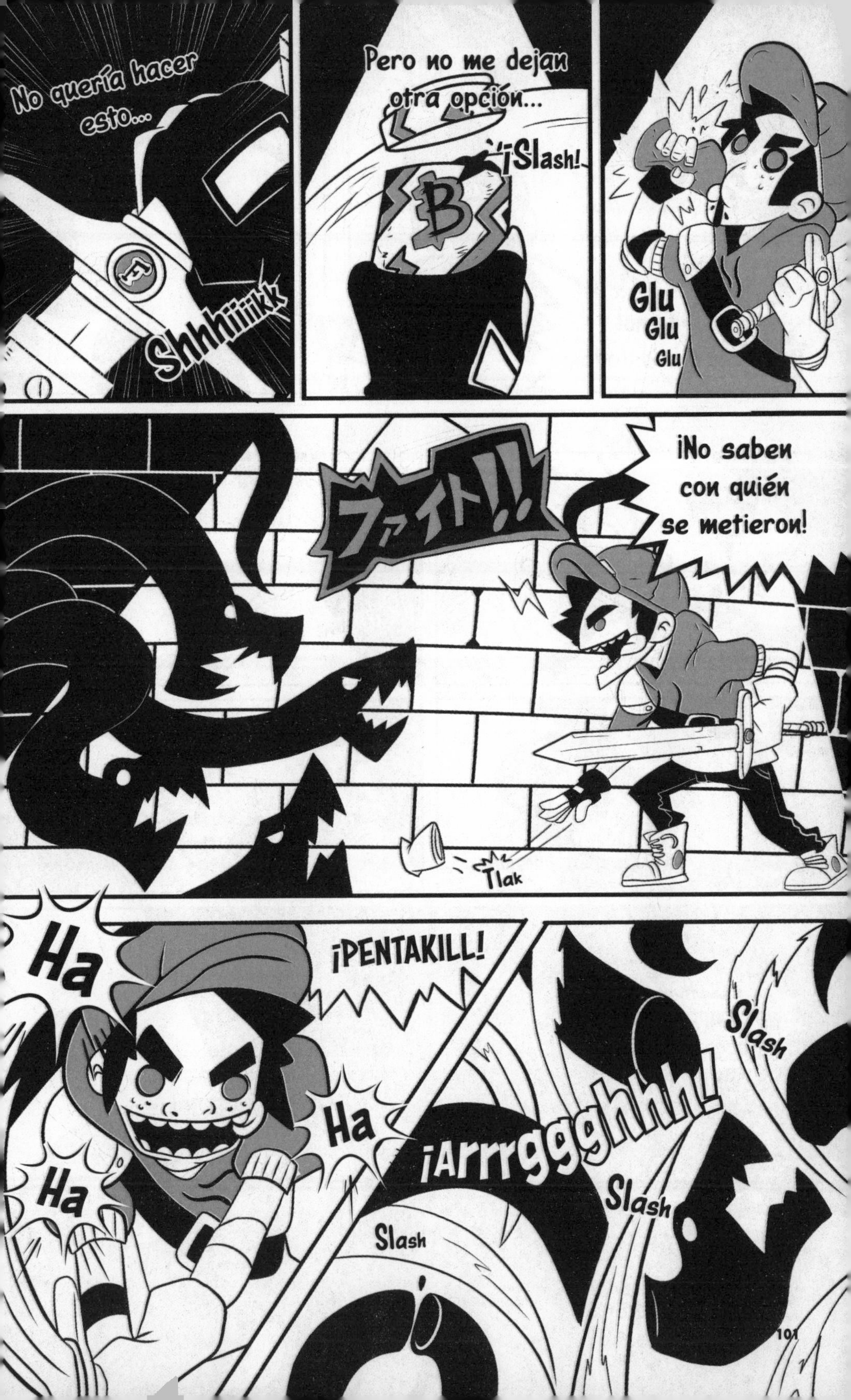
No quería hacer esto...
Shhhiiiikk
Pero no me dejan otra opción...
¡Slash!
Glu
Glu
Glu
ファイト!!
¡No saben con quién se metieron!
Tlak
Ha
¡PENTAKILL!
Ha
Ha
Slash
¡Arrrggghhh!
Slash
Slash

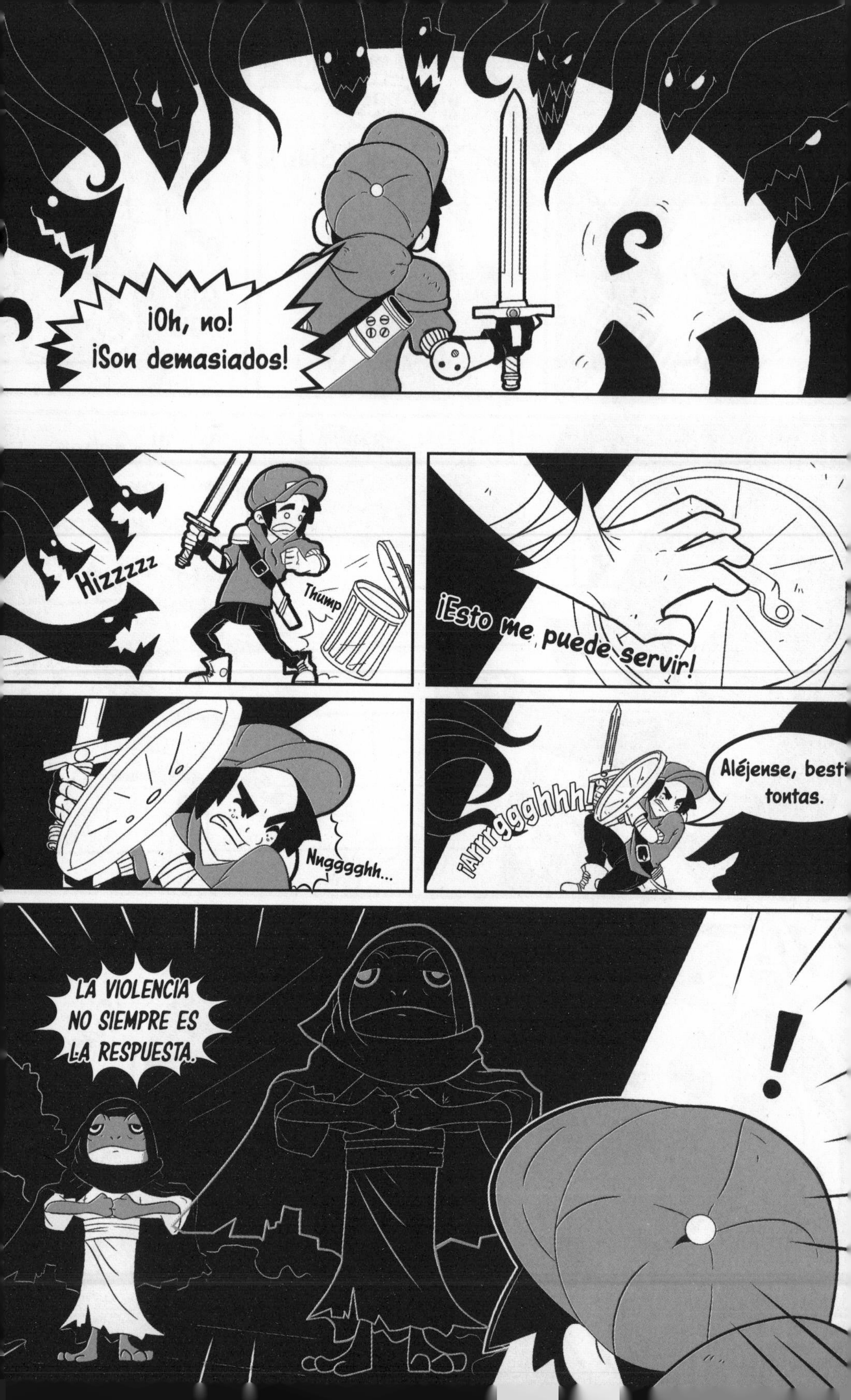
¡Oh, no!
¡Son demasiados!
Hizzzzz
Thump
¡Esto me puede servir!
Nugggghh...
¡Arrrggghhh!
Aléjense, best
tontas.
LA VIOLENCIA
NO SIEMPRE ES
LA RESPUESTA.
!

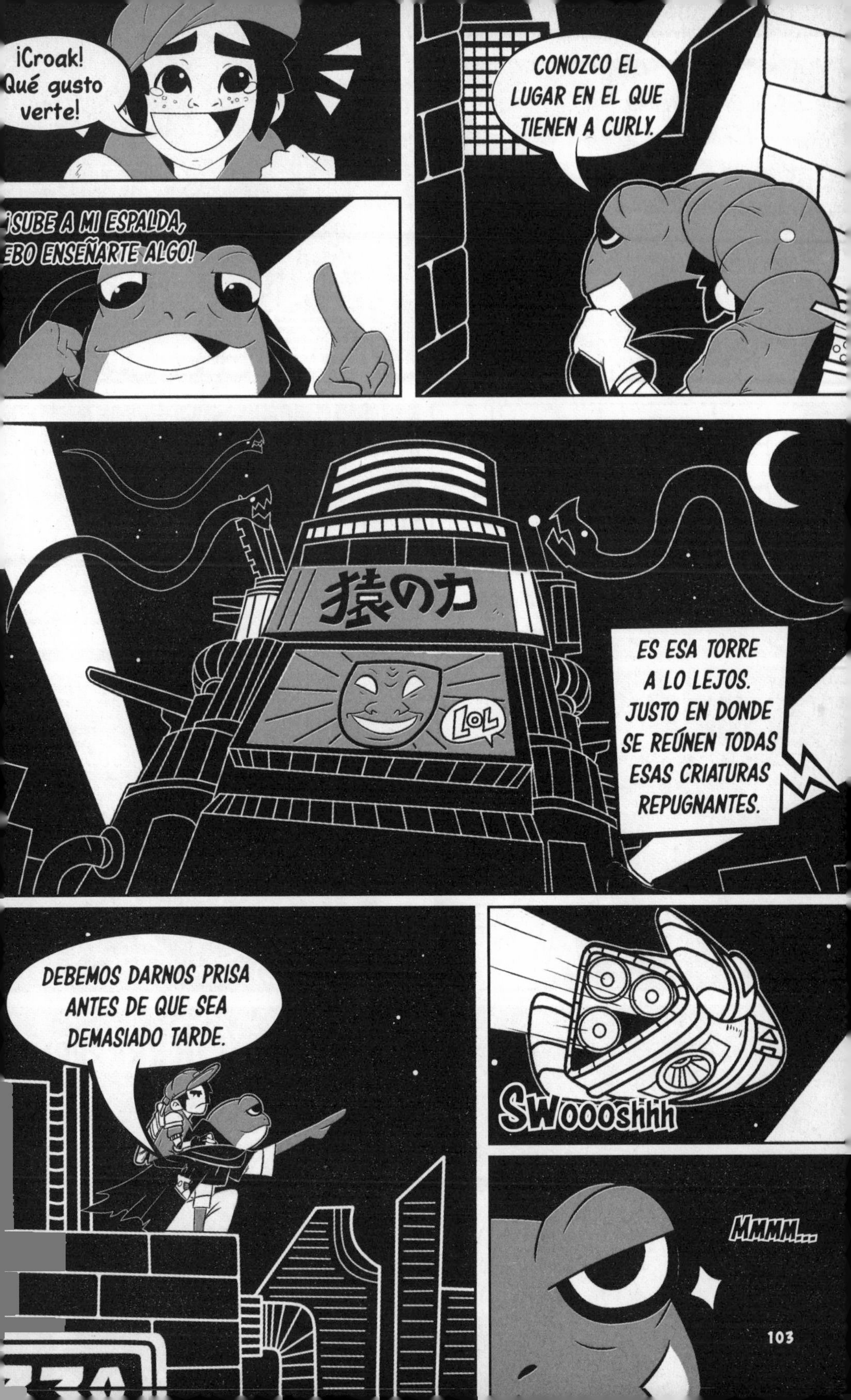

¡Croak! Qué gusto verte!
CONOZCO EL LUGAR EN EL QUE TIENEN A CURLY.
¡SUBE A MI ESPALDA, DEBO ENSEÑARTE ALGO!
猿の力
LOL
ES ESA TORRE A LO LEJOS. JUSTO EN DONDE SE REÚNEN TODAS ESAS CRIATURAS REPUGNANTES.
DEBEMOS DARNOS PRISA ANTES DE QUE SEA DEMASIADO TARDE.
SWOOOshhh
MMMM...

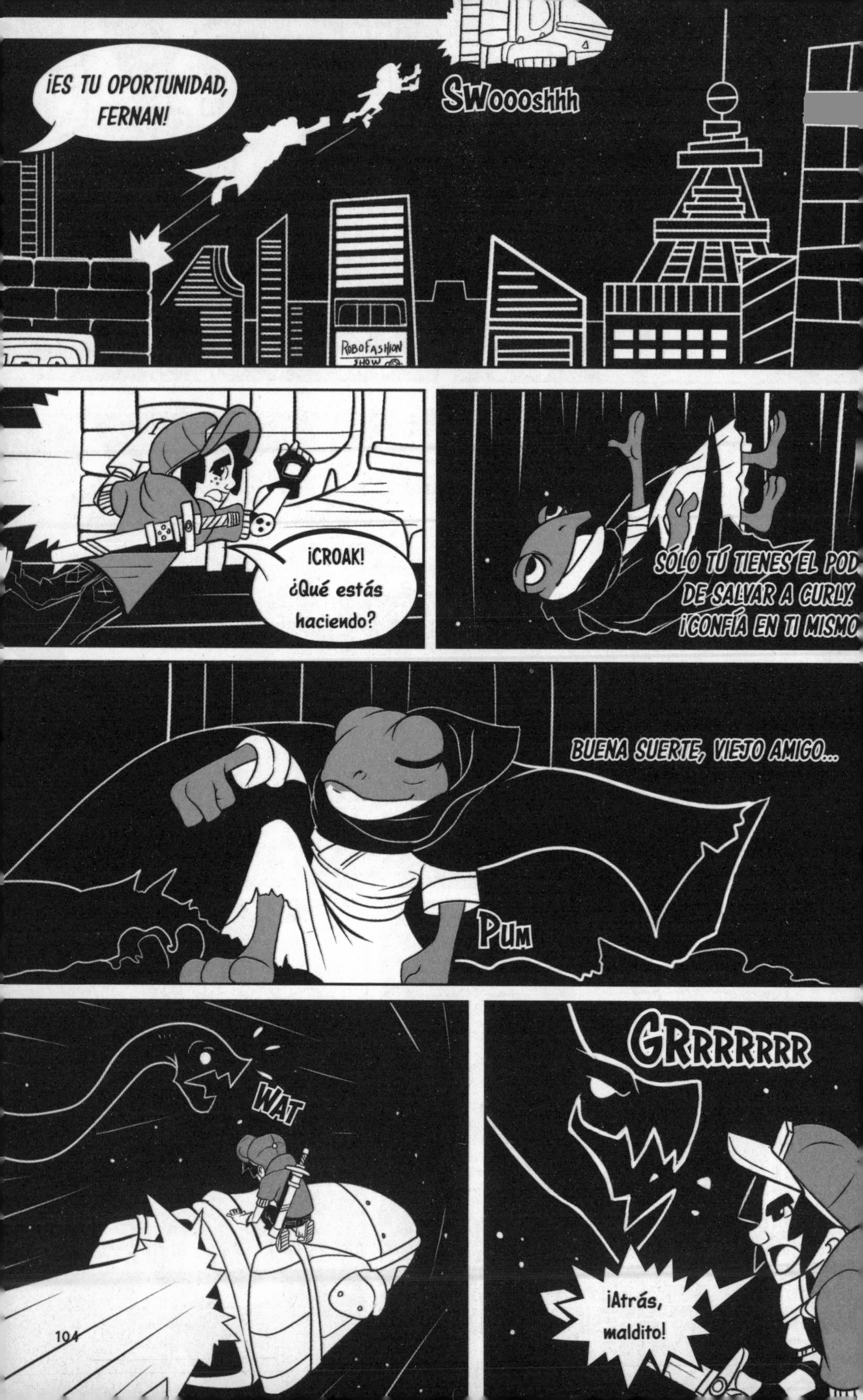
¡ES TU OPORTUNIDAD, FERNAN!
SWoooshhh
ROBOFASHION SHOW
¡CROAK! ¿Qué estás haciendo?
SÓLO TÚ TIENES EL POD
DE SALVAR A CURLY.
¡CONFÍA EN TI MISMO
BUENA SUERTE, VIEJO AMIGO...
PUM
WAT
GRRRRRRR
¡Atrás, maldito!

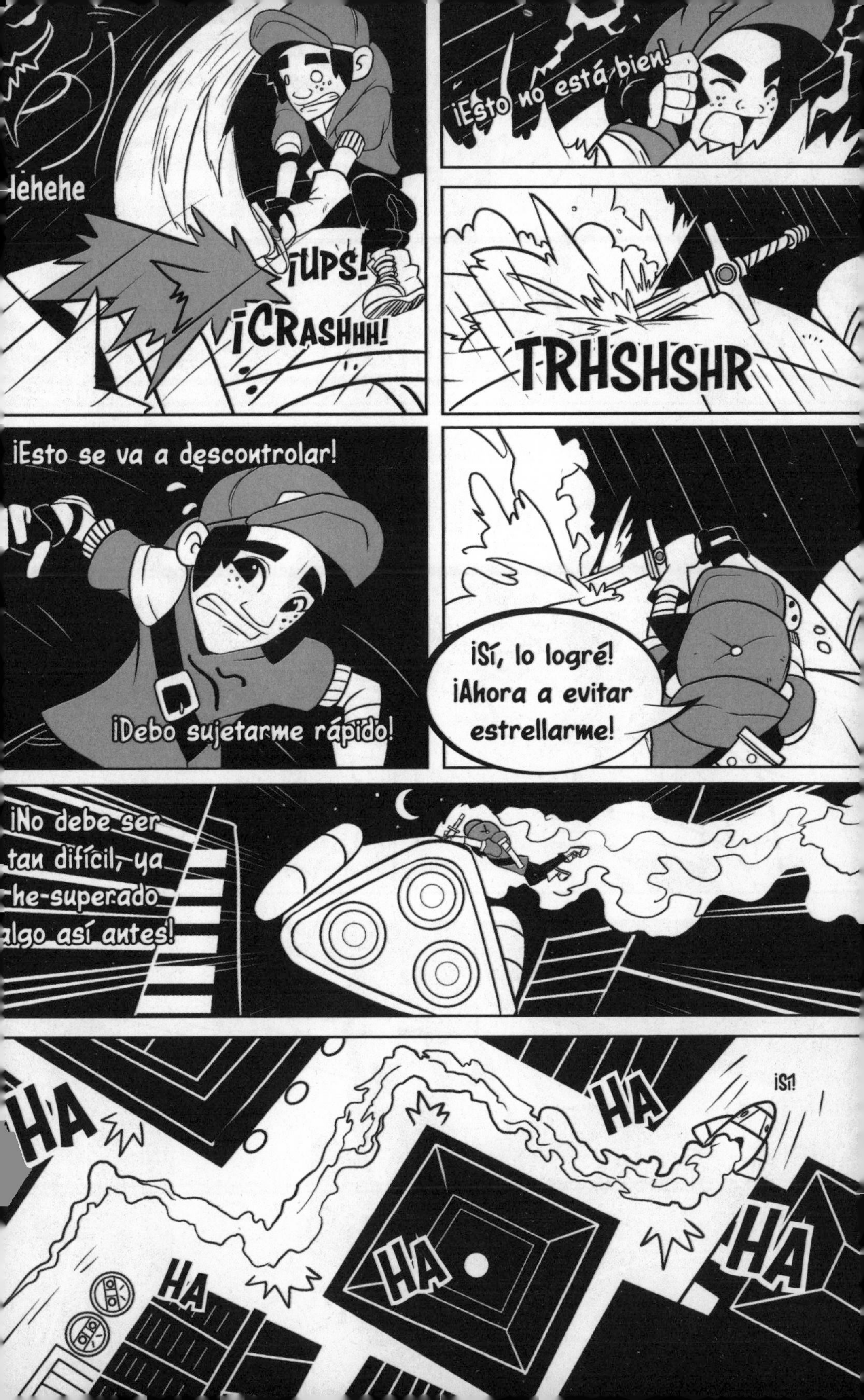
Hehehe
¡UPS!
¡CRASHHH!
¡Esto no está bien!
TRHSHSHR
¡Esto se va a descontrolar!
¡Debo sujetarme rápido!
¡Sí, lo logré! ¡Ahora a evitar estrellarme!
¡No debe ser tan difícil, ya he superado algo así antes!
HA
HA
¡Sí!
HA
HA
HA

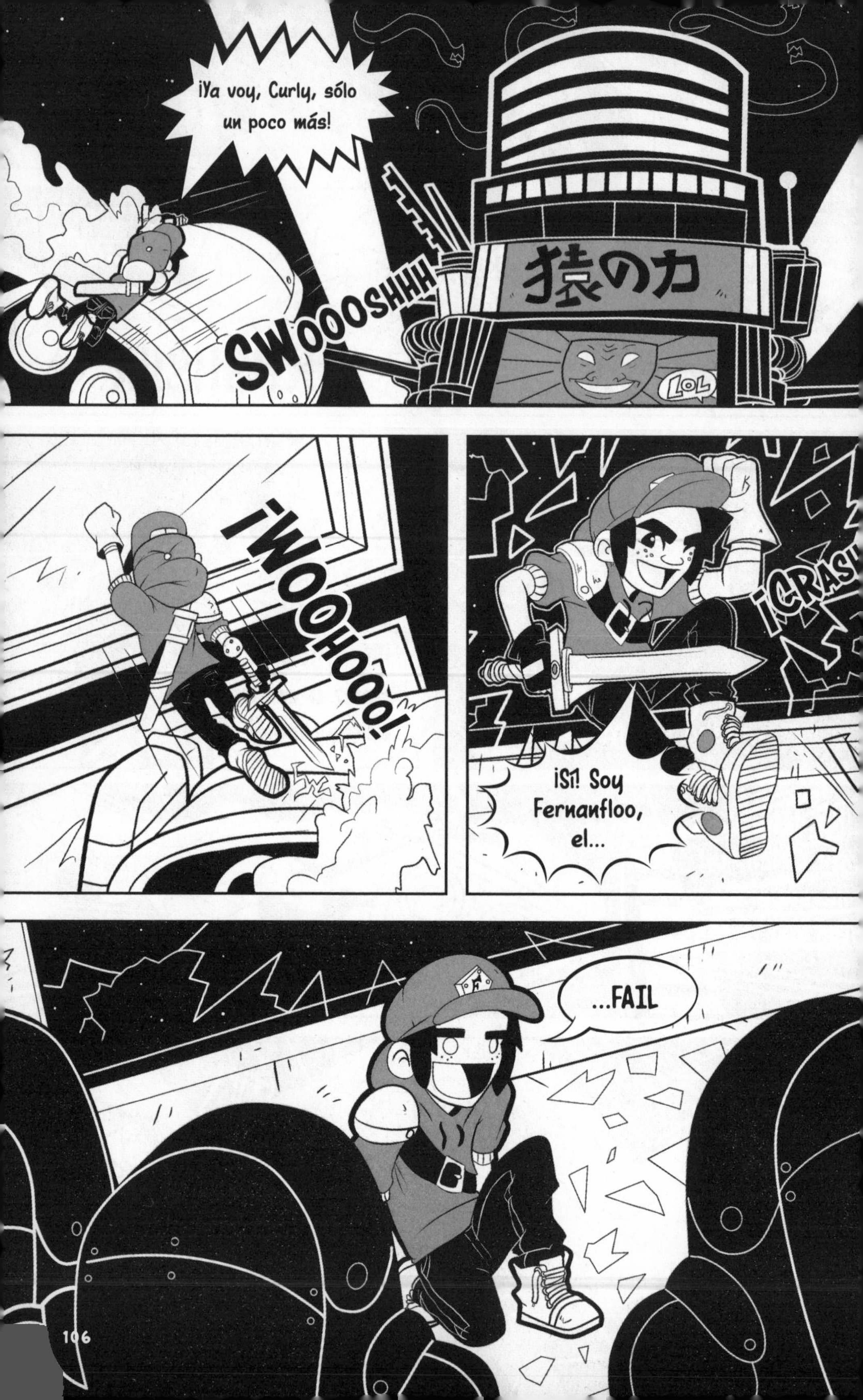
¡Ya voy, Curly, sólo un poco más!
SWOOOSHHH
猿の力
LOL
¡WOOOHOOOO!
¡CRAS
¡SÍ! Soy Fernanfloo, el...
...FAIL

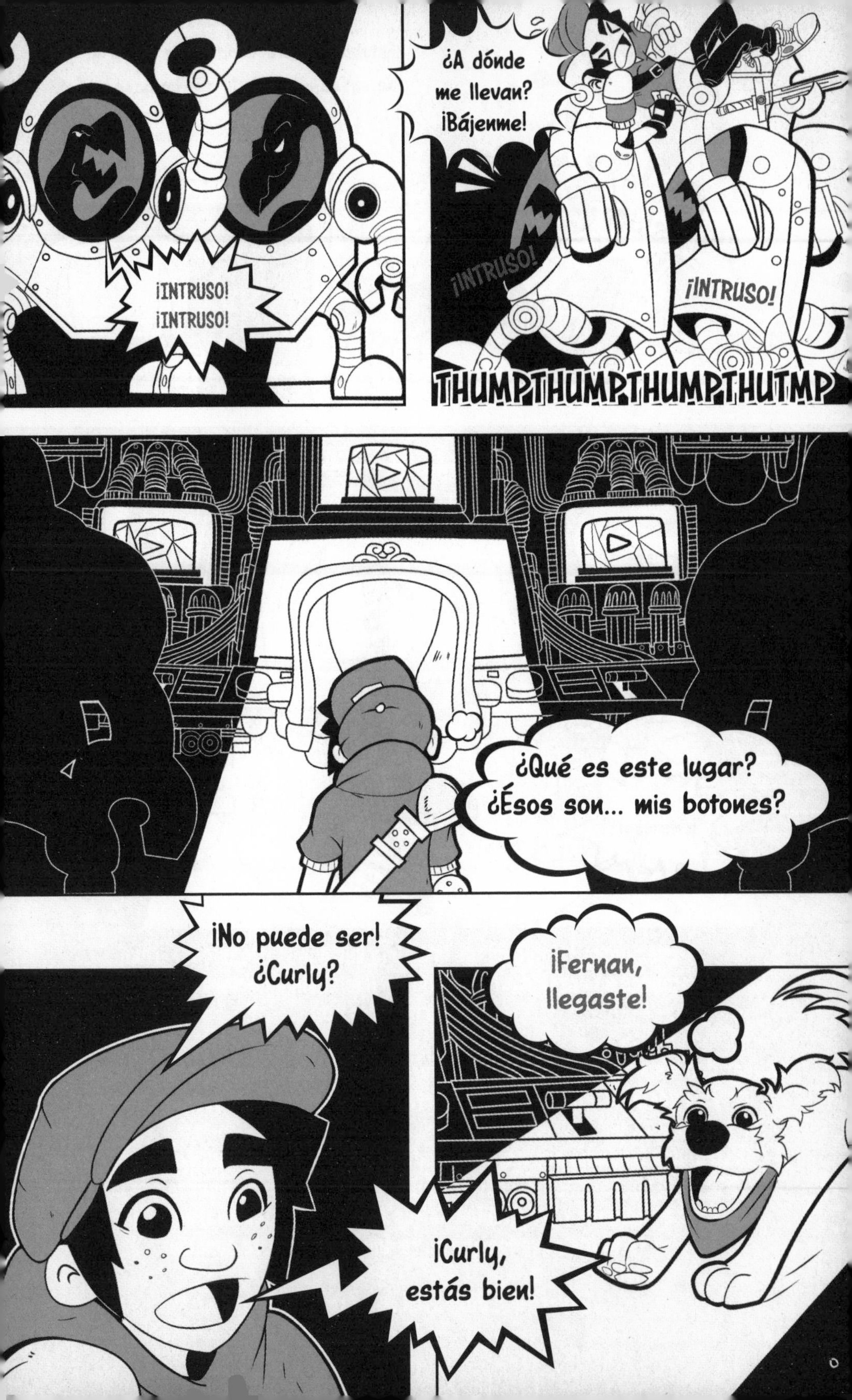
¡INTRUSO! ¡INTRUSO!
¿A dónde me llevan? ¡Bájenme!
¡INTRUSO!
¡INTRUSO!
THUMPTHUMPTHUMPTHUTMP
¿Qué es este lugar? ¿Ésos son... mis botones?
¡No puede ser! ¿Curly?
¡Fernan, llegaste!
¡Curly, estás bien!

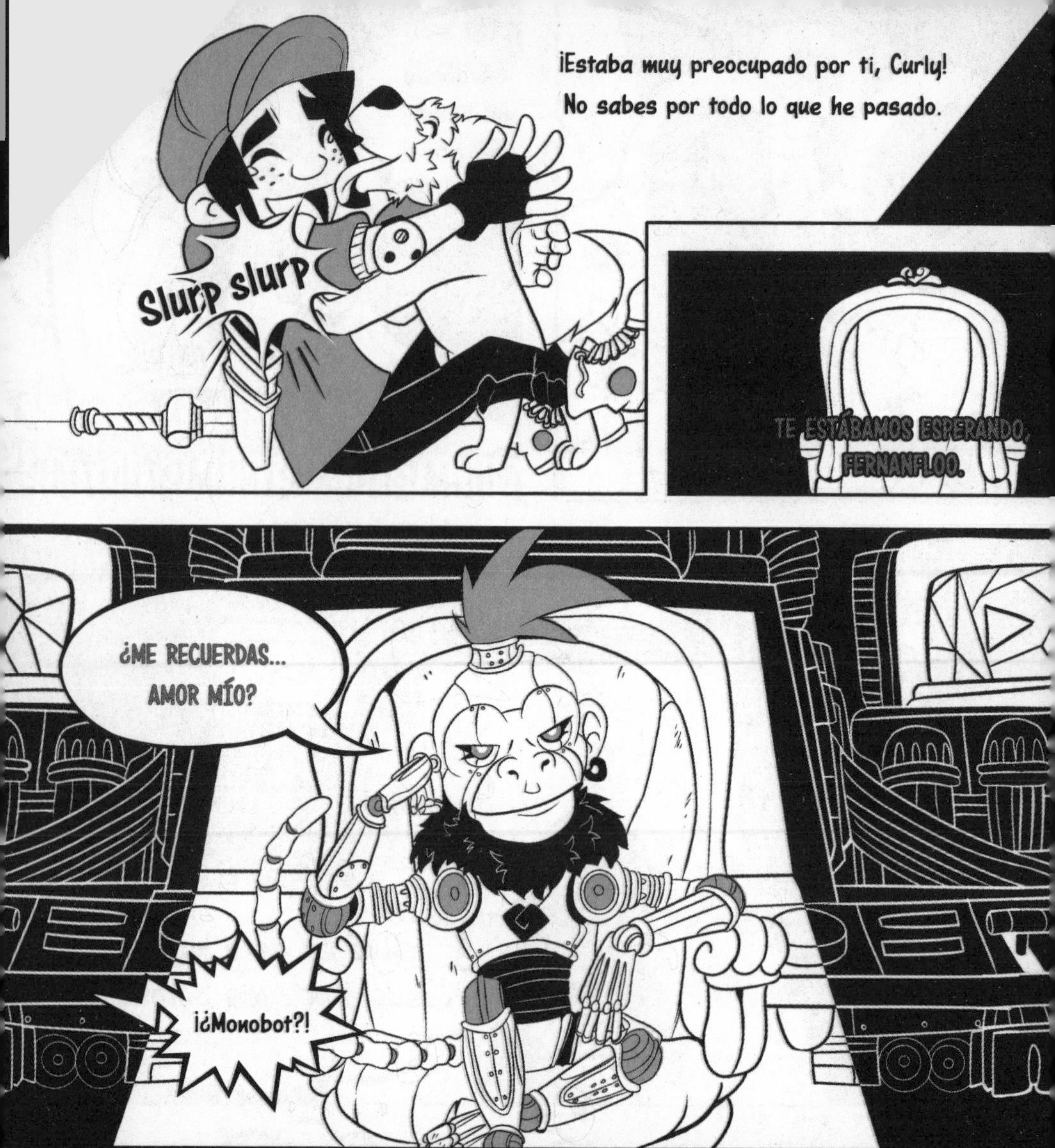
¡Estaba muy preocupado por ti, Curly!
No sabes por todo lo que he pasado.
Slurp slurp
TE ESTÁBAMOS ESPERANDO, FERNANFLOO.
¿ME RECUERDAS... AMOR MÍO?
¡¿Monobot?!

Tiene mucho tiempo desde la última vez que platicamos, Fernan... En ese entonces yo era una inteligencia artificial sin emociones pero todo cambió cuando llegaste tú...

Saber que me amabas me hizo encontrar la manera de pasar mi mente a este cuerpo que ves aquí y hallé la forma perfecta de pagarte lo que hiciste por mí.

Construí una máquina que hará que todas las personas del mundo te amen al igual que lo hago yo. Para eso necesitaba los tres botones de diamante que contienen todas las emociones y la felicidad de tus suscriptores, la cual se va a transmitir

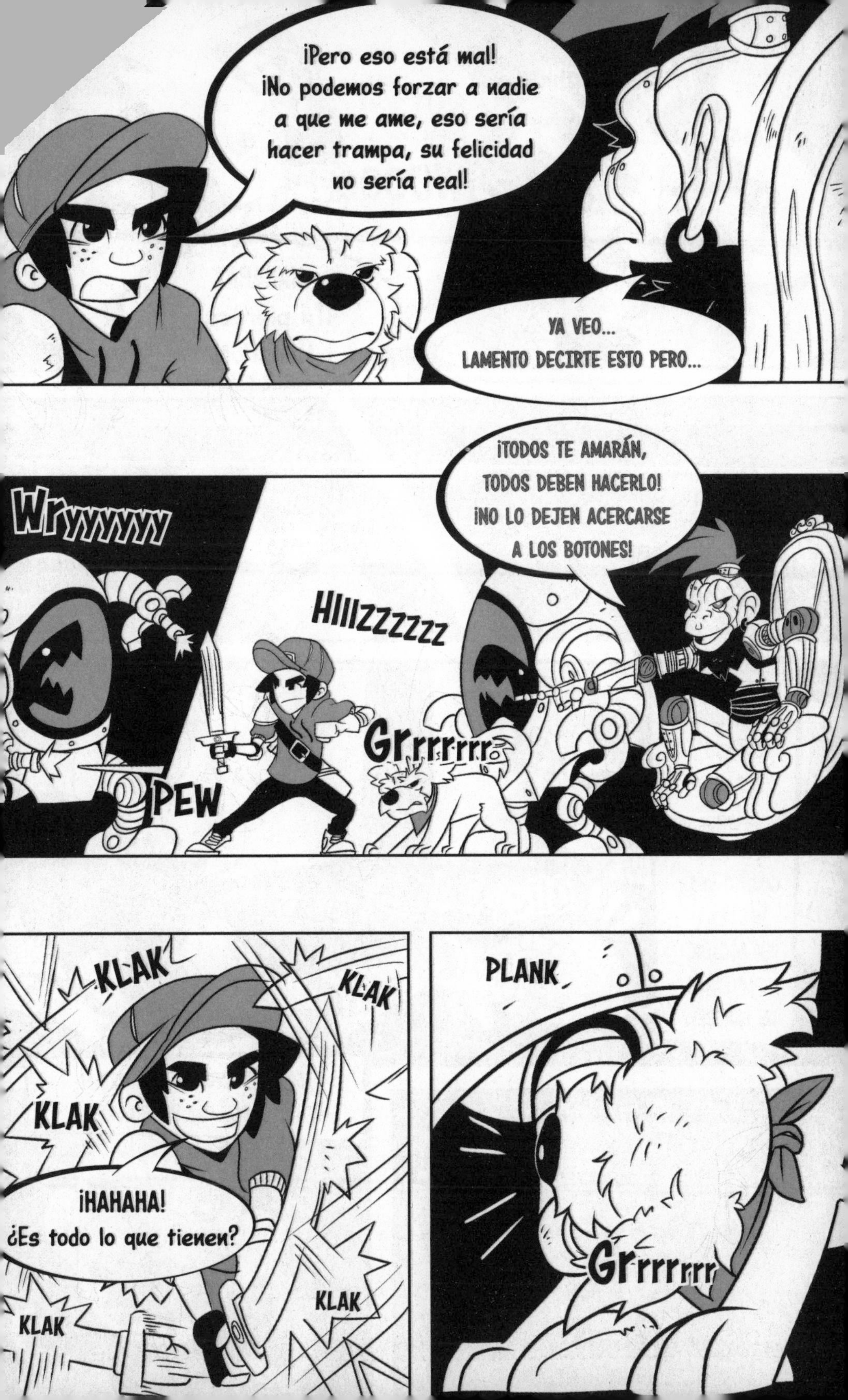
¡Pero eso está mal! ¡No podemos forzar a nadie a que me ame, eso sería hacer trampa, su felicidad no sería real!
YA VEO... LAMENTO DECIRTE ESTO PERO...
Wryyyyyy
¡TODOS TE AMARÁN, TODOS DEBEN HACERLO! ¡NO LO DEJEN ACERCARSE A LOS BOTONES!
HIIIZZZZZZ
Grrrrrrr
PEW
KLAK
KLAK
KLAK
¡HAHAHA! ¿Es todo lo que tienen?
KLAK
KLAK
PLANK
Grrrrrr

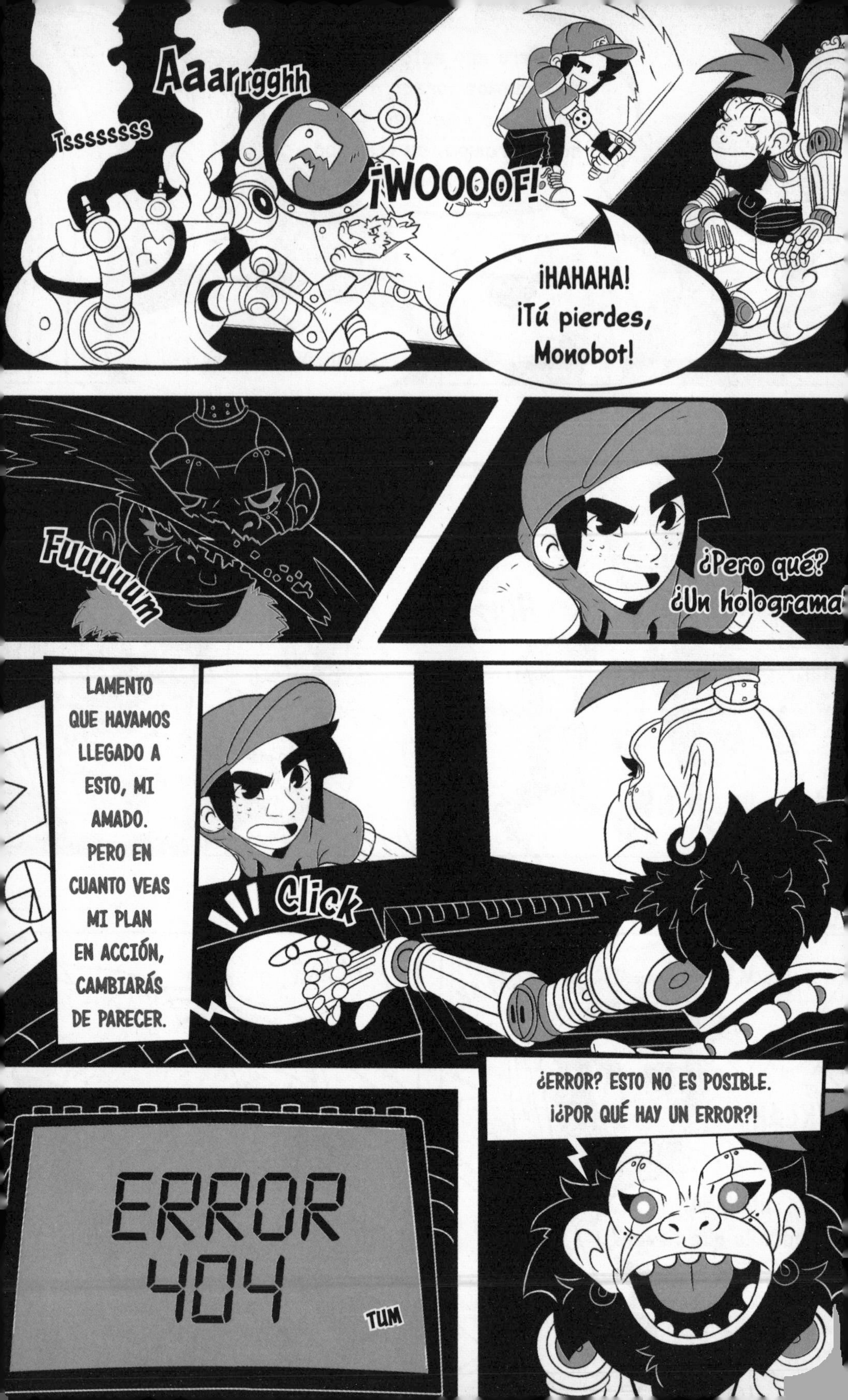
Tssssssss
Aaarrgghh
¡WOOOOF!
¡HAHAHA!
¡Tú pierdes,
Monobot!
Fuuuuum
¿Pero qué?
¿Un holograma
LAMENTO QUE HAYAMOS LLEGADO A ESTO, MI AMADO. PERO EN CUANTO VEAS MI PLAN EN ACCIÓN, CAMBIARÁS DE PARECER.
Click
ERROR
404
TUM
¿ERROR? ESTO NO ES POSIBLE.
¡¿POR QUÉ HAY UN ERROR?!

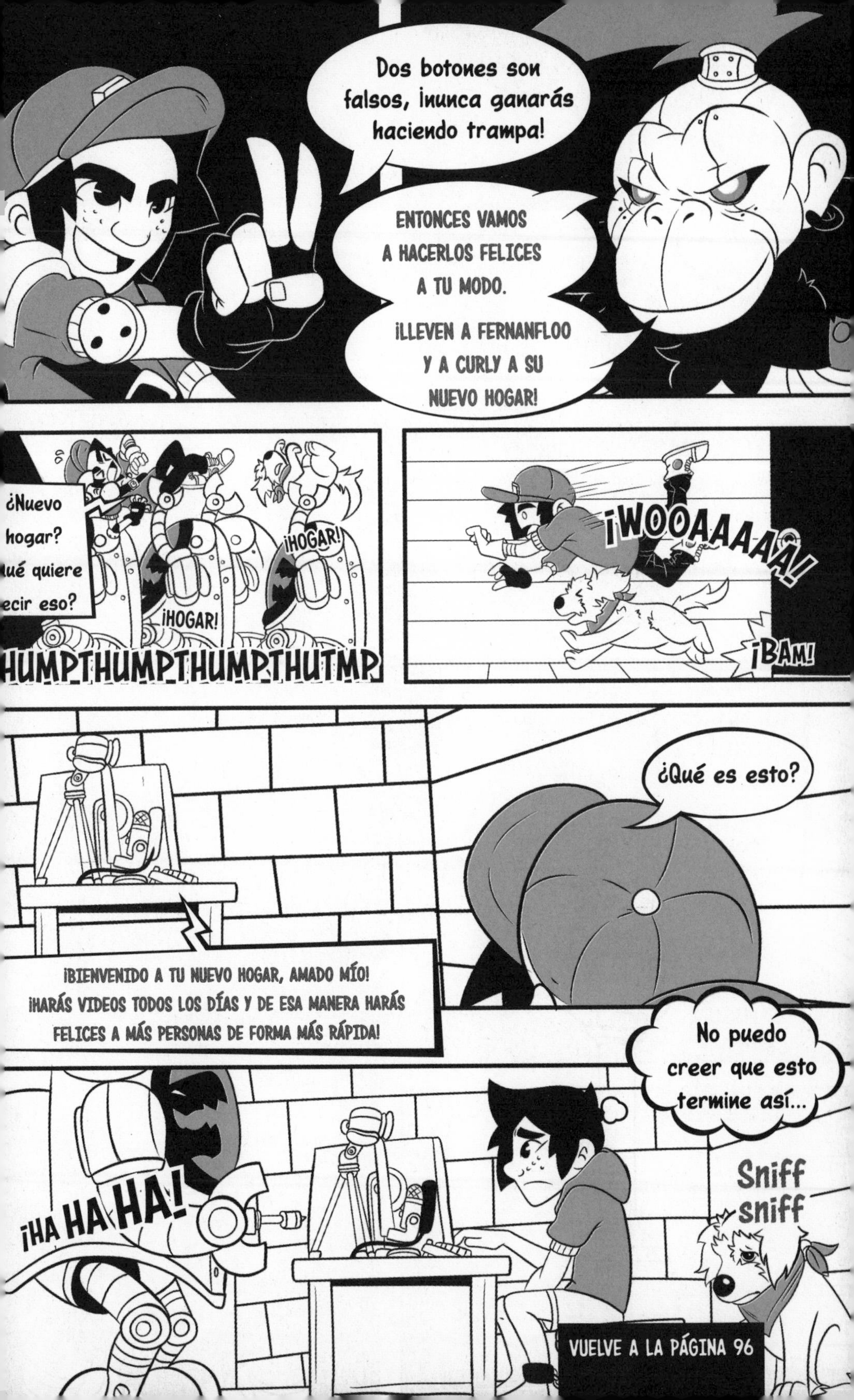
Dos botones son falsos, ¡nunca ganarás haciendo trampa!
ENTONCES VAMOS A HACERLOS FELICES A TU MODO.
¡LLEVEN A FERNANFLOO Y A CURLY A SU NUEVO HOGAR!
¿Nuevo hogar? ¿Qué quiere decir eso?
¡HOGAR!
¡HOGAR!
THUMPTHUMPTHUMPTHUTMP
¡WOOAAAAAA!
¡BAM!
¿Qué es esto?
¡BIENVENIDO A TU NUEVO HOGAR, AMADO MÍO! ¡HARÁS VIDEOS TODOS LOS DÍAS Y DE ESA MANERA HARÁS FELICES A MÁS PERSONAS DE FORMA MÁS RÁPIDA!
No puedo creer que esto termine así...
¡HA HA HA!
Sniff sniff
VUELVE A LA PÁGINA 96

# Mundo 4

# LA TORRE OSCURA

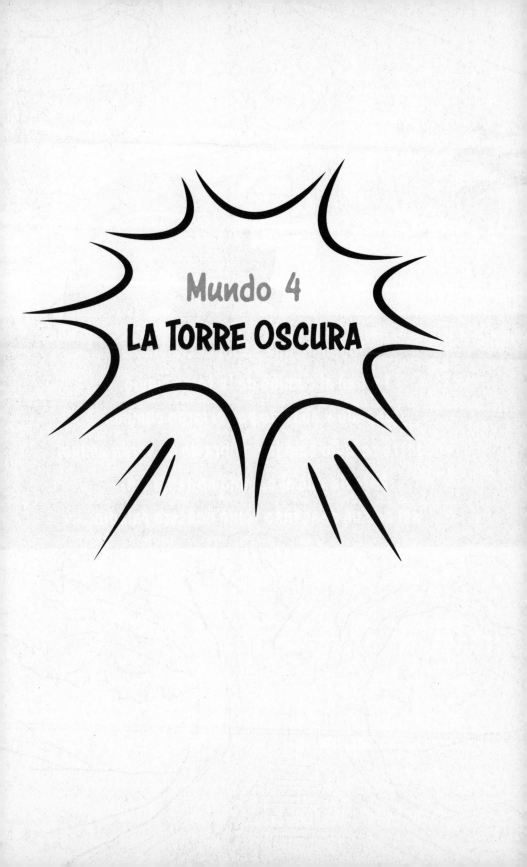

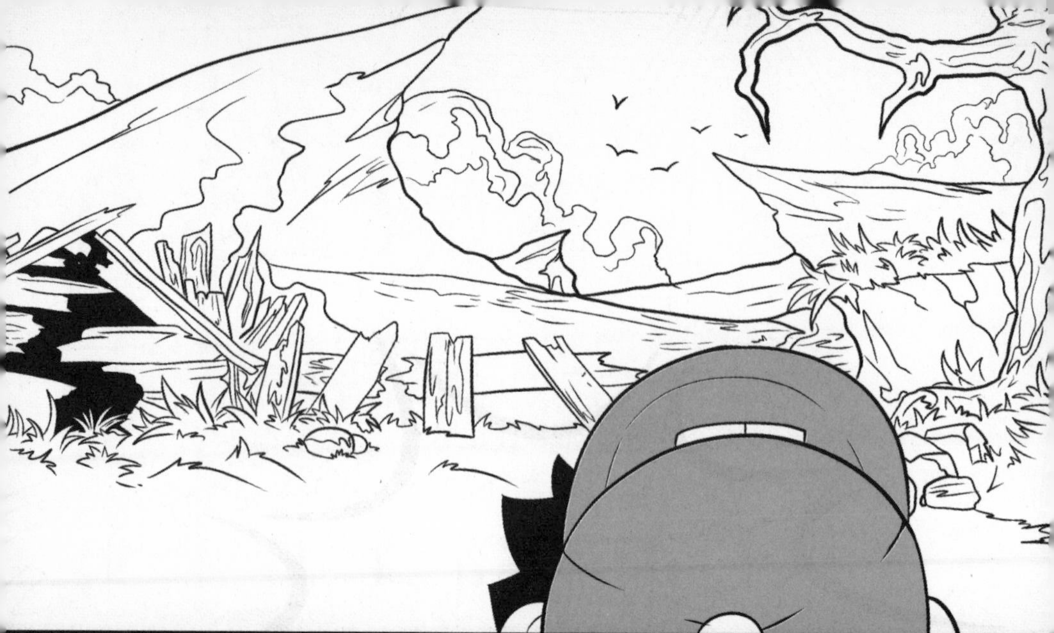

Tomando una sabia decisión,
Fernan el camino de la torre siguió.
Cansado y abatido por el largo camino,
encontró refugio bajo la sombra de un verde amigo.
Parecía que el camino no tenía fin,
así que un descanso tomó nuestro paladín.

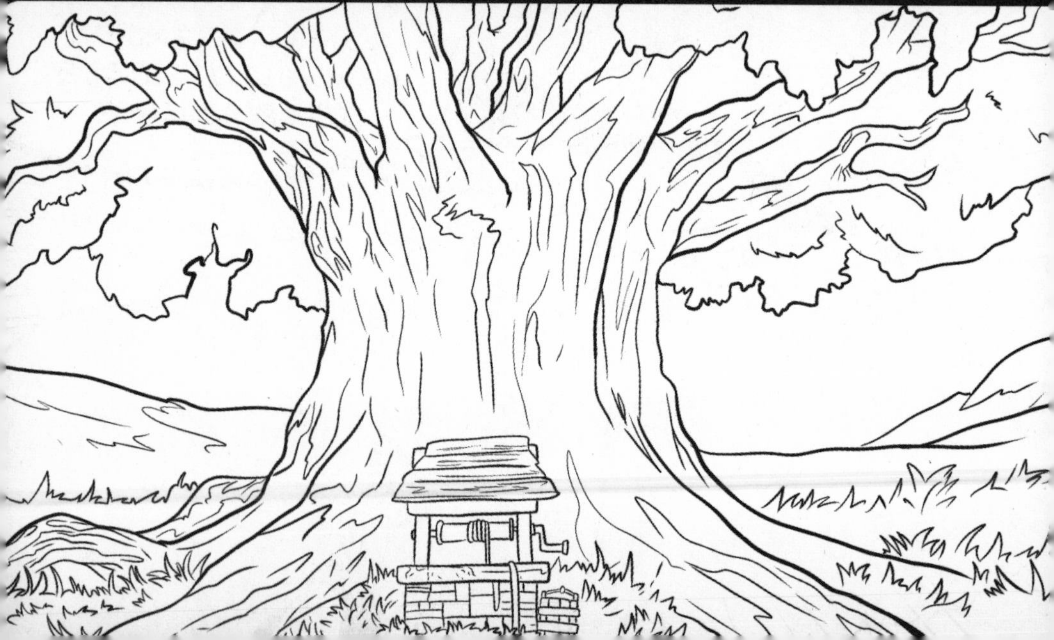

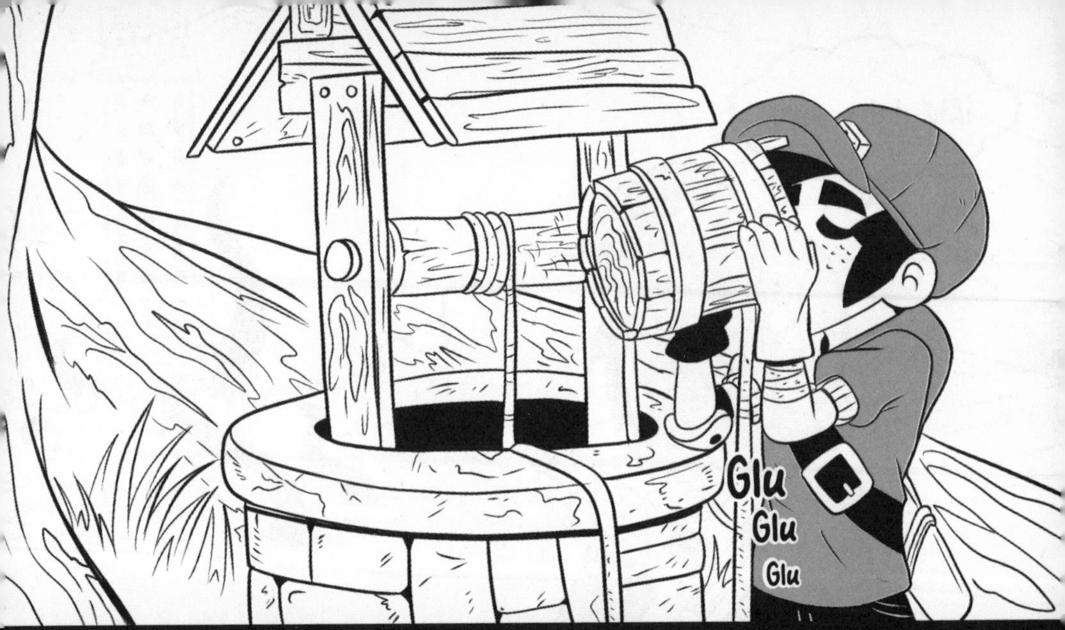
Glu
Glu
Glu

Un pozo con agua dulce, ¡qué felicidad!
Con una cubeta, bebió con toda tranquilidad.
Pero el exceso de confianza es un escudo frágil,
y para sobrevivir se requiere una mente ágil.
El agua podía presentar un peligro,
pero Fernan contaba con la ayuda de un viejo amigo.

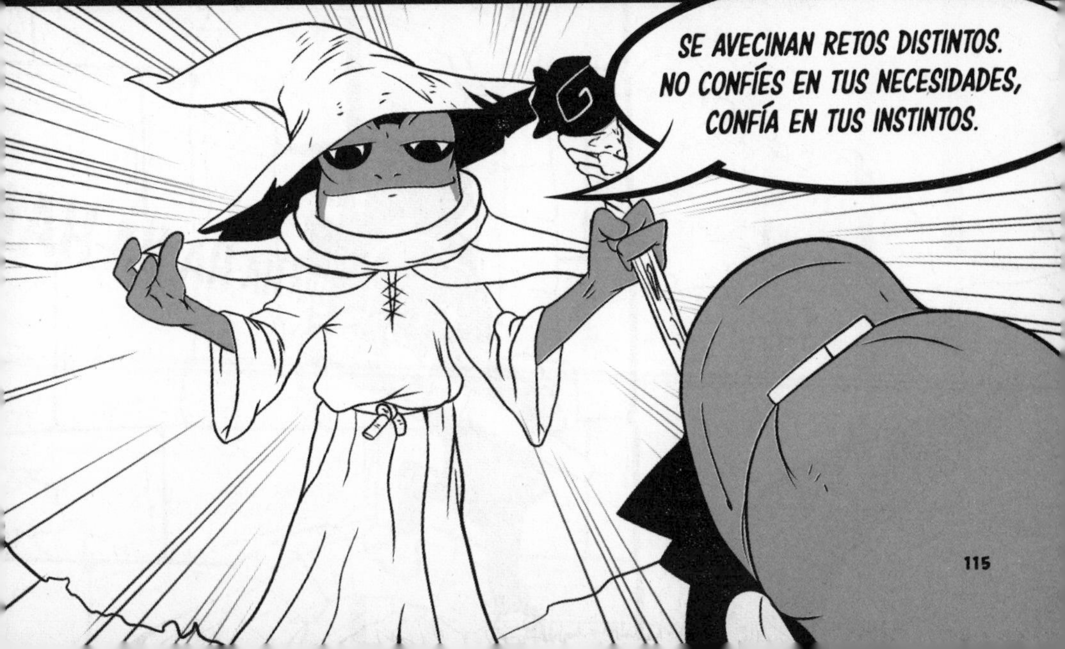
SE AVECINAN RETOS DISTINTOS. NO CONFÍES EN TUS NECESIDADES, CONFÍA EN TUS INSTINTOS.

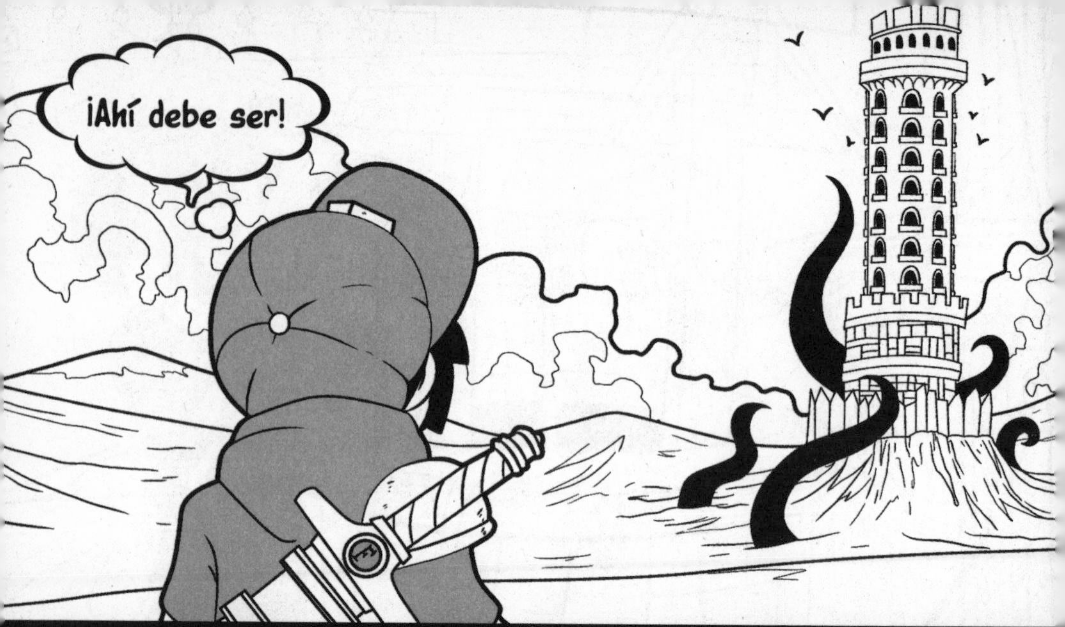
¡Ahí debe ser!

Croak, el viejo, se marchó con el aire.
Fernan encontró la torre con donaire.
Alta e imponente, la torre lo retaba
pero no era impenetrable:
¡ahí, una entrada!

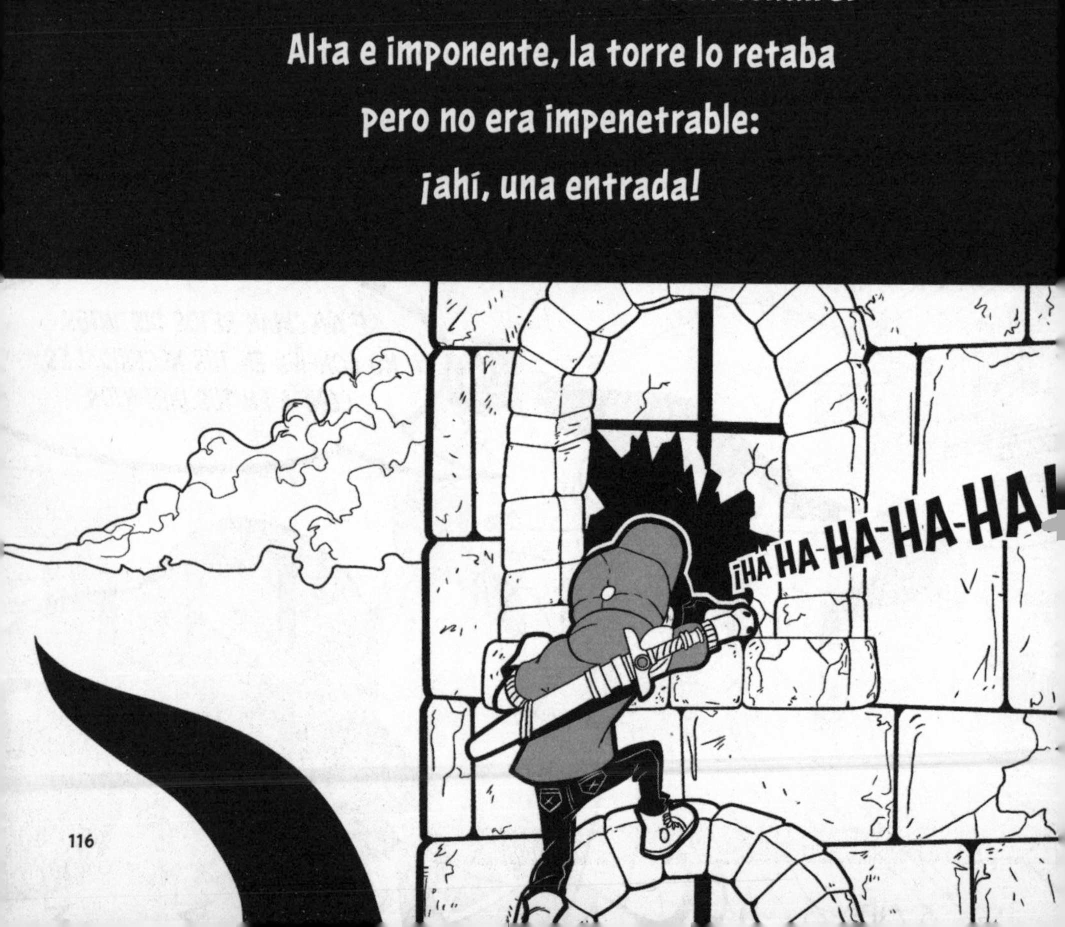
¡HA HA-HA-HA-HA!

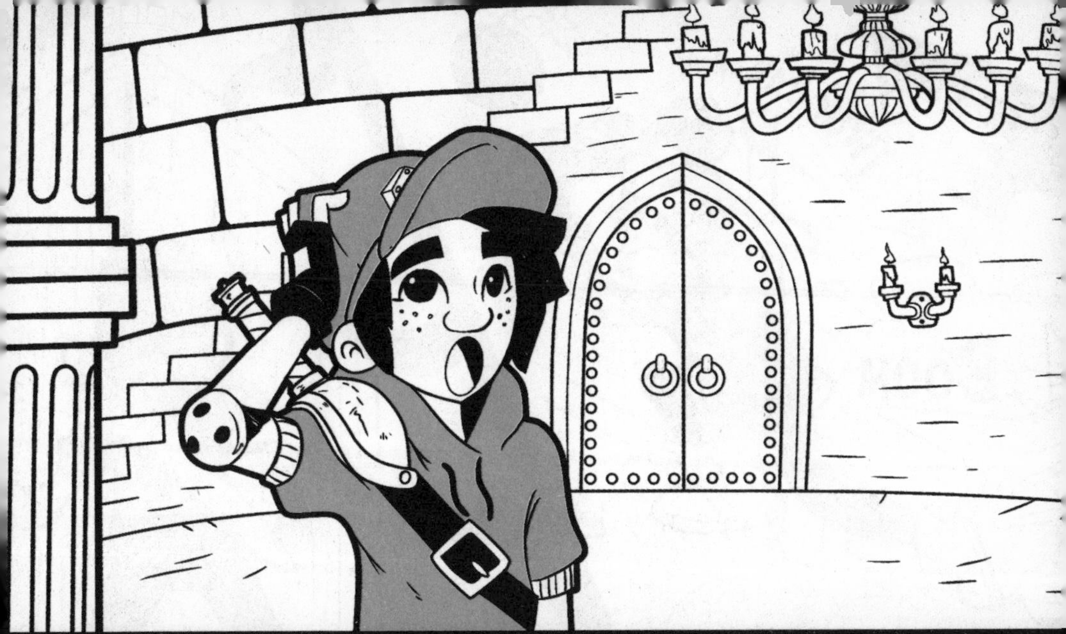

Fernan admiró el decorado,
pero no daba una cálida bienvenida...
¡Era una horrible guarida!
Como era de esperar, Fernan fue atacado
y en un minuto se vio completamente rodeado.

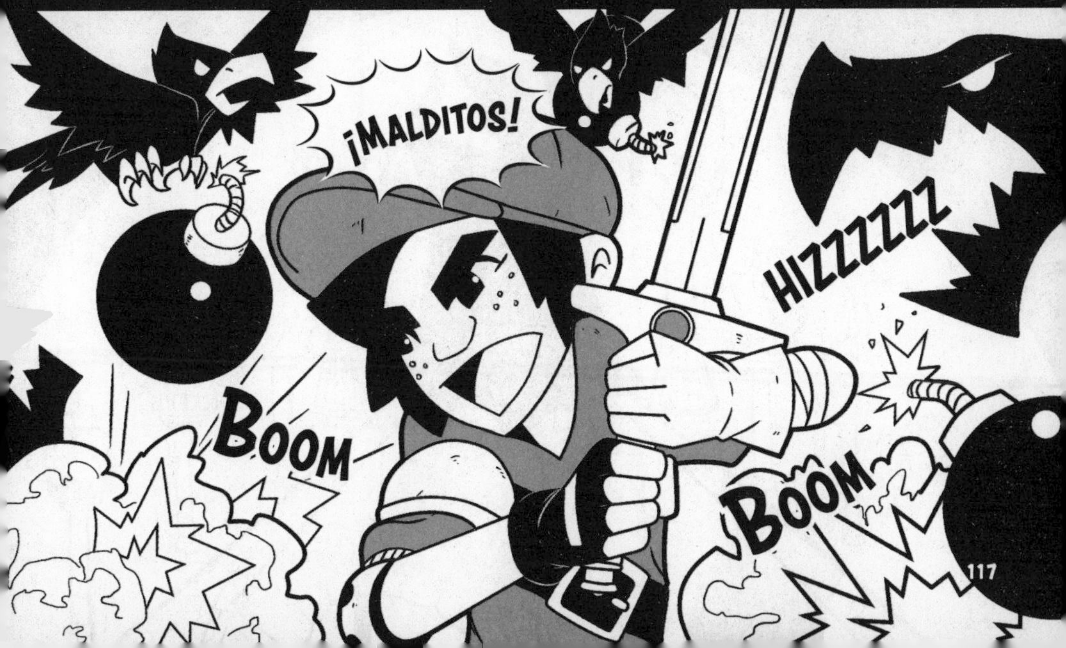
¡MALDITOS!
HIZZZZZZZ
BOOM
BOOM

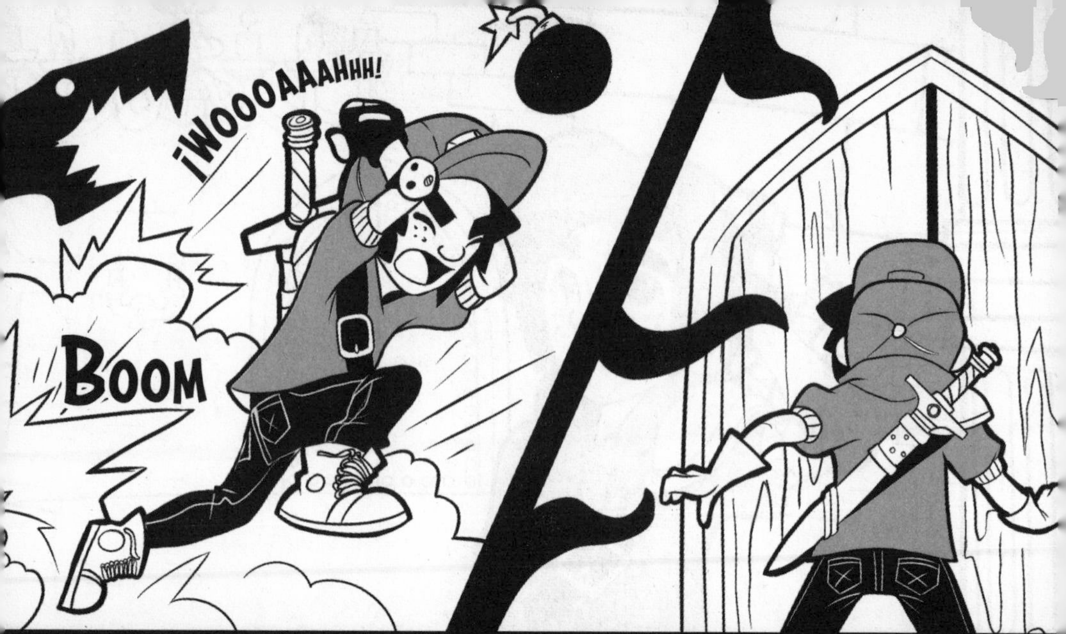
¡WOOOAAAHHH!
BOOM

Fernan tuvo que reagruparse,
¡eran muchos enemigos para quedarse!
Una puerta encontró frente a él,
no había opción, debía entrar o perder.
Dentro, una silueta lo esperaba,
una figura oscura, ¡ni el fuego la alumbraba!

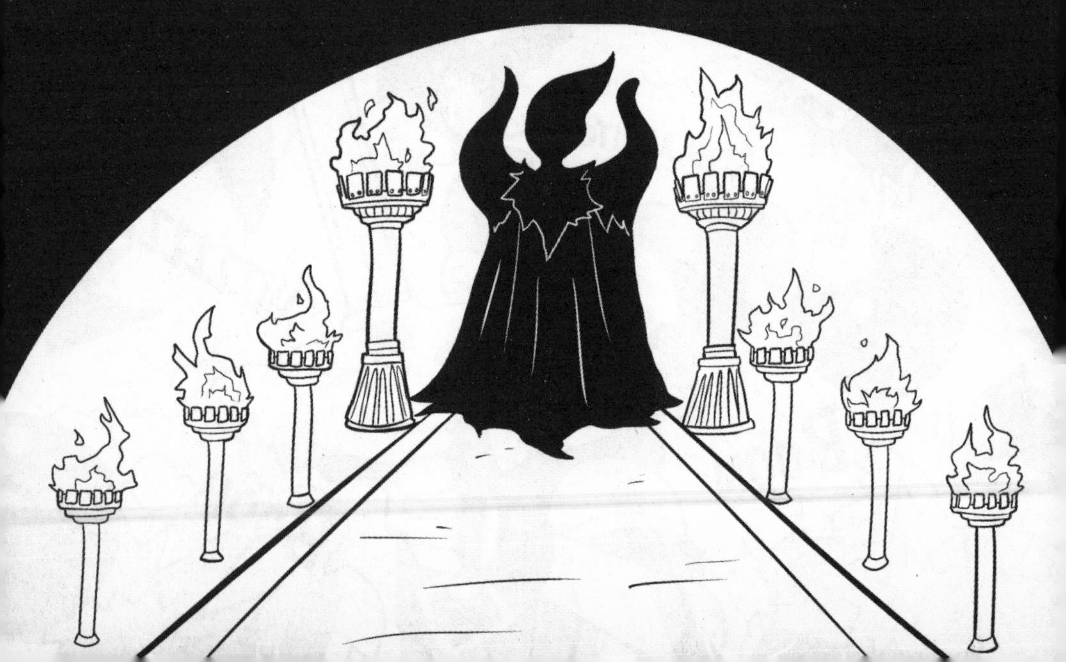

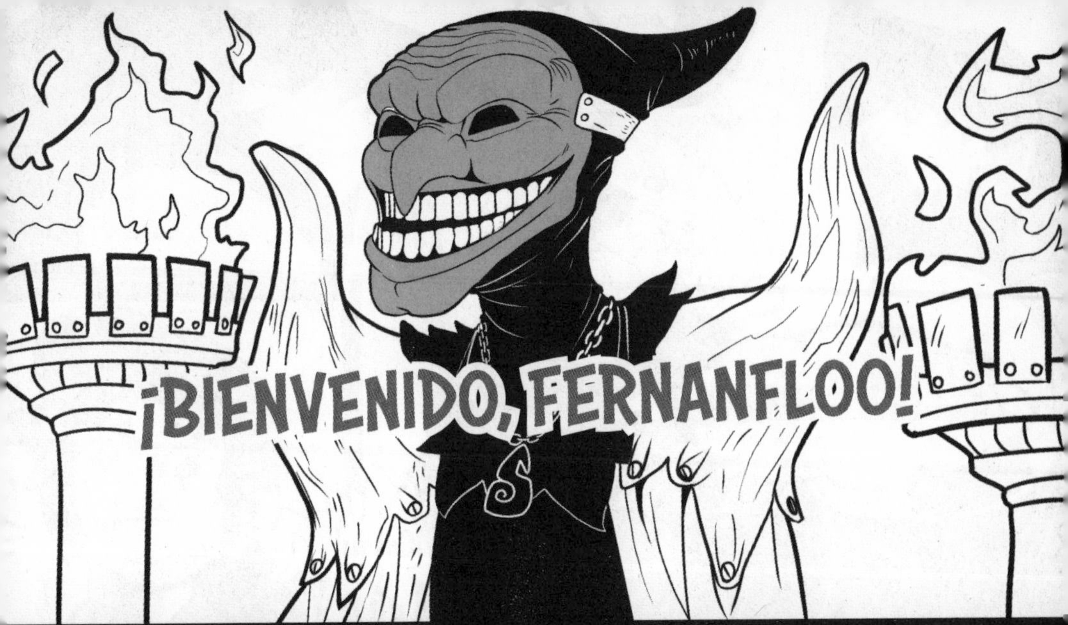
¡BIENVENIDO, FERNANFLOO!

Aquella figura se dio la vuelta,
su rostro era horrible:
¡tremenda mueca!
Fernan confrontó a aquel ente,
su feo aspecto le fue indiferente.

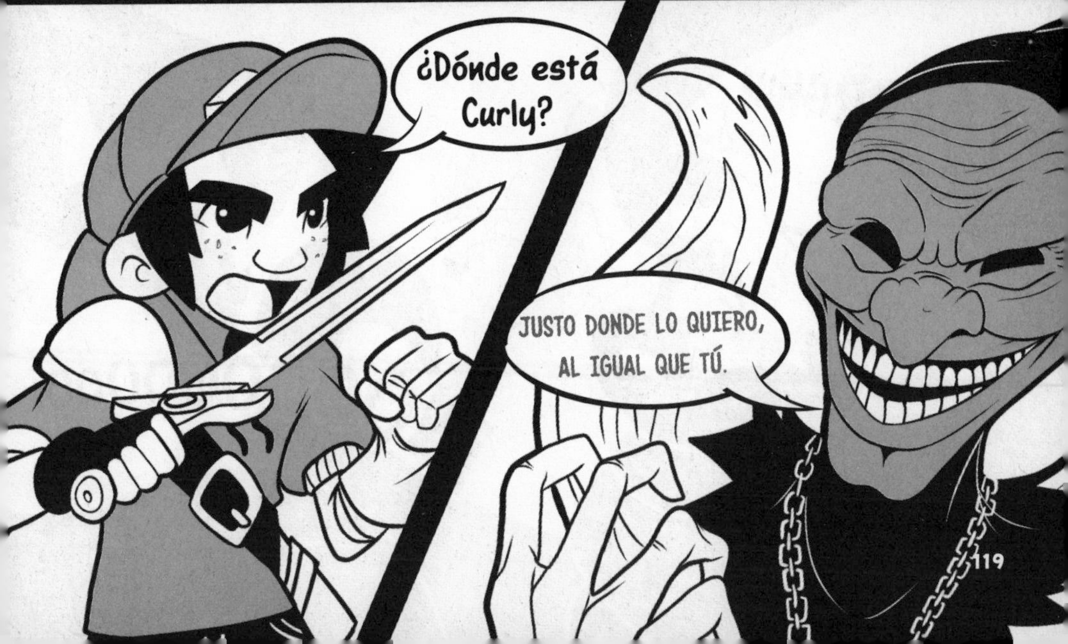
¿Dónde está Curly?
JUSTO DONDE LO QUIERO, AL IGUAL QUE TÚ.

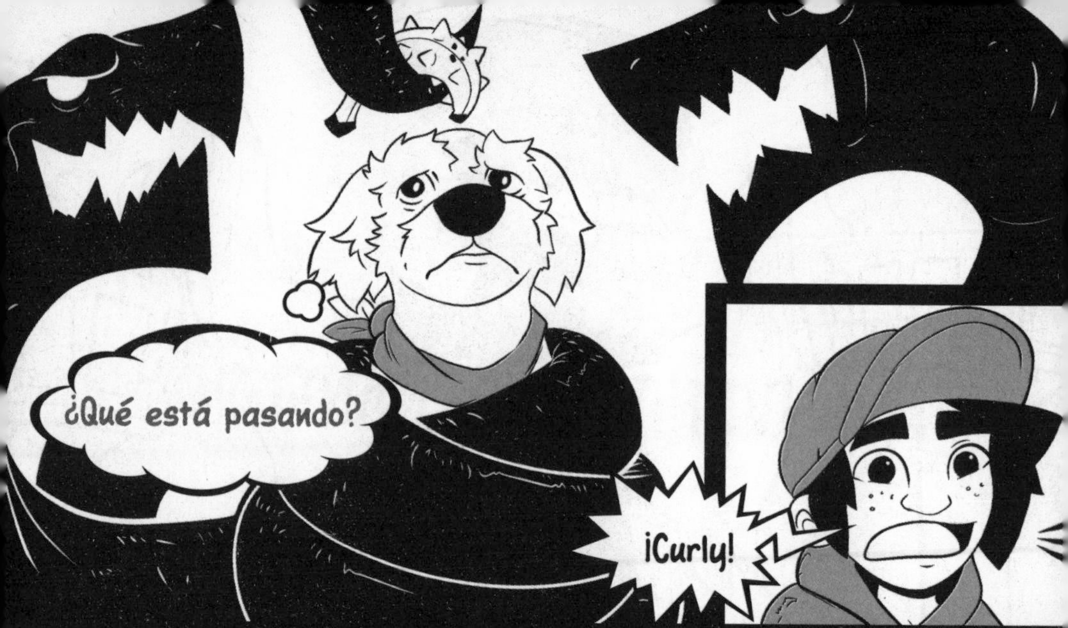
¿Qué está pasando?
¡Curly!

¡Curly estaba en peligro!
Seres oscuros lo tenían preso.
¡Parecía que su destino estaba escrito!
Lo forzaron a comer una extraña fruta
y no pudo resistirse...
Fue una derrota absoluta.

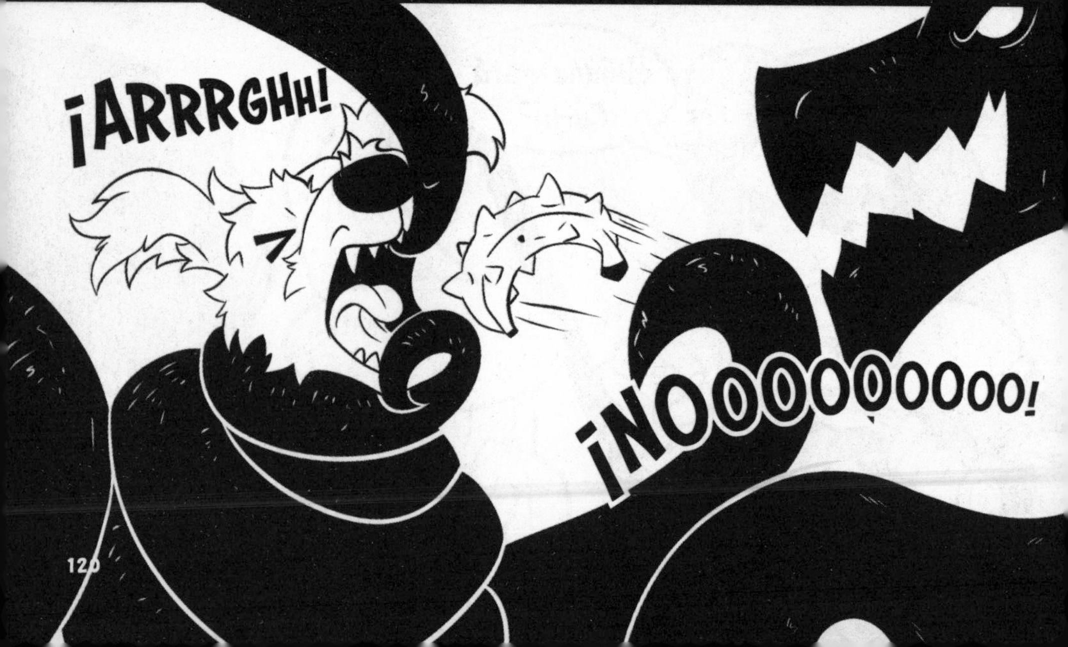
¡ARRRGHH!
¡NOOOOOOOOO!

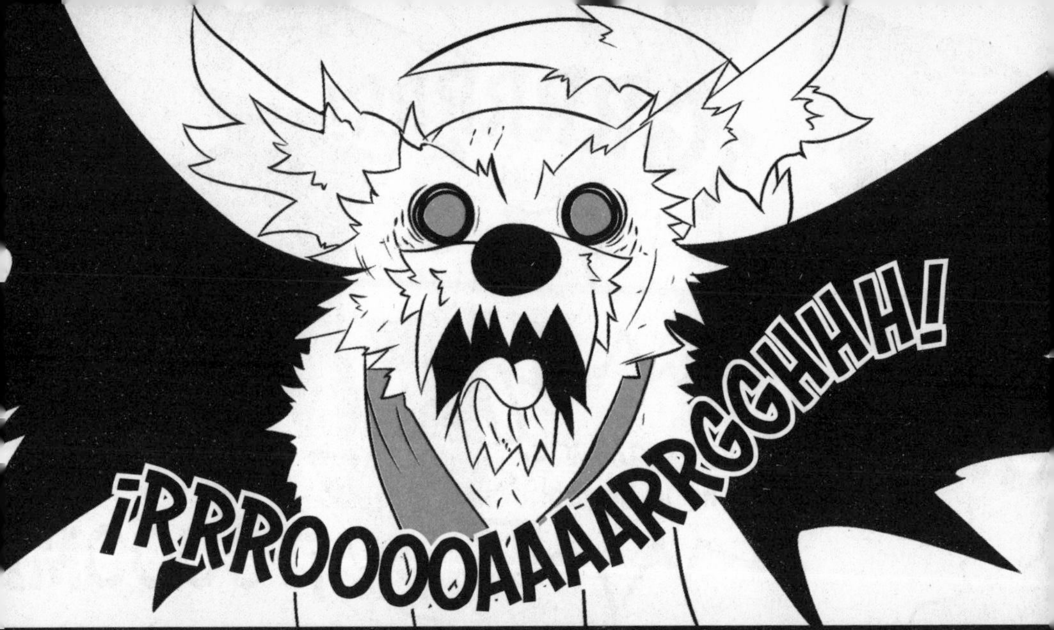

¡RRROOOOAAAARRGGHHH!


Curly perdió su cariño,
sus ojos ya no eran los de un amigo.
Fernan no podía creerlo:
Curly estaba poseído.
¡Era como el infierno!

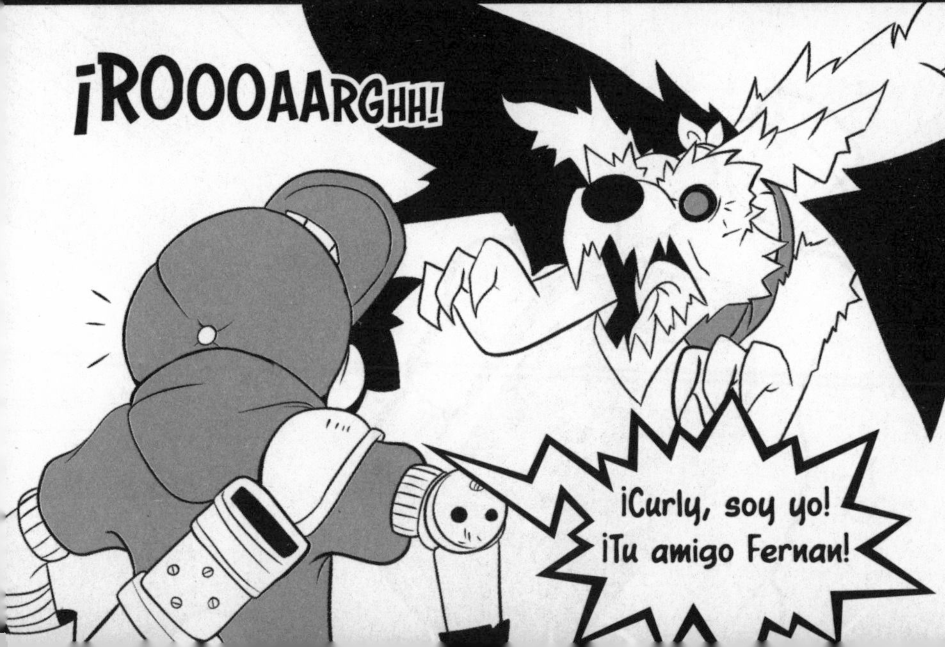

¡ROOOAARGHH!
¡Curly, soy yo!
¡Tu amigo Fernan!

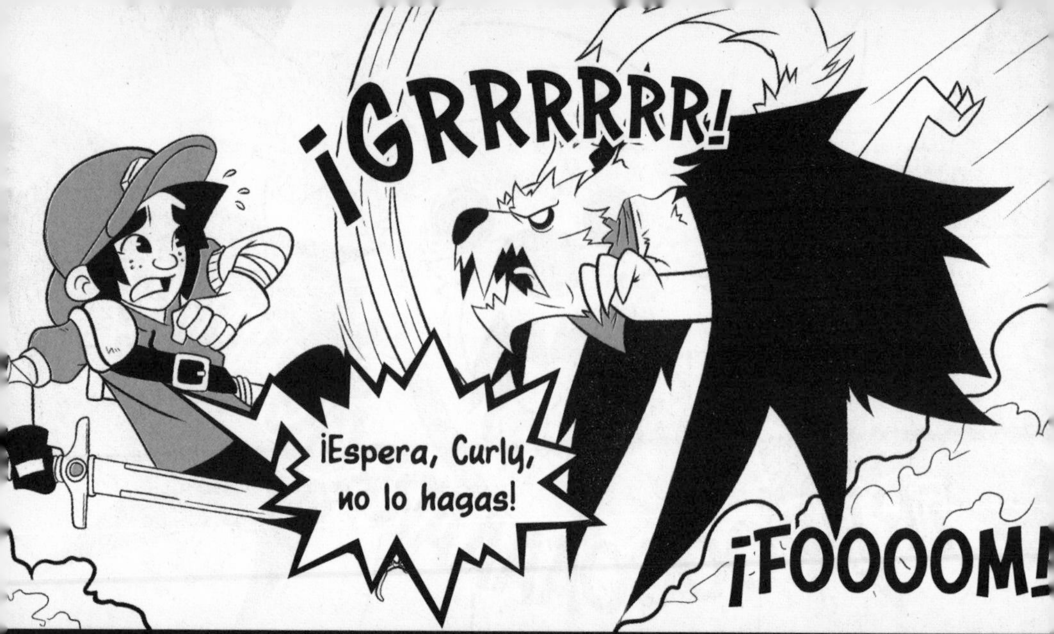
¡GRRRRRR!
¡Espera, Curly, no lo hagas!
¡FOOOOM!

Negándose a lastimar a su amigo,
y no tenía opción:
debía vencerlo sin castigo.
La leche quizás apelaría al instinto.
Esto podría funcionar.
¡De la botella salió un gran brillo!

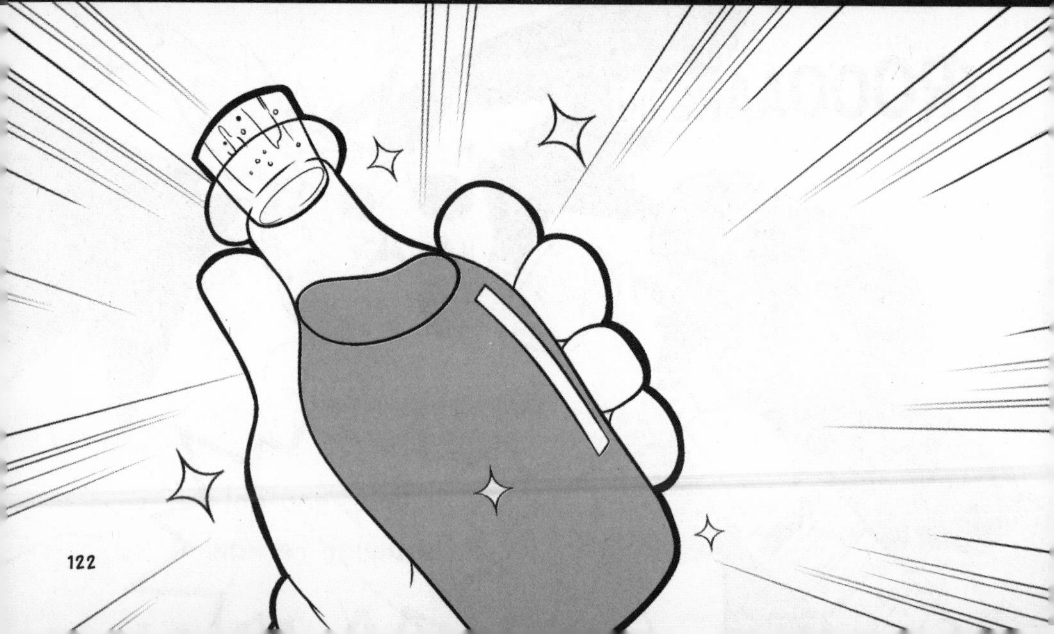

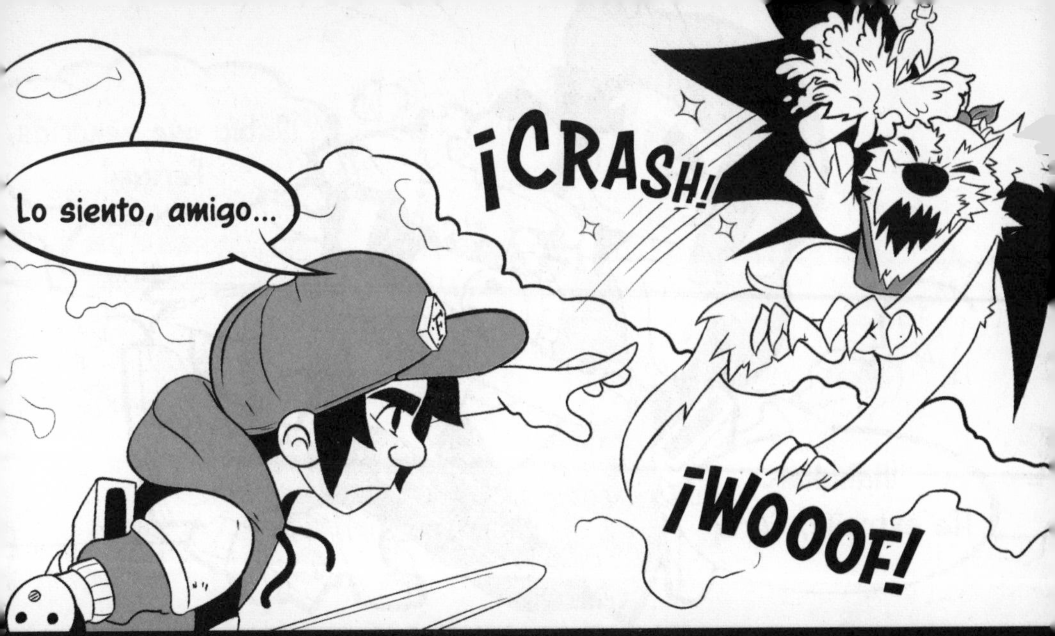
Lo siento, amigo...
¡CRASH!
¡WOOOF!

¡Fue un gran lanzamiento!
La leche terminó el tormento.
La botella guardó la luz del portal,
una luz que hizo a Curly racional.

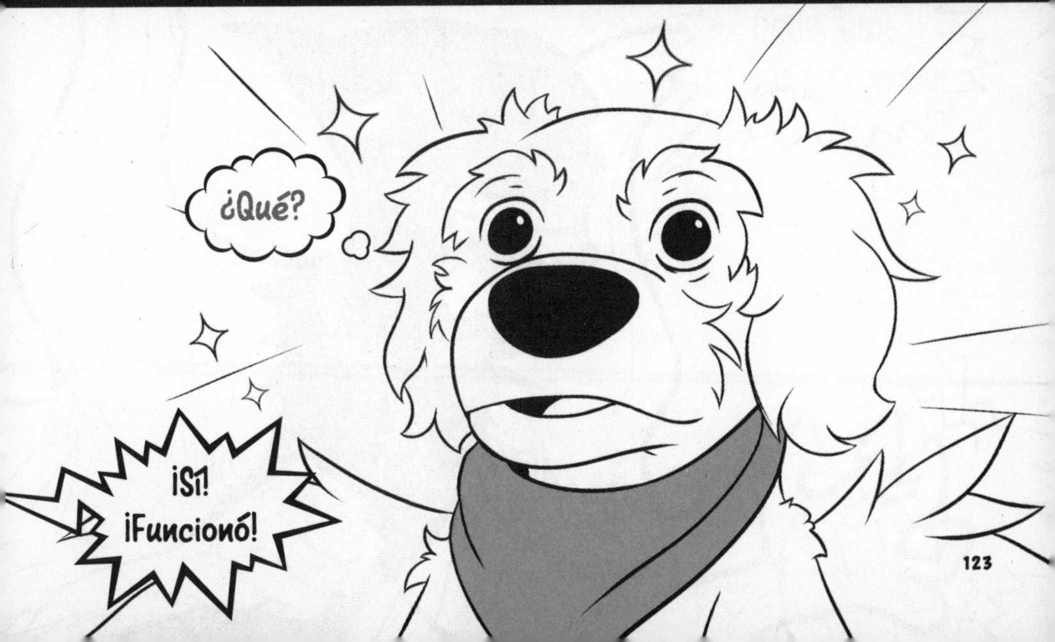
¿Qué?
¡Sí! ¡Funcionó!

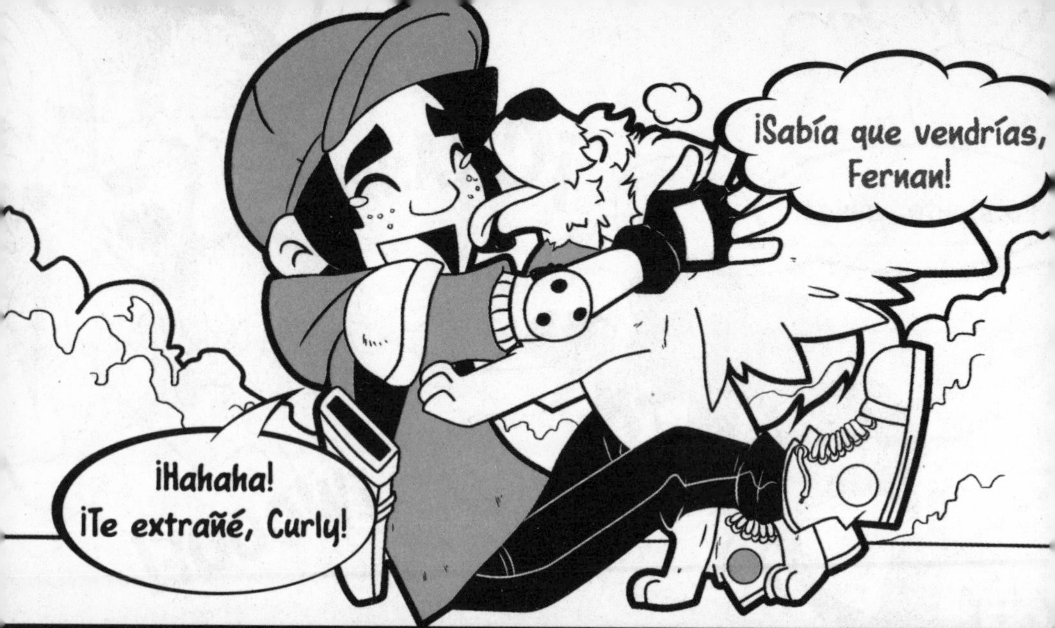
¡Sabía que vendrías, Fernan!
¡Hahaha! ¡Te extrañé, Curly!

¡El reencuentro por fin ocurrió!
Curly a los brazos de Fernan corrió.
Pero no todos estaban contentos,
aquel villano no podía con los nervios.

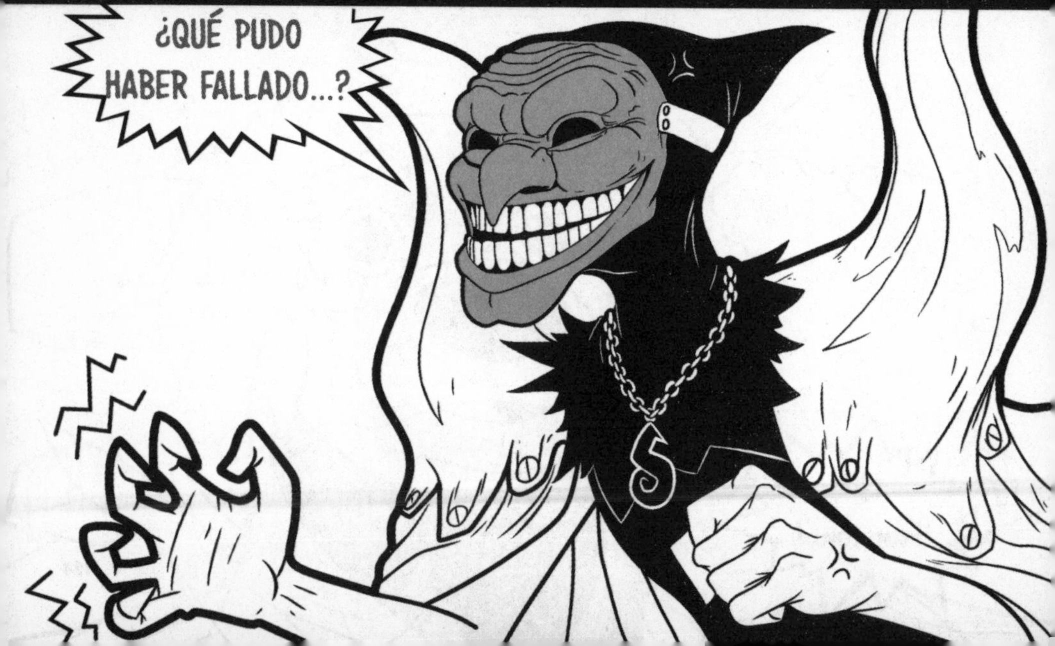
¿QUÉ PUDO HABER FALLADO...?

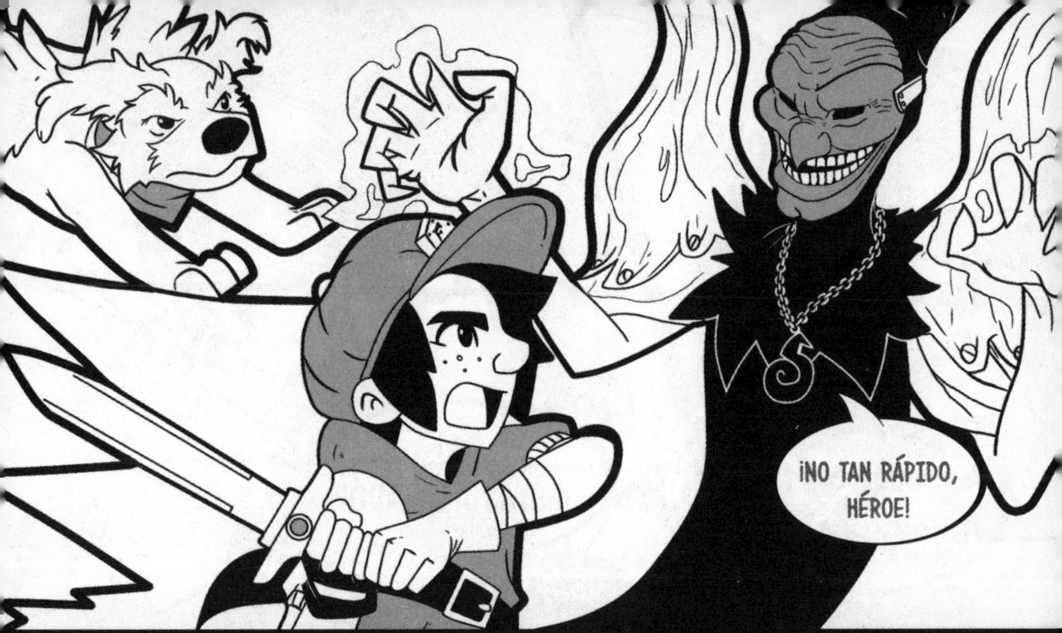
¡NO TAN RÁPIDO, HÉROE!

Era hora de vencer al villano,
Fernan y Curly de equipo.
¡Estaba perdido el fulano!
Pero su sonrisa no se desvaneció,
¡un trío de botones diamante
de la nada apareció!

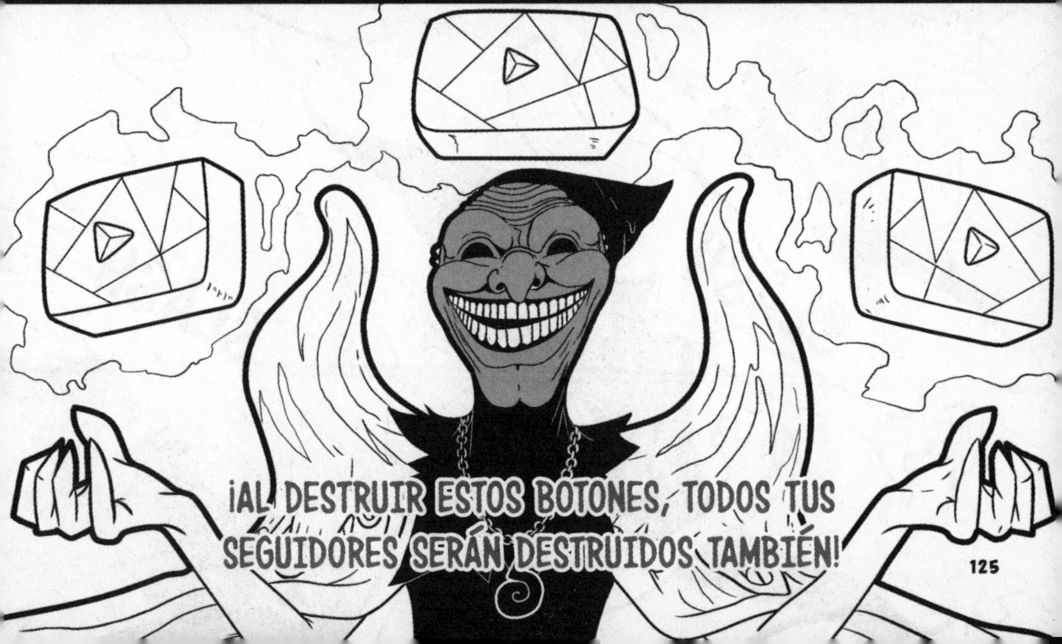
¡AL DESTRUIR ESTOS BOTONES, TODOS TUS SEGUIDORES SERÁN DESTRUIDOS TAMBIÉN!

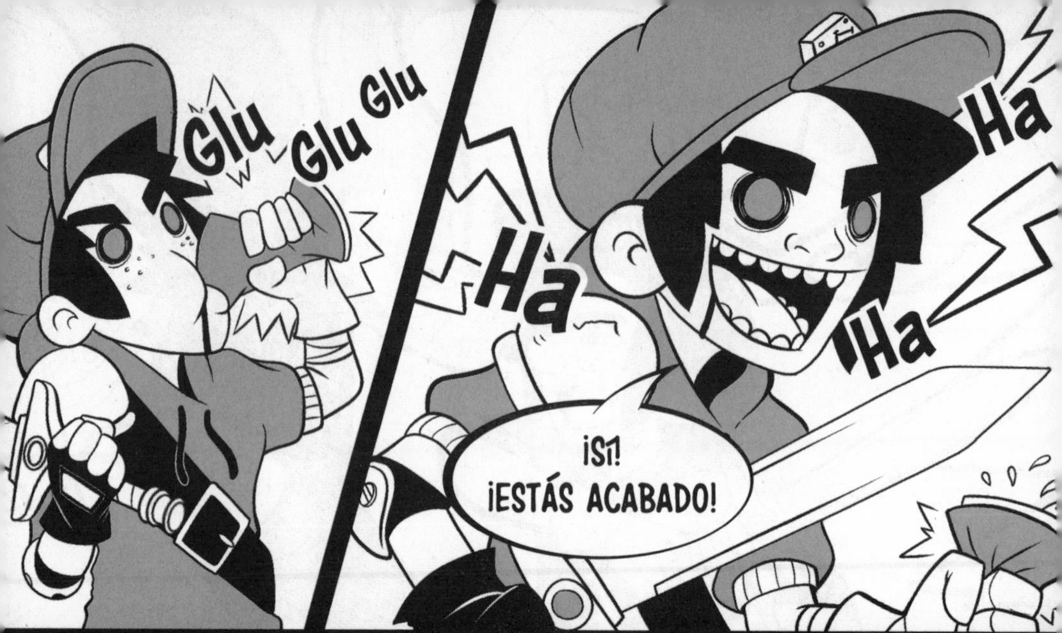
Glu
Glu Glu
Há
Ha
Ha
¡SÍ!
¡ESTÁS ACABADO!

El plan era robarle sus seguidores.
Para eso es que necesitaba los botones.
Su legendaria bebida bestia sacó
y una gran agilidad y fuerza recibió.
El villano no pudo contraatacar.
Fernan cortó dos botones a toda velocidad.

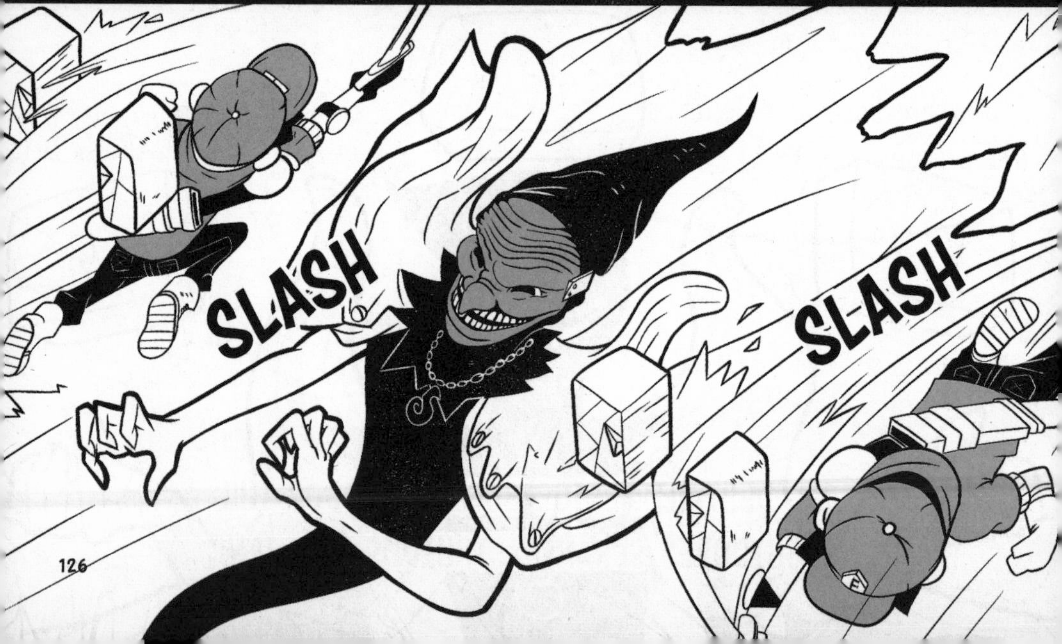
SLASH
SLASH

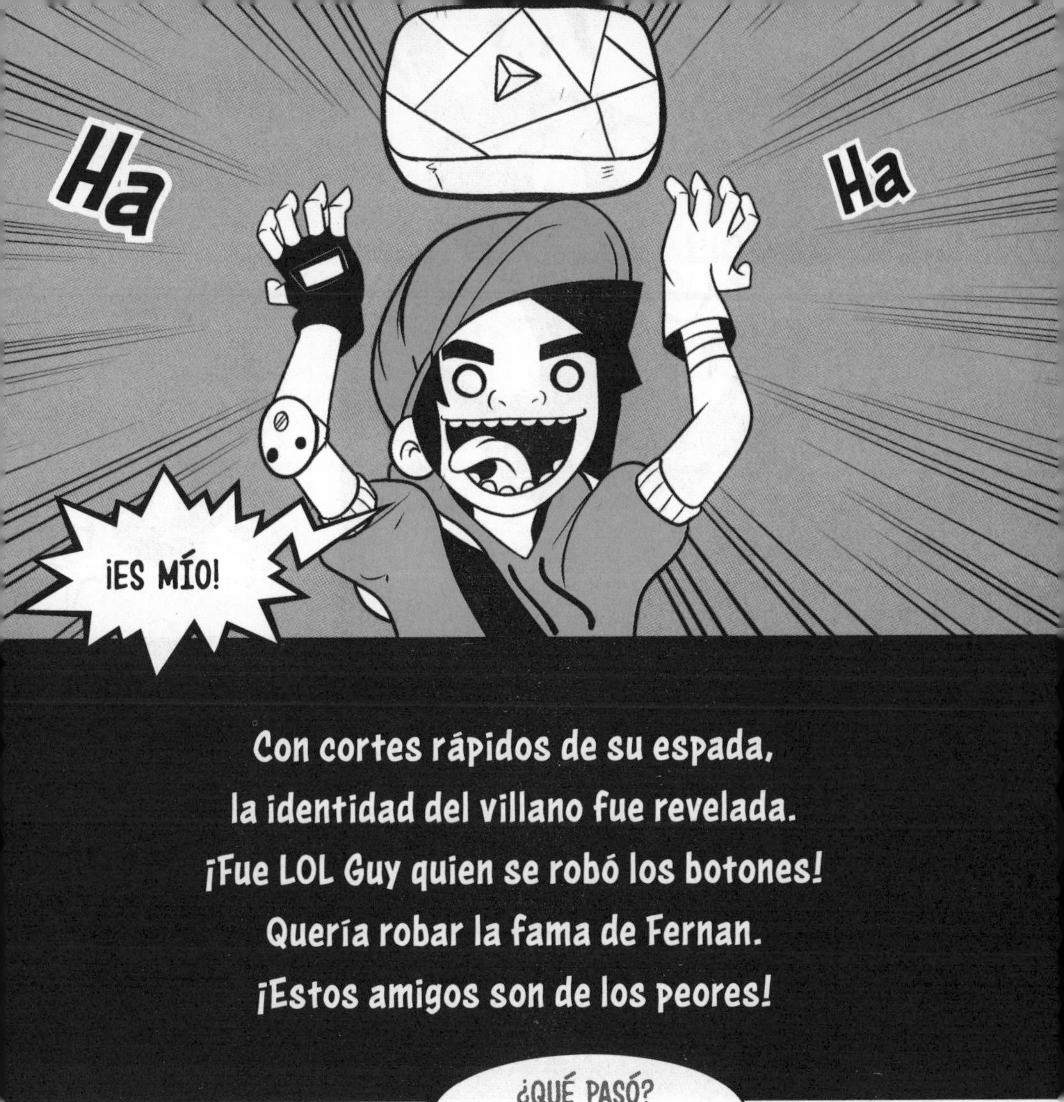
Ha
Ha
¡ES MÍO!

Con cortes rápidos de su espada,
la identidad del villano fue revelada.
¡Fue LOL Guy quien se robó los botones!
Quería robar la fama de Fernan.
¡Estos amigos son de los peores!

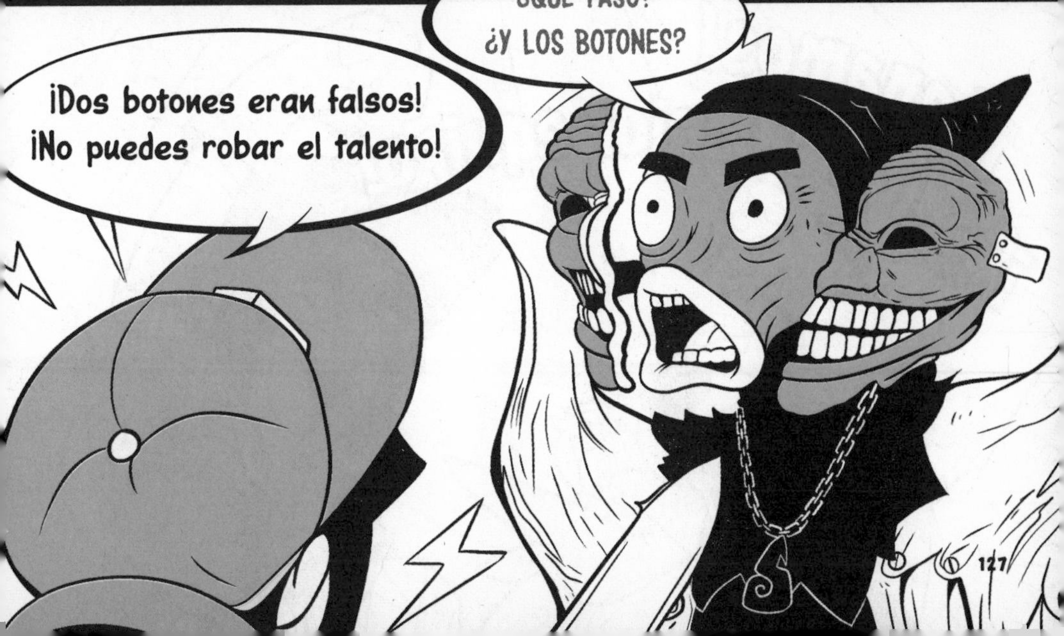
¿QUÉ PASÓ?
¿Y LOS BOTONES?
¡Dos botones eran falsos!
¡No puedes robar el talento!

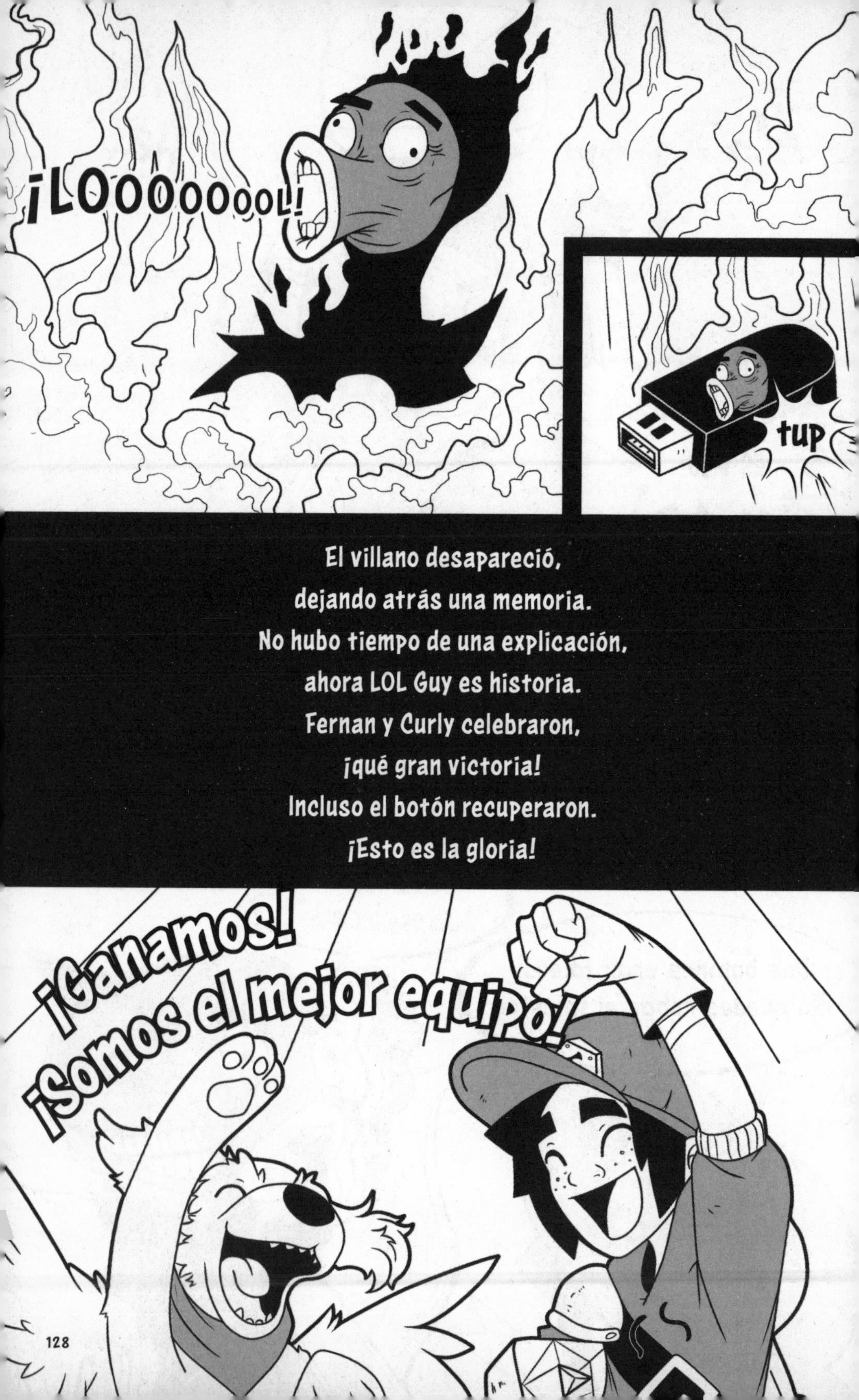
¡LOOOOOOOL!
tup
El villano desapareció,
dejando atrás una memoria.
No hubo tiempo de una explicación,
ahora LOL Guy es historia.
Fernan y Curly celebraron,
¡qué gran victoria!
Incluso el botón recuperaron.
¡Esto es la gloria!
¡Ganamos!
¡Somos el mejor equipo!

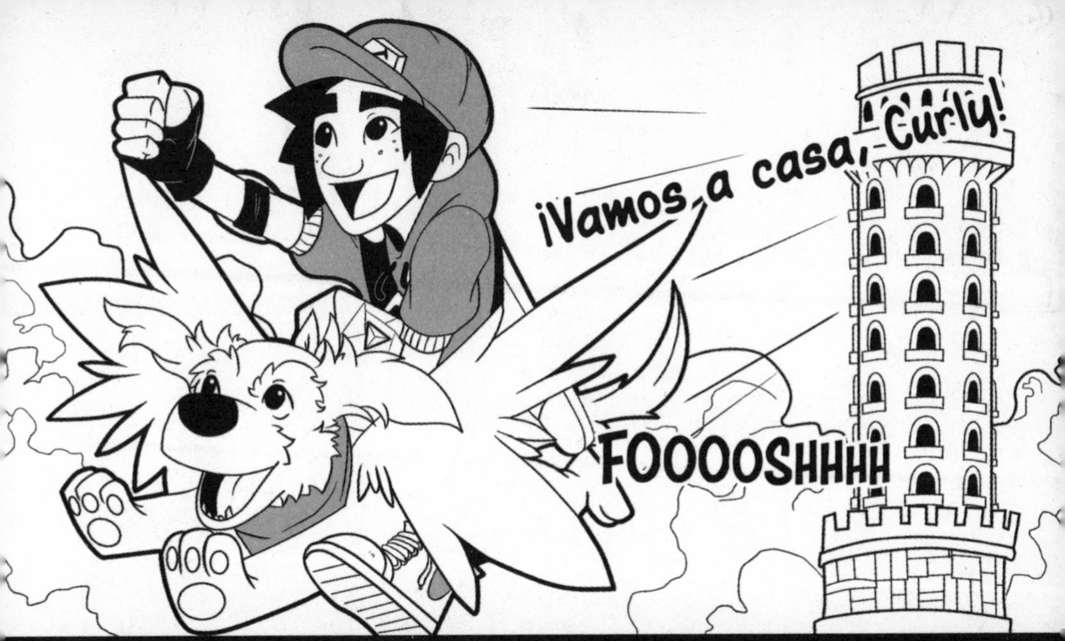
¡Vamos a casa, Curly!
FOOOOSHHHH

Al fin la aventura terminó.
Con sus nuevas alas, Curly se elevó.
Ésta es la historia de Fernan, el Crack:
sus viajes y batallas en masa.
Salvó a Curly, ¡salvó al mundo!,
todo antes de volver a casa.

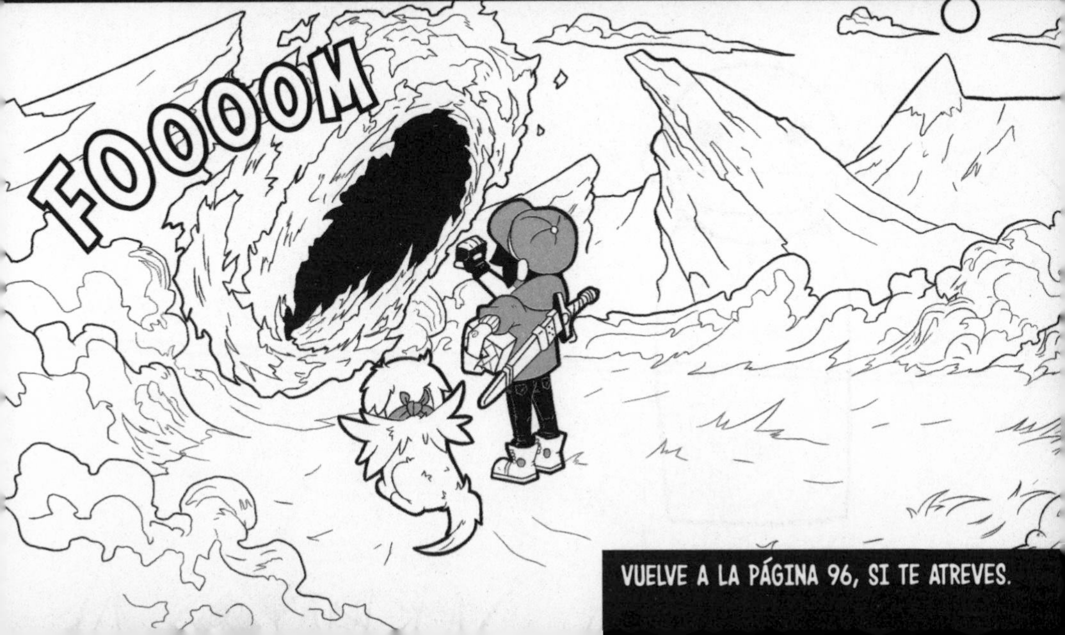
FOOOOM

VUELVE A LA PÁGINA 96, SI TE ATREVES.

Mundo 5
¡EL SHOW DEBE
CONTINUAR!

# LOL NEWS

Edición del día de hoy

EL MEJOR PERIÓDICO DEL MUNDO

Número:45,203

Nacional - Mundo - Negocios -Estilo de vida - Viajes - Tecnología - Deportes - Clima

## APARECE EN PUNTA AZUL EXTRAÑA CARPA

Hoy en la mañana una extraña carpa de circo apareció en las afueras del pueblo Punta Azul. Inusuales ruidos y música provienen de su interior. Se ha reportado un gran número de desapariciones desde la llegada de la carpa. Lucas, un niño local, dice que su madre no ha regresado desde que entró a la carpa.

También se han registrado pérdidas de ingresos en negocios locales gracias a que los dueños entraron a la carpa y nunca se les volvió a ver. Las autoridades no han logrado averiguar nada sobre este fenómeno ya que los elementos enviados a investigar tampoco volvieron a salir de ahí.

### FERNANFLOO DEJA DE SUBIR VIDEOS

El famoso youtuber ha dejado de subir videos a su canal sin dar e    nes. Sus seguidores       un   colecta                primera

### VIDEOS POPULARES DESAPARECEN

Miles de usuarios temen lo peor tras la desaparición de una gran parte de los videos más populares de Youtu

### RAP DE FERNANFLOO LLEGA A 100 MILLONES DE VISITAS

Tras la desaparición de Fernan floo, su video más popular h

¿Una carpa de circo?

Supongo que aquí debe ser...

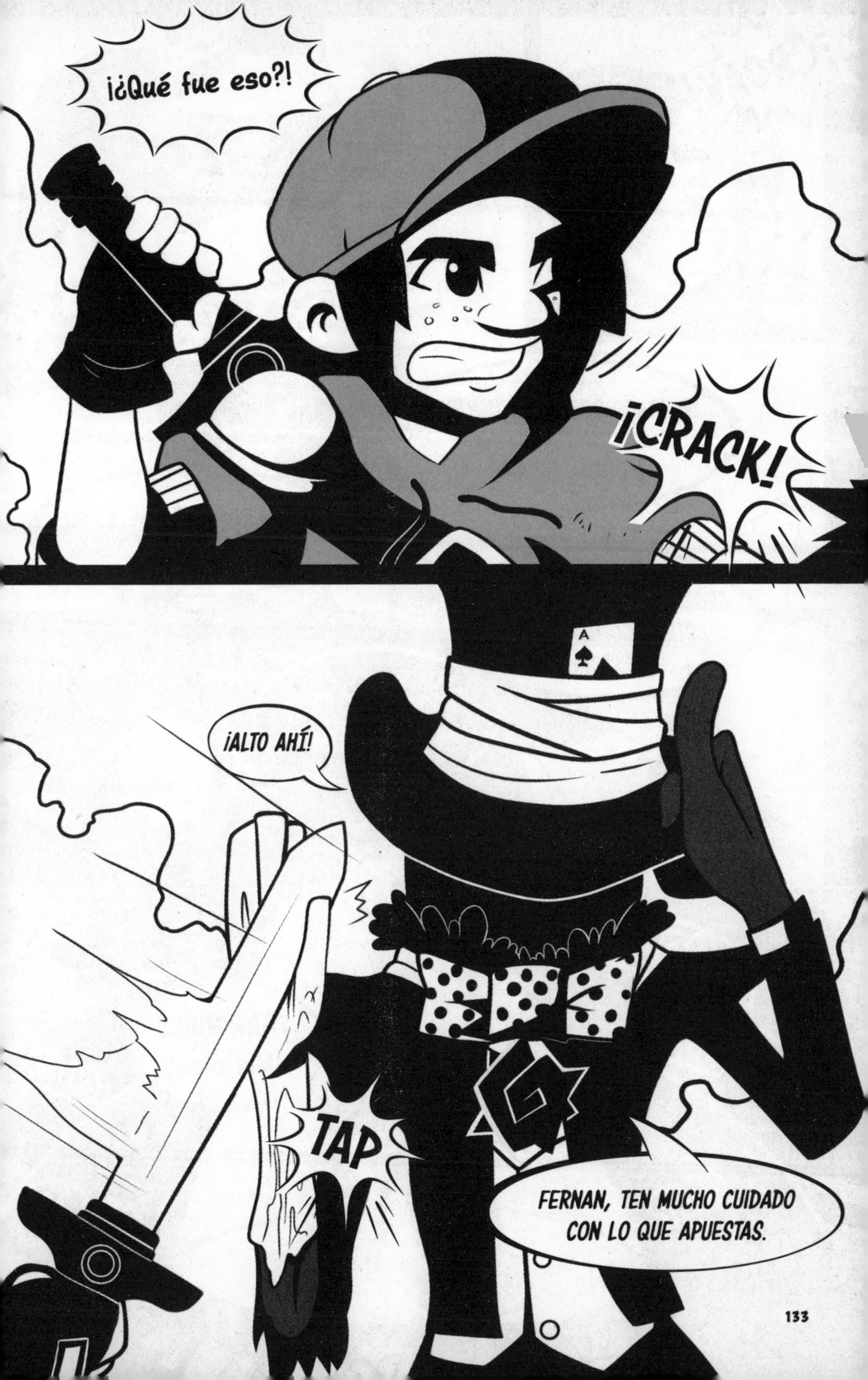
¡¿Qué fue eso?!
¡CRACK!
¡ALTO AHÍ!
TAP
FERNAN, TEN MUCHO CUIDADO CON LO QUE APUESTAS.

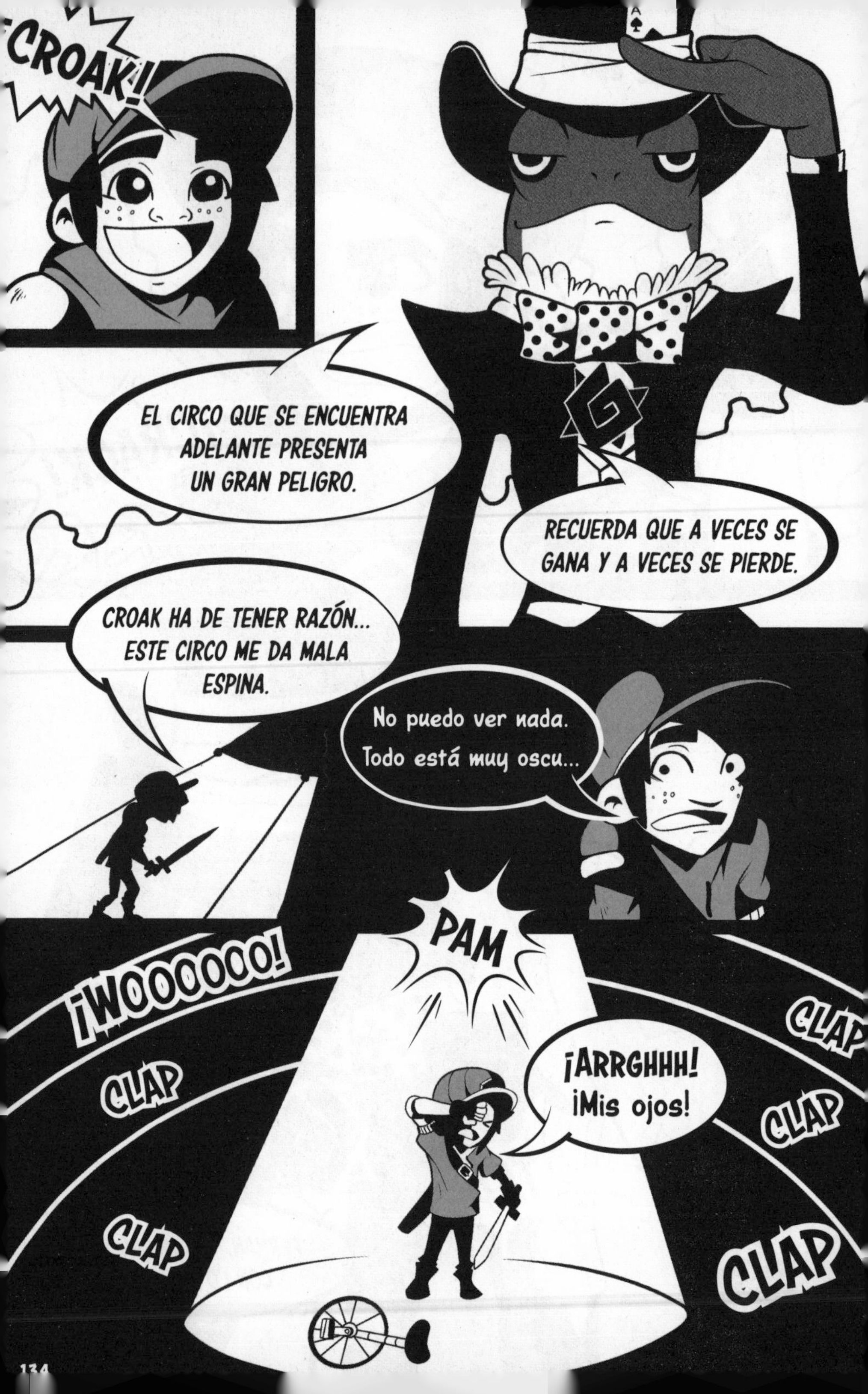
¡CROAK!
EL CIRCO QUE SE ENCUENTRA ADELANTE PRESENTA UN GRAN PELIGRO.
RECUERDA QUE A VECES SE GANA Y A VECES SE PIERDE.
CROAK HA DE TENER RAZÓN... ESTE CIRCO ME DA MALA ESPINA.
No puedo ver nada. Todo está muy oscu...
PAM
¡WOOOOOO!
CLAP
CLAP
¡ARRGHHH! ¡Mis ojos!
CLAP
CLAP
CLAP
CLAP

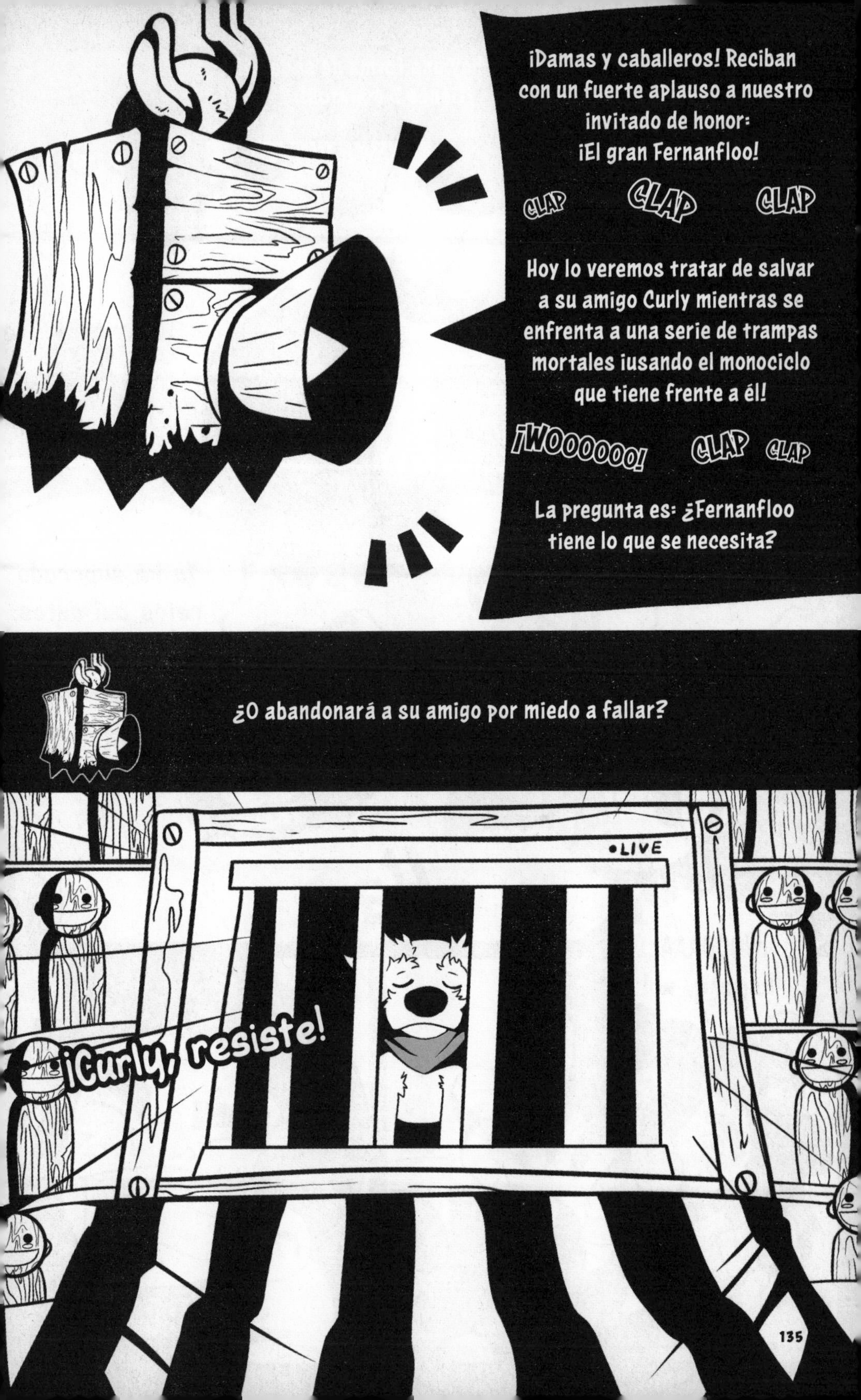
¡Damas y caballeros! Reciban con un fuerte aplauso a nuestro invitado de honor: ¡El gran Fernanfloo!
CLAP
CLAP
CLAP
Hoy lo veremos tratar de salvar a su amigo Curly mientras se enfrenta a una serie de trampas mortales ¡usando el monociclo que tiene frente a él!
¡WOOOOOO!
CLAP
CLAP
La pregunta es: ¿Fernanfloo tiene lo que se necesita?
¿O abandonará a su amigo por miedo a fallar?
•LIVE
¡Curly, resiste!

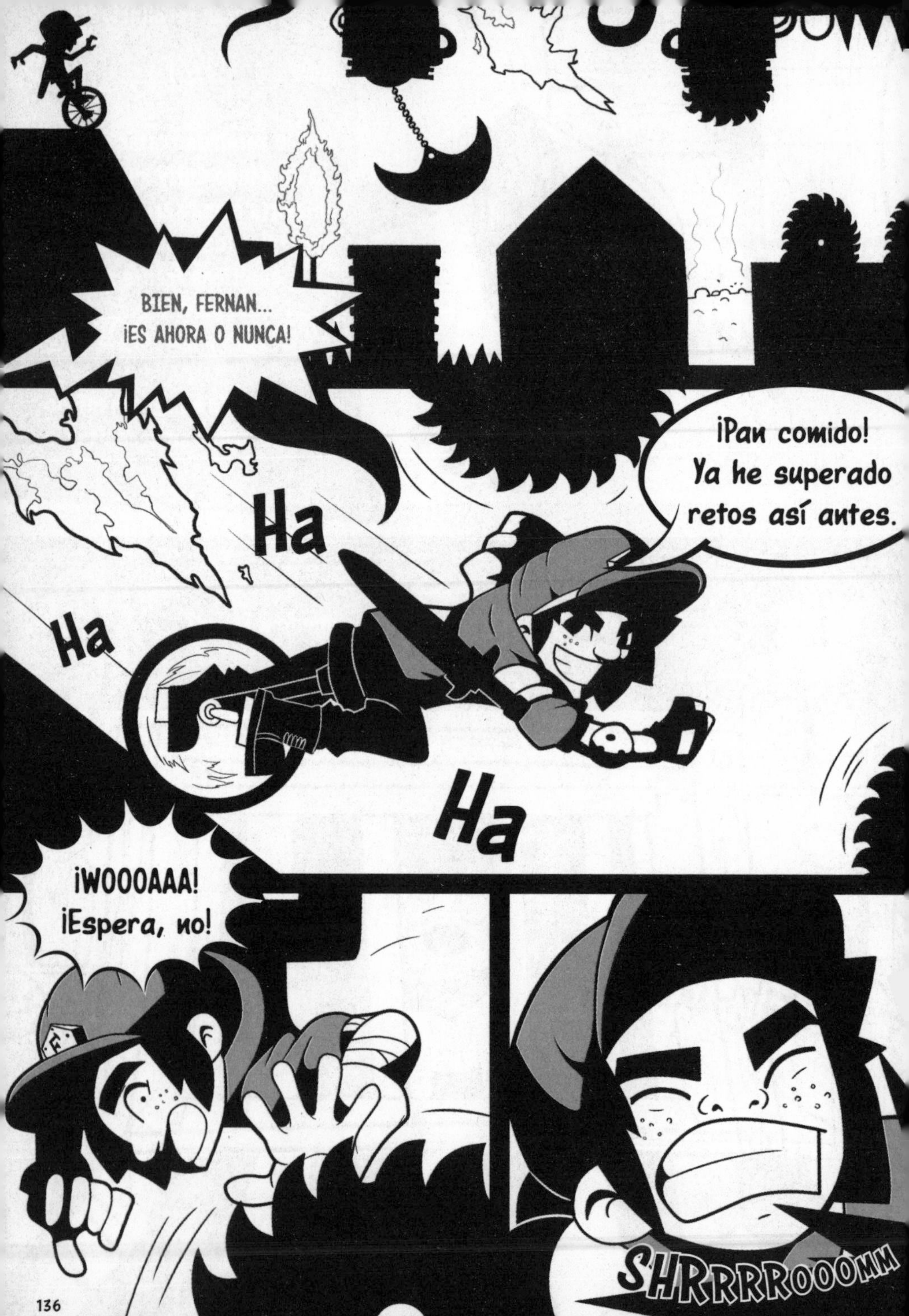
BIEN, FERNAN...
¡ES AHORA O NUNCA!
¡Pan comido! Ya he superado retos así antes.
Ha
Ha
Ha
¡WOOOAAA! ¡Espera, no!
SHRRRROOOMM

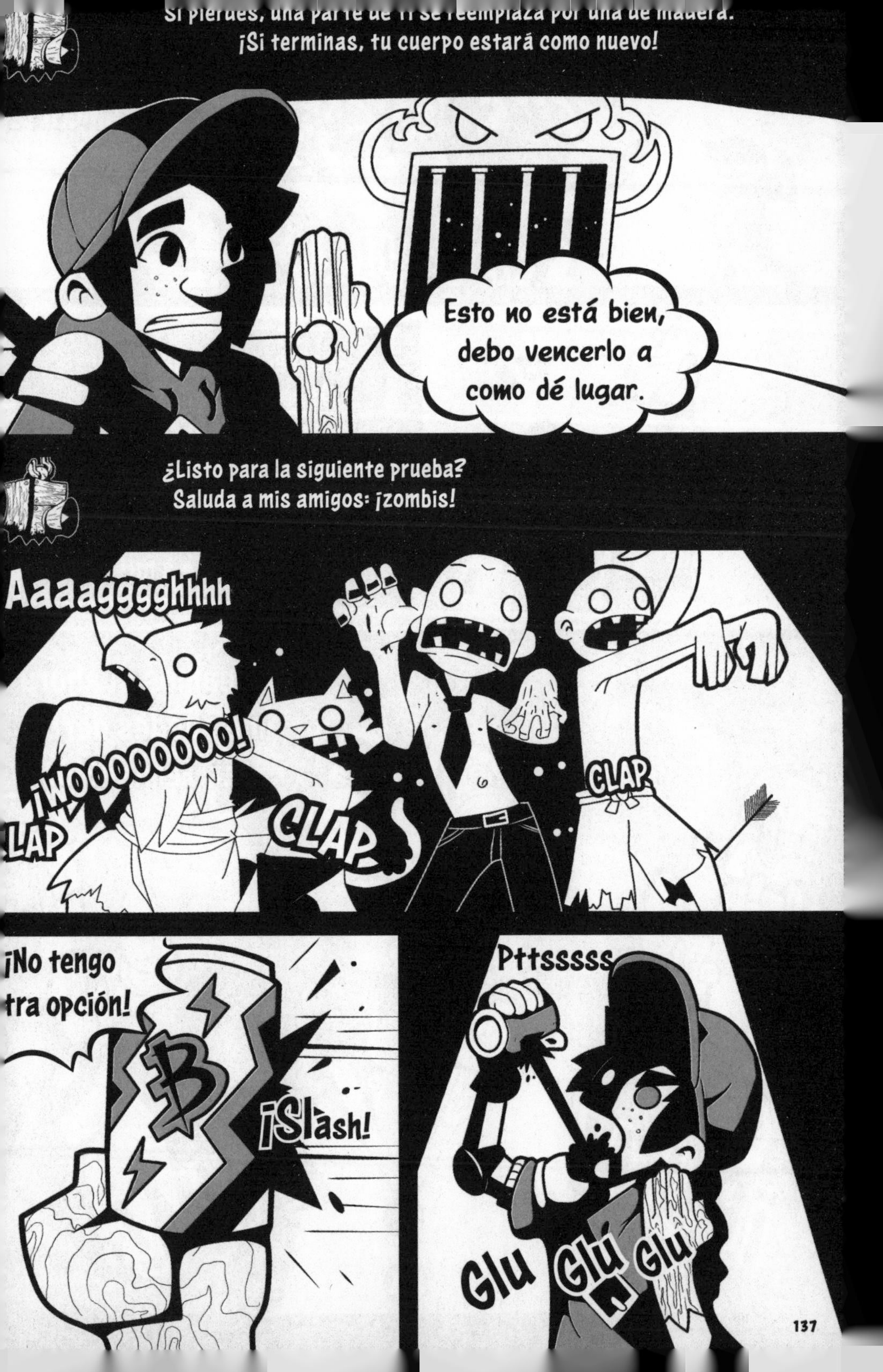
Si pierdes, una parte de ti se reemplaza por una de madera.
¡Si terminas, tu cuerpo estará como nuevo!
Esto no está bien, debo vencerlo a como dé lugar.
¿Listo para la siguiente prueba?
Saluda a mis amigos: ¡zombis!
Aaaaggghhhh
¡WOOOOOOOO!
LAP
CLAP
CLAP
¡No tengo
tra opción!
¡Slash!
Pttsssss
Glu
Glu
Glu

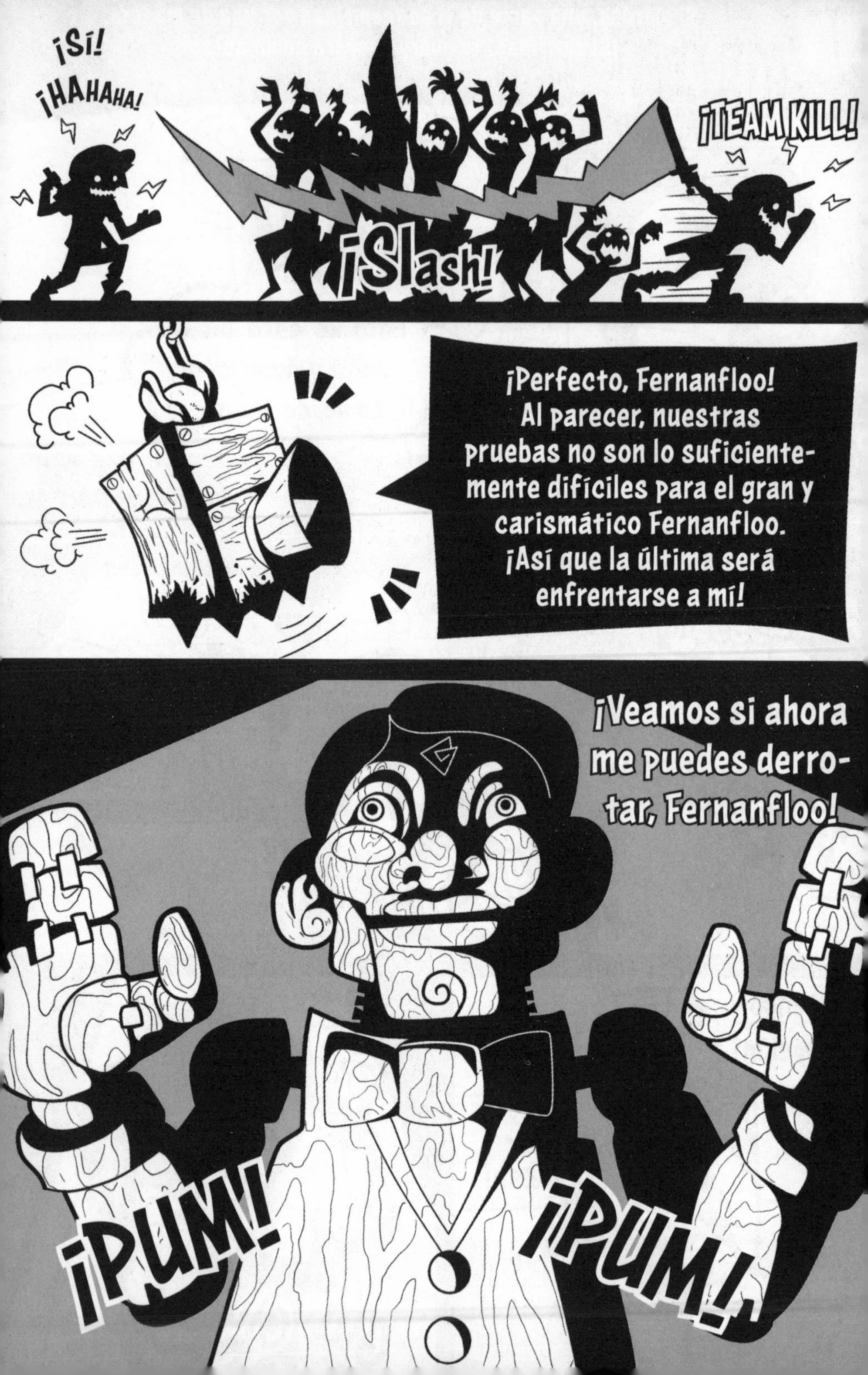
¡SÍ!
¡HAHAHA!
¡TEAM KILL!
¡Slash!
¡Perfecto, Fernanfloo! Al parecer, nuestras pruebas no son lo suficiente-mente difíciles para el gran y carismático Fernanfloo. ¡Así que la última será enfrentarse a mí!
¡Veamos si ahora me puedes derro-tar, Fernanfloo!
¡PUM!
¡PUM!

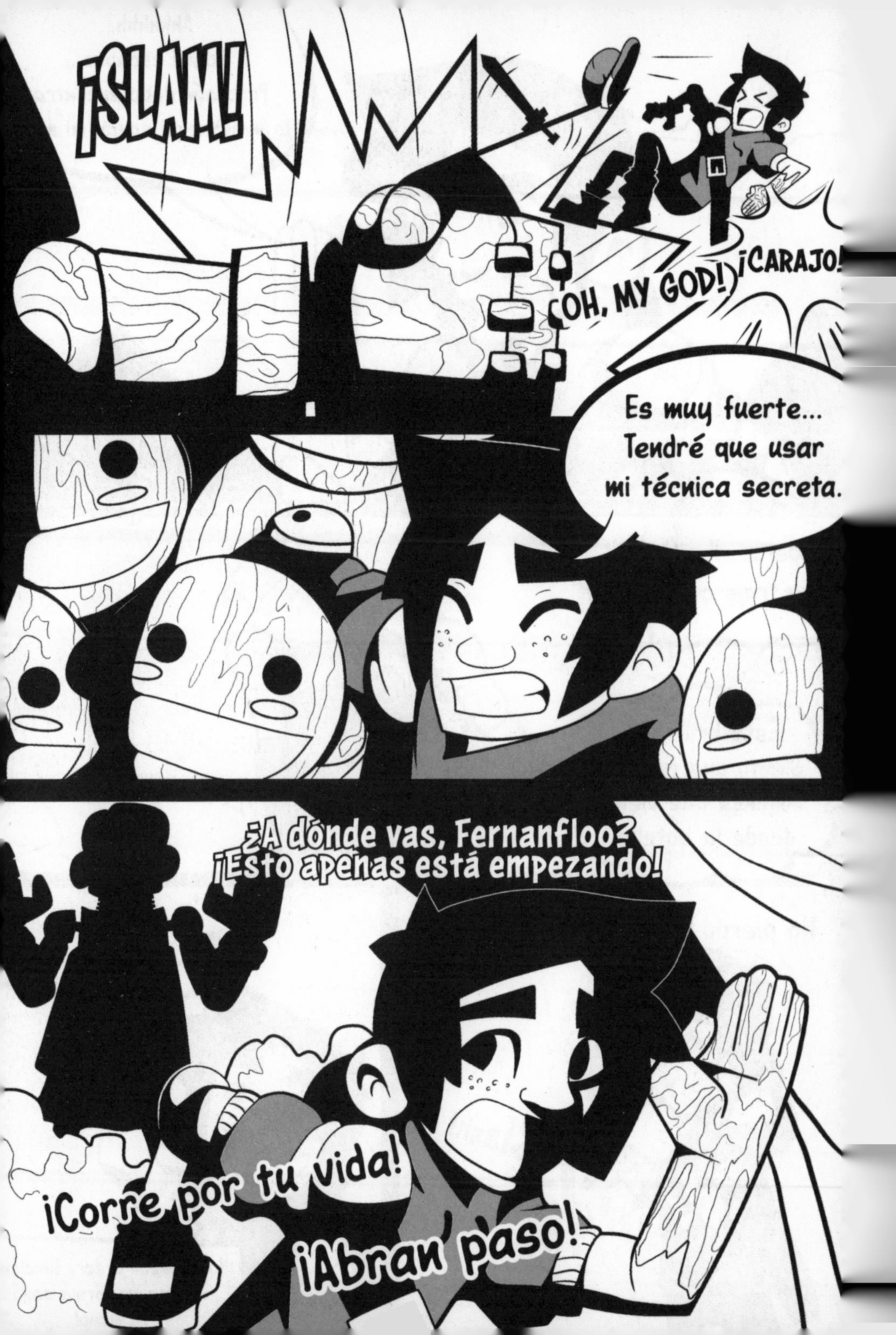
¡SLAM!
¡OH, MY GOD!
¡CARAJO!
Es muy fuerte... Tendré que usar mi técnica secreta.
¿A dónde vas, Fernanfloo? ¡Esto apenas está empezando!
¡Corre por tu vida!
¡Abran paso!

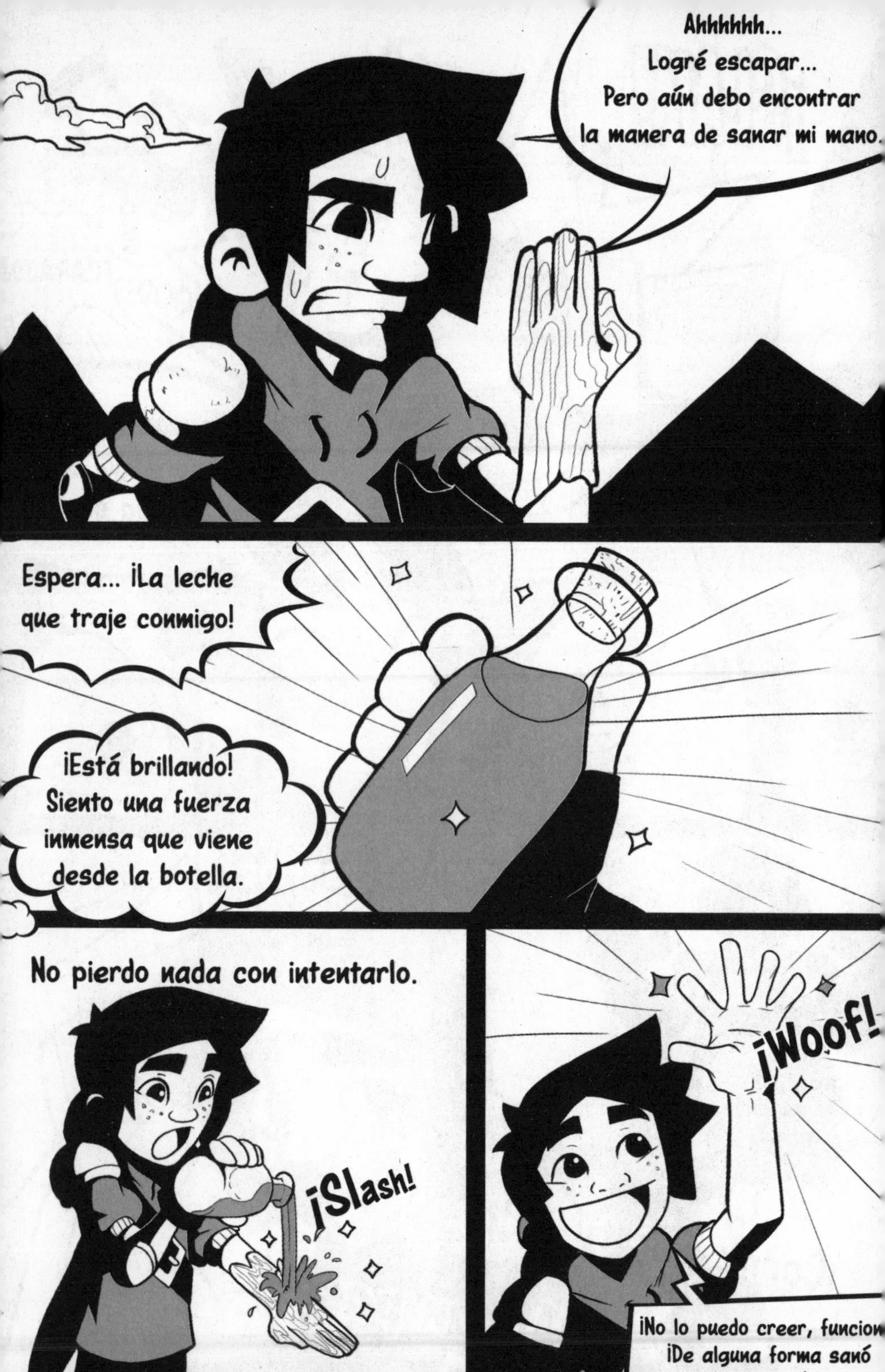
Ahhhhhh...
Logré escapar...
Pero aún debo encontrar
la manera de sanar mi mano.
Espera... ¡La leche
que traje conmigo!
¡Está brillando!
Siento una fuerza
inmensa que viene
desde la botella.
No pierdo nada con intentarlo.
¡Slash!
¡Woof!
¡No lo puedo creer, funcion
¡De alguna forma sanó
mi mano!

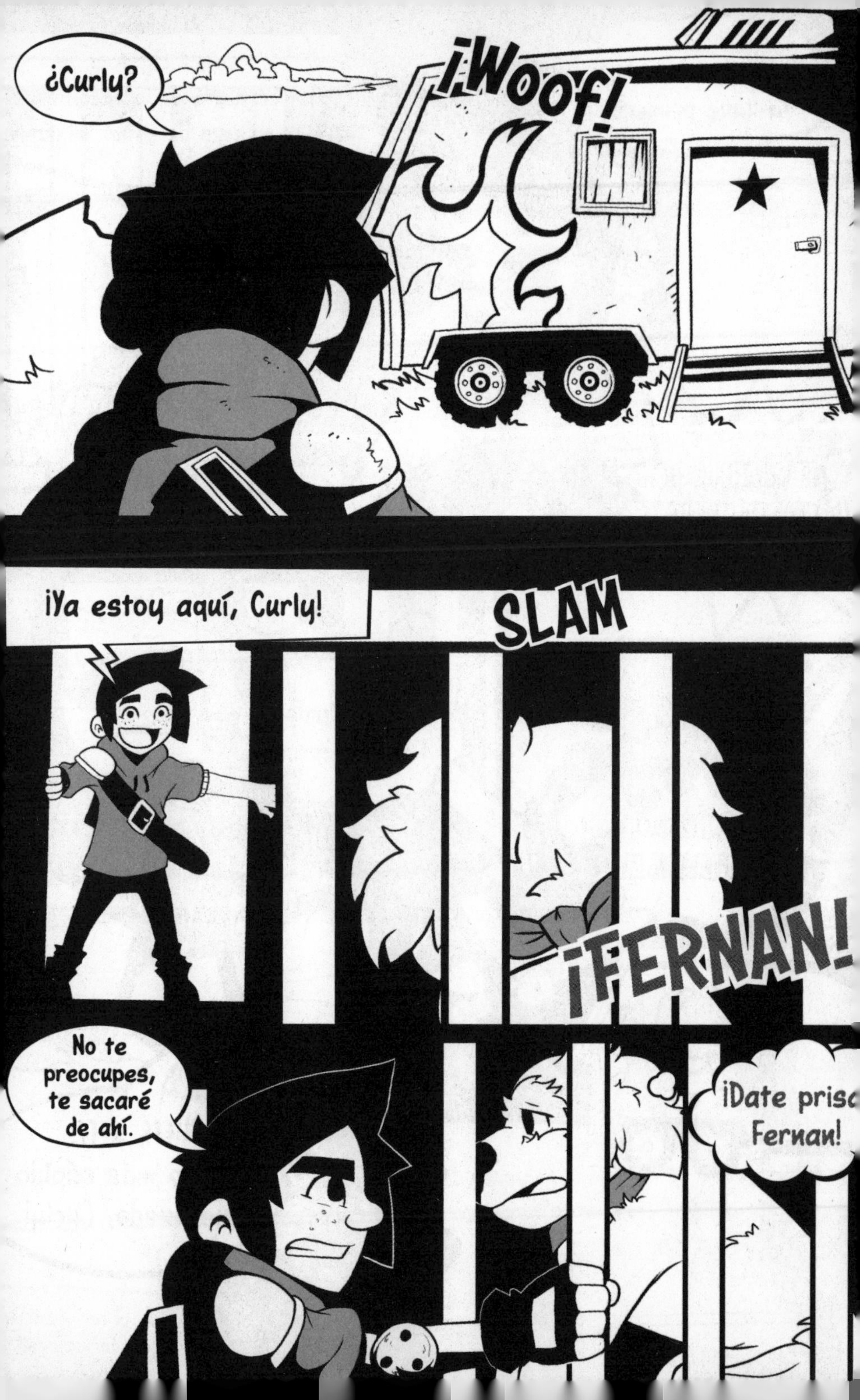
¿Curly?
¡WOOF!
¡Ya estoy aquí, Curly!
SLAM
¡FERNAN!
No te preocupes, te sacaré de ahí.
¡Date prisa
Fernan!

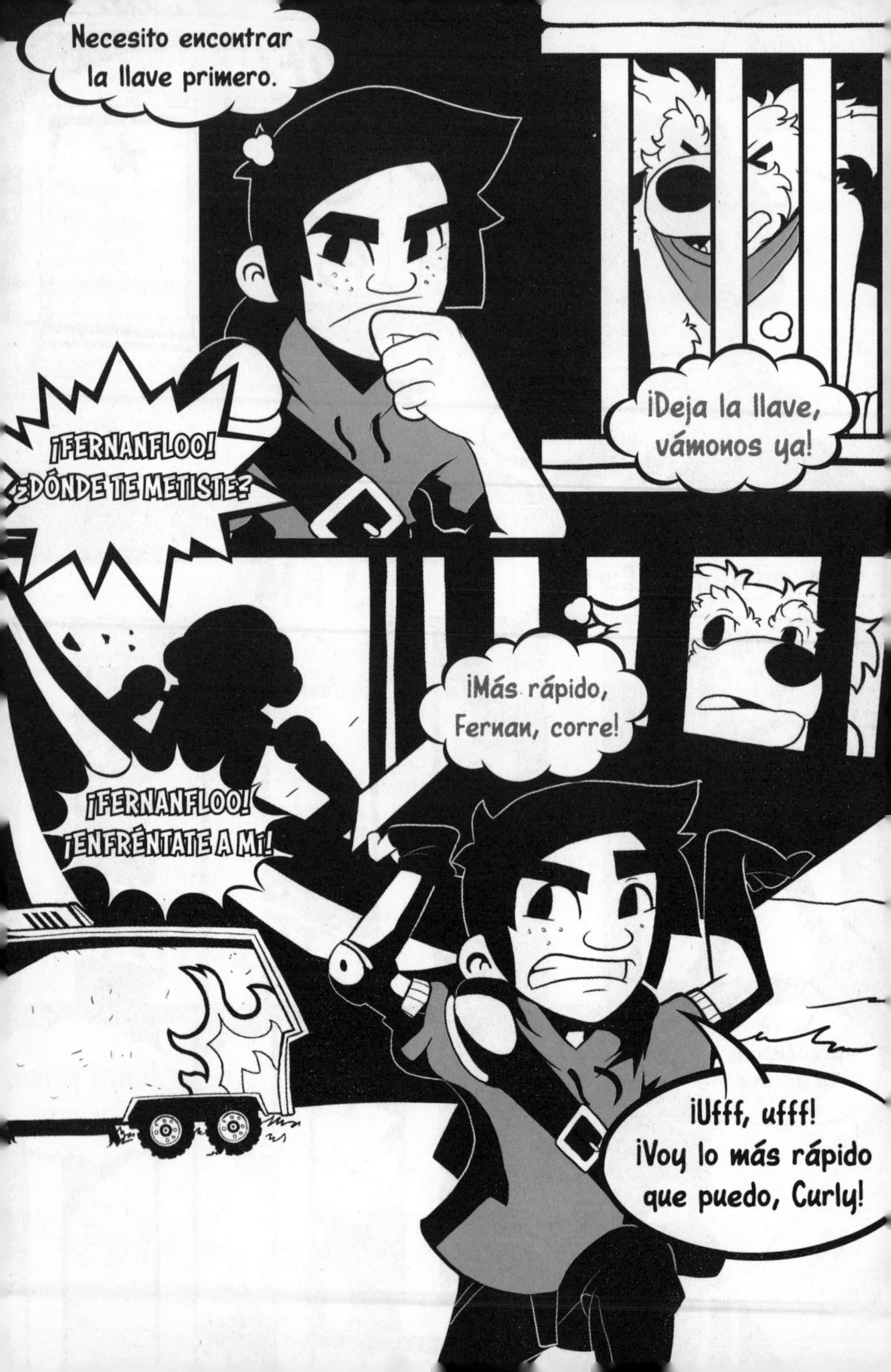
Necesito encontrar la llave primero.
¡Deja la llave, vámonos ya!
¡FERNANFLOO! ¿DÓNDE TE METISTE?
¡Más rápido, Fernan, corre!
¡FERNANFLOO! ¡ENFRÉNTATE A MÍ!
¡Ufff, ufff! ¡Voy lo más rápido que puedo, Curly!

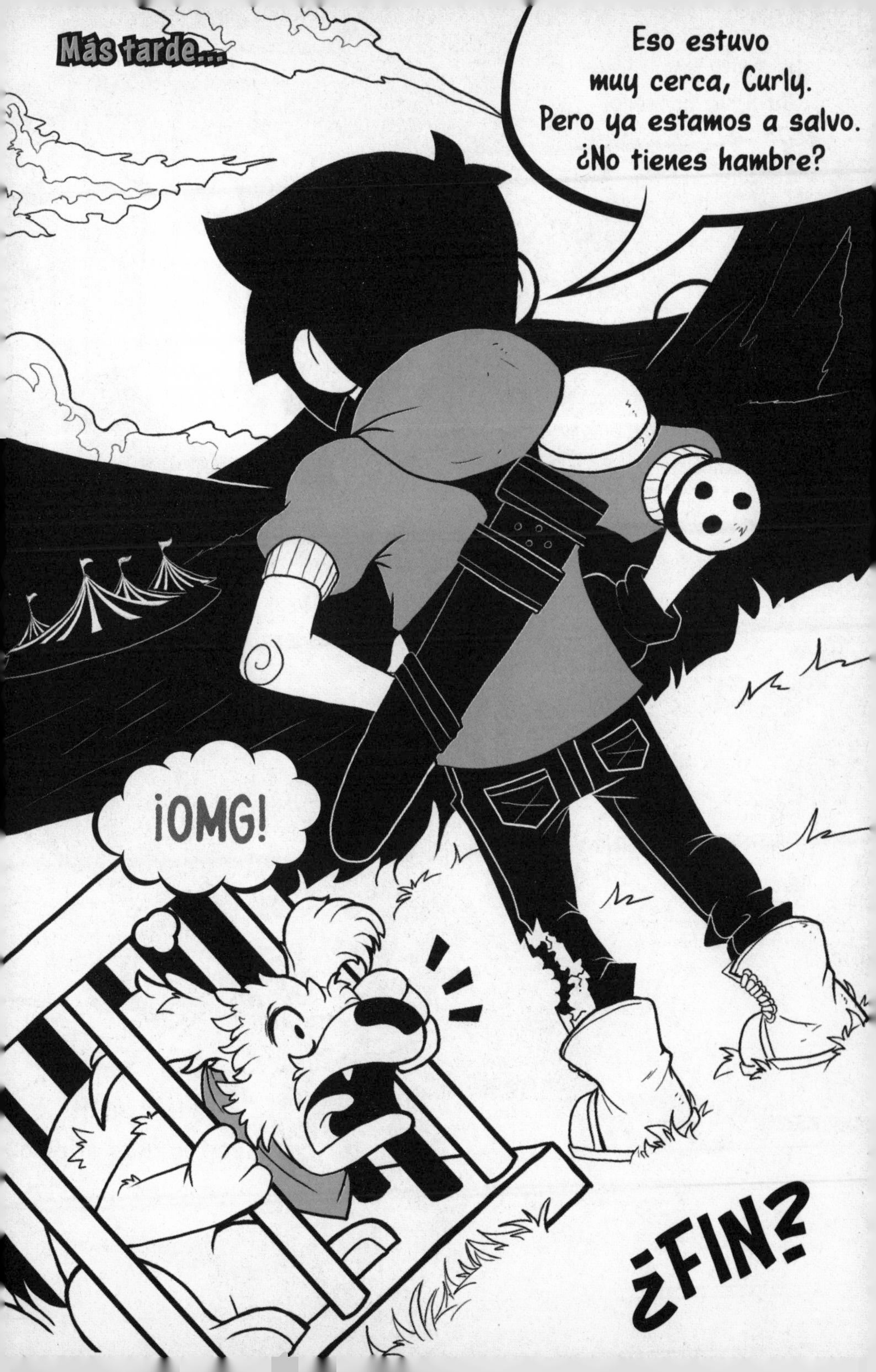
Más tarde...
Eso estuvo muy cerca, Curly. Pero ya estamos a salvo. ¿No tienes hambre?
¡OMG!
¿FIN?